바다로 이어진 길
영팔산을 걷다

바다로 이어진 길, 염포산을 걷다

2013년 10월 10일 초판 1쇄 인쇄
2013년 10월 15일 초판 1쇄 발행

글쓴이 | 장세련 · 장세동
엮은이 | 울산광역시 동구 문화체육과
펴낸이 | 권오상
펴낸곳 | 갈모산방

등 록 | 2012년 3월 28일(제128-93-96295호)
주 소 | 경기도 고양시 일산서구 대화동 2232번지 402-1101
전 화 | 031-907-3010
팩 스 | 031-912-3012
이메일 | galmobooks@naver.com

ISBN 978-89-969524-7-3 03800

값 14,000원

바다로 이어진 길
엄팔산을 걷다

장세련 : 장세동 글

갈모산방

길을 걸으면 삶이 보인다. 굽잇길에서는 굴곡진 인생의 부분을 본다. 그런 만큼 이야기가 많다. 그렇다고 길이 계속 그런 굽이로만 이어지는 것은 아니다. 탄탄대로도 있고, 언덕길이나 내리막길도 있다. 그런 길목마다 잘 나가는 한 시절을 만나고, 고달픈 언덕길 같은 삶의 고비도 이해하게 된다. 그런 길을 지나면 반드시 만나는 것이 내리막길이다. 내리막길은 편안하지만 결코 방심할 수 없다는 교훈도 깨닫는다.

길에서 만난 인연들은 모두가 소중하다. 그것이 반드시 사람이 아니더라도 어느 것 하나 허투루 여길 것이 없다. 풀풀 살아나는 풀들은 끈질긴 생명력을 전한다. 솔솔 불어 주는 솔바람은 쾌적함을, 졸졸 흐르는 물줄기는 시원함을 느끼게 한다. 돌돌 구르는 돌멩이가 전하는 것은 삶의 영속성이다. 자연이 전하는 길 이야기는 꾸밈이 없다.

이런 길을 따라 걷는 울산 동구가 권역에 따라 모두 세 권의 책으로 완간되었다. 세 권역이 모두 나름의 특성이 있다. 장수와 임금, 백성으로 각각의 특성이 뚜렷하다. 그러면서도 세 권역은 같은 주제를 담고 있다. 모두가 외침으로부터 나라를 지키려는 호국의 개념이 그것이다.

　1권역인 남목과 마골산권역은 『옥류천 이야기길』로 2011년도에 출간되었다. 장수의 이야기가 주를 이룬다. 실제로 옥류천이 있는 마골산 중턱에 의병장이었던 서인충 장군의 묘역이 있어 이해를 돕는다.

　2012년도에 출간된 『대왕암 솔바람길』은 2권역의 이야기다. 대왕암과 슬도를 중심으로 엮은 임금의 호국 이야기가 중심이다. "호국용이 되어 나라를 지키겠노라"는 신라왕의 넋이 담긴 대왕암은 마냥 든든하다.

　이번에 출간되는 『바다로 이어진 길 염포산을 걷다』는 그 마지막 이야기다. 백성과 하늘이 주제가 되는 권역이다. 주전 사람들의 호국정신은 물론, 일제에 항거한 백성들의 이야기, 호국마를 길러낸 마성의 이야기에는 모두 민초들의 호국정신이 고스란히 살아 있다.

　참으로 많은 사람들을 만났다. 한 지역의 이야기를 다양하게 알고 있는 사람, 그 지역에서 나고 자란 사람들. 들풀처럼, 들꽃처럼 피었다 진 사람들이다. 오래 전에 스러진 이들은 이름조차 전하지 않는다. 다만 주변 사람 몇몇의 가슴에만 그리움으로 남거나, 뇌리에 잠시 기억으로 남았을 민초들일 뿐이었다. 그렇지만 호국정신만은 어떤 이름난 장군의 마음과 다를 것이 없는 이들. 그들이 전하는 사람들의 이야기가 이 책의 주제다.

　세 권의 책으로 동구를 모두 아우른다는 것은 쉬운 일이 아니다. 그렇기에 동구의 알고 싶은 이야기를 모두 담았다고 자신할 수는 없다. 모든 사람들의 욕구를 충족시켜 줄 수 없다는 변명이기도 하다. 다만 나름대로 최선을 다했음을 전하고 싶다.

　끝으로 이 책의 알찬 구성을 위해 사진을 제공한 동구청 우정희 씨 외 여러분께도 감사드린다.

박종해(전 울산예총회장, 현 북구문화원장)

요즈음 '둘레길 걷기'가 새로운 운동으로 각광받고 있습니다. 해조음이 아련히 들려오고, 바다가 바라보이는 고즈넉한 산길을 걸으면서 이야기 꽃을 피우는 것은 삶의 청량제가 되기 때문입니다.

이 책을 쓴 장세련 작가는 울산의 중견 아동문학가입니다. 어린이들의 정서에 걸맞게 쓴 많은 저서를 출간하여, 유려한 필치와 문장으로 각광받고 있는 유수한 문인입니다.

울산 동구 남목지역을 중심으로 서술한 스토리텔링인 『옥류천 이야기길』과 방어진, 일산동과 꽃바위 지역을 중심으로 한 『대왕암 솔바람길』은 이미 많은 애독자로부터 찬사를 받고 있는 걸로 알고 있습니다. 연령에 관계없이 읽혀지고 있는바 이번에 염포산과 주전권역을 스토리텔링한 『바다로 이어진 길 염포산을 걷다』 역시 깊은 감명을 주며 애독되리라 믿습니다.

이 책을 펴들면, 솔바람소리, 새소리, 물소리를 들으며, 숲과 바위와 산머리의 흰 구름, 안개 피어 오르는 골짜기, 아슴하게 바라보이는 바다,

오순도순 살아가는 마을을 바라보며 걸어가는 둘레길이 한 폭의 그림처럼 정겨운 풍경으로 떠오를 것입니다. 이 책은 우리에게 호수와 목장, 성터, 산과 바다와 마을, 심지어 바위 하나 소나무 한 그루에도 전설과 설화와 숨은 이야기가 스며 있음을 알게 해줍니다.

장세련 작가는 장세동 지역문화연구소장과 함께 둘레길을 중심으로 곳곳에 얽혀 있는 민속과 민담, 일화, 전설, 설화 등을 채록했습니다. 직접 발로 뛰며 얻어낸 기록들을 시정이 넘치는 필치로 풀어놓았습니다. 그 기록들은 길을 걸으며 이야기하듯이 편안한 재미와 감동으로 우리의 귀를 열게 합니다. 그 세밀한 답사의 체험기와 해박한 지식과 견문에 새삼 감탄하지 않을 수 없으며, 재미있는 이야기에 매료되어 푹 빠져들게 될 것입니다.

이 책에 실린 「마성」의 기록은 특별합니다. 일반적으로 알고 있는 성城에 조금도 뒤처지지 않는 호국의미가 담긴 것이 마성이란 사실은 신선한 충격입니다. 그 규모와 형태, 축성에 얽힌 일화와 목장의 관리 상태 등을 소상히 설명하고 있으며, 「나례굿」과 「마당의 노래」 등에는 민요를 통한 민속의식이 잘 나타나 있습니다. 더불어 목관이며 시인이었던 유하 홍세태의 울산 사랑에 대한 내용도 그의 시로 잘 풀어놓았습니다.

「봉대산 맨발 등산로」는 그 유래와 등산로의 소개가 눈에 보이듯이 훤히 그려져 있습니다. 가보지 않고도 편안함이 느껴집니다. 「주전 몽돌해변」, 「주전일출」, 「명덕호수공원」, 「목장의 풍경」 등은 한 편의 수필을 읽듯이 그 풍경이 시정이 넘치듯이 각인되어 있습니다.

「보밑마을」, 「사을들과 홈골못」, 「주전, 주전 사람들」에 얽힌 이야기에는 서민의 삶의 애환이 고스란히 서려 있습니다. 특히 주전의 특산물인 돌미역, 전복 등과 민속놀이, 제당, 저수지, 산림공원, 울산대교 등이 소개되어 있고, 「화정산 전망대」는 일몰의 풍경과 함께 한편의 영상을 보듯이 찬연한 아름다움으로 서술되어 있습니다.

부언하지만, 장세련 작가의 이 감동적인 '길 위의 인문서'는 무심히 걸어왔던 길들이 하나의 생명을 지니고, 우리 앞에 삶의 가치를 재인식시키며, 형이상학적인 인생길로 안내하게 될 것입니다.

이 책이 한 지역의 역사와 문화를 이해할 뿐만 아니라, 과거를 돌아보며 그 시대와 삶의 모습을 재확인시켜 주는 사료로서 크게 이바지하리라 믿습니다.

정상태(울산문화연구소 소장)

울산의 진산을 품고, 울산 사람들의 정신세계를 간직하고 있는 동대산 줄기가 머무는 곳, 염포산 주변의 스토리텔링을 엮은 이 책은 우리들 마음속의 영원한 교양서가 될 것이다. 동대산이 어떠한 산인가. 이곳의 선인들은 웅대한 동대산의 숭앙에서 비롯된 공동체 의식에서 삶의 의미를 다지기도 했다. 자고 깨면 쳐다보는 동대산은 울산 사람들에 있어서, 산이면서 모태적母胎的 위안처이기도 했다. 그러면서 동대산 산맥이 기울면서 바다로 빠지는 염포산은 선인들의 삶의 애환을 점치는 대상이 되기도 했다.

> 진사방辰巳方에 번개치고 시루성(鶴城의 一名)에 실안개가 일어
> 동대산(염포산) 물안개와 잇대이면 걸르지 않고 큰물이 진다네……

염포산은 주변에 살아온 사람들의 지난날 일상의 점지를 제공했다. 염포산은 길한 일과 궂은 일을 다스리는 신앙의 대상이나 마찬가지였다.

동대산(염포산)에는 조화를 부리는 용이 은거하며 고을을 지켜 주는 수호신이 쉬어가는 신령한 곳이기도 했다.

그래서 이곳 주변에 살아온 사람들의 정신세계에는 용신숭배 사상이 뿌리 깊게 물들어 있었다. 염포산의 하늘길을 따라 무지개다리를 타고 오르내리던 영험스런 용과 친숙한 사람들의 일상은 늘 순박했다. 그러면서 동대산 수호신의 배려로 지혜로운 문화를 일구어 과거와 현대의 문명의 꽃을 피웠다. 이러한 이야기들을 간추린 이 글모음은 위의 터전을 음미하며 생활의 여유를 주는 선물이라 하겠다.

나례굿의 굿거리가 펼쳐지던 곳. 몽돌해안에서 자연의 소리가 들려오고, 염포의 풋풋한 소금내음이 자극하며, 달이 머무는 월봉사의 정경이 마음을 정화시켜 주는 이곳은 어느새 거대한 현대문명의 장관이 전개되어 오늘날 산업의 꽃을 피우고 있다. 이 얼마나 경이로운 땅인가. 이 책에서 펼쳐지는 과거와 현대의 설화적 아름다운 이야기는 우리의 삶의 역사를 고스란히 엮고 있다. 가는 곳마다 듣고픈 이야기가 있다. 그 이야기 속에는 먼저 살다 간 사람들의 흔적이 있다. 흔적을 들추어내고 알알이 엮은 이 책은 애향심을 불러 오기도 한다. 아름다운 과거와 현재를 이야기를 꺼낸 이 글들은 늘 가까이 두고 새기고픈 할머니의 옛이야기 같은 사연들이다. 우리가 살고 있는 터전의 이야기를 이해하고 길이 전해 주는 것은 이 시대에 살고 있는 우리의 의무이기도 하다. 이 책은 그것을 실천한 본보기라 하겠다.

봉 불기2557
신날 봉축 법요식 축

1구간

하늘로 이어진 길

" 염포산은 옛사람들에게 삶의 애환이 깃든 곳이었다. 산이 높아 마치 하늘과 맞닿은 느낌이다. 보기에도 아득한 고개를 넘으면서 비손을 하거나, 스스로의 안녕을 기원하며 작은 돌을 쌓기도 했던 길이 오늘날은 삶의 여유를 즐기는 사람들로 넘쳐나고 있다. 삶의 애환이든 여유든 염포산은 오늘도 사람들과 함께 하고 있다. "

{달이 머무는 절}

월봉사 月峰寺

월봉암 月峰庵

외로운 암자는 산 속에 숨었고

겨울 대나무 숲은 푸르기도 하구나

왜란 겪으면서 불상은 허물어졌고

스님들은 갈 곳 없어 목장을 지켜왔네

신주 모신 방에는 습기가 가득하고

나뭇가지 끝에는 바다 빛이 스미네

아전들이 때때로 와 기도 올리니

별빛은 고요히 불당 안을 비추네

— 홍세태 시, 송수환 역

월봉사는 통도사의 말사다. 통도사로서는 말사지만 염포산을 걸어서 돌아보는 구간으로는 시작 지점이다. 울산광역시 동구 화정동 60번지에

소재하고 있는 월봉사는 꽤 오래된 절이다. 천 년의 풍상을 겪어온 절로 울산의 동구에 남아 있는 신라 사찰 두 개 중 하나다.

남목관아의 감목관이었던 홍세태의 시에 나타나는 월봉사는 고즈넉하다. 산중의 고요가 고스란히 묻어나는 절간이다. 낮이면 나뭇가지 사이로 바다 햇살이 반짝일 정도로 바다가 가까운 곳에 있었다. 실제로 방어진 바다와 그다지 먼 거리에 자리한 절이 아니다. 다만 산업화로 방어진 일대에 아파트와 주택이 들어서면서 고즈넉한 산사였던 월봉사는 도심 속의 절이 되었다. 자연스럽게 속세와 가까워진 것이다.

대개의 고찰들은 신비한 창건설화가 있게 마련이다. 월봉사에도 창건설화가 있다. 옛날 한 고승이 수행자를 여럿 거느리고 방어진 바닷가를 거닐고 있었다. 달빛이 환한 밤이었다. 우연히 눈을 들어 한 쪽을 올려다보았다. 그곳이 연무좌의 배산 함월산이다.

1930년대 월봉사의 모습

고승은 고개를 갸웃거렸다. 달의 그림자 때문이었다. 달이 솟은 위치로 보아서는 분명 바다에 그림자를 드리우고 있어야 할 텐데 함월산 위에 동그라니 걸려 있는 것이었다.

"저곳의 기운이 예사롭지 않구나."

수행자들에게 중얼거린 고승은 그 길로 발걸음을 돌렸다. 달이 걸려 있는 풍경에서 눈을 떼지 않은 채 산길을 올랐다. 휘적휘적 오른 산은 온통 수풀이었다. 신비로움을 느낀 터라 수풀을 헤치는 것쯤은 조금도 힘든 일이 아니었다. 우거진 수풀 사이로 달빛이 쏟아졌다. 그곳에서 본 달의 크기와 밝기는 어디에서도 본 적이 없는 것이었다.

"이곳은 분명 먼 훗날에 대찰大刹이 들어설 자리로다."

달빛이 번진 터를 휘둘러 본 고승은 이런 말을 남기고 홀연히 사라졌다.

수행자들은 의아했다. 고승의 행방이 묘연해진 것이다. 필시 예사로운 일이 아니라는 생각이 들었다. 고승의 행방을 좇다보니 고승이 남긴 말은 더욱 빨리 퍼졌다. 이렇듯 입에서 입으로 전해진 고승의 예언이 이루어진 것은 신라 경순왕 4년(930년)이었다. 성도율사聖道律師가 고승의 예언대로 이곳에 절을 짓고 월봉사라 이름 지었다. 절집은 대찰이라기보다 암자 규모였지만 그 역할은 여느 절 못지않았다. 당시 전국의 승려들에게 계율을 강론했던 성도율사 또한 불교의 법도를 시행하는 당대 최고의 명승名僧이었다.

고승의 예언에 따라 당대 최고의 명승이 창건한 월봉사. 절집에 쏟아지는 달빛은 예나 지금이나 다를 것이 없다. 월봉사는 달봉우리라는 이름에 걸맞은 모습을 보기 위해 밤에 올라도 괜찮은 절집이다. 다만 한적한 숲길이나 고즈넉하고 깊숙한 산중에 자리한 산사의 분위기를 기대할 풍경은 아니다. 빽빽한 아파트 숲과 마주한 주택가에 자리한 때문이다. 그러나 마치 최근 들어 주택가로 옮긴 것 같지만 월봉사는 창건 이래 한 번도 옮긴 적이 없다. 조선 숙종 26년(1700)에 중창하고, 영조 48년(1772)에 재창했다는 기록만 있을 뿐이다.

월봉사는 1970년대까지만 해도 작은 암자 규모의 절집이었다. 절집의 남쪽 인근에는 일제강점기 때 축조한 저수지 '월봉골못'도 있었다. 그 저수지 아래는 온통 계단식 다랑논과 구릉지였다. 그때만 해도 인가가 있는 월봉골 마을에서 보면 상당히 먼 거리의 산 중턱에 걸터앉은 절집이었다. 그러던 것이 최근 산업화로 이 지역의 인구가 불어나자 월봉사 아래의 들과 구릉지가 주택가로 조성되었다. 급기야 아파트가 우후죽순처럼 지어지면서 도로도 생겨나 월봉사는 지역민들의 산책코스로 각광받기에 이르렀다.

　현재는 이렇듯 도심 근처에 자리한 절이 되었지만 월봉사는 호국불사를 행하던 절이다. 모든 종교가 좋은 의미의 기원을 바탕으로 하지만 월봉사의 기원의미는 좀 다르다. 호국불사를 보더라도 개인의 기복신앙보다는 국가적 차원의 안녕을 염원하는 불사를 자주 행한 절이었다. 비록 작은 암자에 불과한 규모의 절집이지만 보다 대승적 차원의 기원을 바탕으로 한 것이다.

　달빛이 쏟아지는 날 절 문을 들어서면 마당의 잡석들이 보석처럼 보인다. 밟을 때마다 나는 소리는 각성효과가 있다. 초파일 무렵, 절집 화단에 자리한 불두화는 방문객의 마음을 경건하게 한다. 굳이 대웅전을 들르지 않아도 부처의 머리를 닮은 꽃이 조용히 반기는 까닭이다.

　절집에서 만나는 불두화는 특별한 느낌으로 다가온다. 평상시 길목에서 만나는 느낌과는 사뭇 다르다. 우선 꽃의 크기가 남다르다. 희고 자잘한 꽃들이 모여서 큰 꽃을 이룬다. 꽃받침이 없는 모양새도 생각을 하게 한다. 누군가가 받쳐 주지 않아도 '천상천하天上天下 유아독존唯我獨尊'을 외치는 부처의 의지가 전해진다. 멀리서 보나 가까이서 보나 꼬불꼬불한 머리칼 같은 꽃, 하얗게 머리가 세도록 중생을 위해 정진한 부처의 마음이 고스란히 묻어난다.

　대웅전의 오른쪽 구석에 그다지 높지 않은 돌탑의 모습도 특이하다. 쌓다 만 모습이다. 끊임없이 정진하여 나머지는 수행자가 마음에 쌓으라는 자세를 가르치는 듯하다.

　마당의 5층 석탑은 역사가 길지 않아서 그럴까? 말쑥한 청년의 모습이다. 사각의 벽면에는 각각 두 개의 사천왕상을, 1층에는 본존불상을 돋을새김한 석탑이다. 역사가 짧지만 후일 이 석탑도 월봉사의 역사를 아우른 단청과 함께 고색창연함을 더할 날이 있으리라.

월봉사 대웅전

　요사채로 향하는 낮은 담장의 운치는 그냥 지나치기 아쉽다. 월봉사는 담이 나지막하다. 나지막한 돌담은 쌓으면서도 수행을 했을 법하다. 웬만한 사람은 담 너머로 마을을 내다볼 수 있는 높이. 이곳에서 솟아오르는 달을 맞으면 월봉사의 이름이 얼마나 절묘한지를 깨닫고 절로 무릎을 칠 것 같다.

　달이 머무르는 절, 월봉사. 대웅전의 뒤는 솔숲이다. 멀리 방어진 바다를 앞에 두고 있으니 배산임수를 입증하는 위치다. 솔숲을 거친 바람의 손길은 부드럽다. 굳이 외국근로자나 노인처럼 소외계층이 아니더라도 위안이 될 듯하다. 안정된 목소리로 절 마당을 잔잔하게 감도는 불경소리. 녹음된 것은 아쉽지만 얽히고설킨 세속의 일들로 복잡한 영혼을 목탁소리에 실어 잠시나마 극락세계로 안내하는 듯하다.

절집 마당에 잠시 서 있기만 해도 영혼이 씻은 듯 맑아진다. 솔숲의 사철 푸르름은 사철 변치 않는 부처의 자비를 느끼게 한다. 비록 도심의 불빛과 빛내기에서 진 것처럼 달빛이 흐릿하게 보일지라도 월봉사의 이름에 숨은 달빛은 대중의 가슴에 늘 희망으로 비쳐들 것 같다.

대웅전의 오른쪽 구석에 자리한 돌탑은 특이하다. 쌓다 만 모습이다. 나머지는 끊임없이 정진한 수행자가 마음에 쌓으라는 가르침을 전하는 듯하다.

{희망을 쏘다}

청학정 青鶴亭

청학정은 활터다. 활이라고 하면 흔히 양궁을 떠올리지만 청학정은 양궁을 하는 곳이 아니다. 우리나라 전통 활인 국궁國弓을 하던 곳이다. 월봉사 서남쪽의 천내봉수대로 오르는 길가에 자리한 활터로 역사도 어느 덧 1세기를 앞두고 있다.

중국인들은 우리 민족을 가리켜 대동이大東夷라고 불렀다. 동쪽의 오랑캐라는 뜻으로 알려져 있으나 실제 뜻은 다르다. '이夷'자가 활弓을 든 사람을 나타내는 한자이므로 이 호칭을 보면 우리 민족이 활을 잘 쏘는 민족이라는 걸 중국이 은연중 인정한 것이다. 동북아 3국의 무기에 있어서 일본은 칼, 중국은 창을 주로 쓴 반면 한민족은 활을 능수능란하게 다루었다. 역사를 훑어봐도 주몽, 양만춘, 이성계 등 신궁神弓이 유독 많았음이 그 반증이다.

궁술은 이처럼 한민족에게 가장 대중적인 무예였다. 심신의 단련과 호연지기를 기르기에 활쏘기만큼 좋은 취미도 드물다. 국궁은 이러한 민족의 혼이 담긴 문화였다.

일제강점기 때 우리 민족의 혼을 지켜내려는 일은 여러 형태로 진행되었다. 독립운동을 중심으로 우리말과 글 지키기, 창씨개명 반대 등은 대표적이다. 그 밖에 친목회 형태로 진행되기도 했는데 그 중 하나가 국궁이었다. 처음에는 굳은 다짐으로 시작했지만 끝까지 이어가는 것은 그리 만만한 일이 아니었다. 일본인들은 조선인들이 자주 모이거나 모임을 결성하는 일조차 좋게 보지 않았다. 감시와 방해를 일삼은 것은 그 때문이다.

동구의 청학정 역시 사연이 많다. 일제 강점기 때인 1921년 2월 10일에 만들어진 것부터가 그렇다. 시대적으로 우여곡절을 감수하지 않고 만들어질 수가 없었다. 처음부터 청학정으로 불린 것도 아니었다. 설립 당시에는 '청파정靑波亭'이라 불렀다. 동면 방어리 동편 동악산洞岳山에 활터를 잡은 뒤, 고故 좌병영佐兵營 전선달全先達 사범의 교시 지도 아래 동호인들이 활을 쏘면서 만든 것이다. 동호인의 이름은 정경석, 김기석, 변동윤, 이성수, 이시곤, 유익진, 진봉윤, 김영수, 성학일, 김만호, 박주영 등이다.

초대 사수직射首職은 선거로 뽑았는데 김기석 씨가 당선되었다. 의욕적으로 정亭을 운영해 오는 동안, 신기한 일이 일어났다. 입장지 주변 송림에 학이 무리를 지어 날아온 것이다. 특별히 천적이 있는 것도 아닌데 학의 무리가 날아든 것은 여간 상서로운 일이 아니었다.

"국궁을 하는 자리에 학이 찾아오다니…. 푸른 물결보다는 젊은 학의 이미지가 더 낫지 않겠소?"

"한두 마리도 아니고 무리를 지어온 걸 보면 이곳이 활터로는 특별한 의미가 될 것입니다."

"맞아요! 이는 필시 비상하는 학의 기운을 받아 우리의 정체성을 잊지

1950년대 국궁대회를 마친 청학정 회원들의 모습

말고 정진하라는 하늘의 뜻일 겁니다.”

　누구랄 것도 없이 회원들은 맞장구를 치고 고개를 끄덕였다. 과연 고고함의 상징인 학의 무리가 웅크렸다 날아가는 모습은, 일제에 억눌린 한민족의 비상에 대한 염원을 접목시키기에 알맞다는 생각이었다.

　“우선은 활터의 이름부터 바꿉시다.”

　“학이 날아든 곳이니 청학정으로 개칭을 합시다.

　일제에 워낙 핍박 받던 시대였던지라 침략정권에 항거하려는 마음이 없을 리 없었다. 그렇다고 일본인들을 향해서 무작정 활을 쏘거나 돌팔매질을 할 수는 없었다. 다만 일제강점기와 결코 무관할 수 없는 방어진에, 이름 하나에도 의미를 부여한 활터가 생긴 것은 의미가 꽤 크다 할

　바다로 이어진 길 염포산을 걷다

수 있겠다.

이렇게 회원들의 중지를 모아 청학정으로 이름을 바꾼 것이 1930년 6월 15일이다.

당시 『청학정지靑鶴亭誌』 1931년 5월 10일자에는 청학정의 활약상이 기록되어 있다. 청학정에서 제1회 전국남녀궁도대회를 개최한다는 내용이다. 지역적으로는 한반도 동남쪽의 한적한 어촌이지만 전국규모의 궁도대회를 개최한다는 것은 그 세력이 어떠했는지를 짐작하게 하는 사건이다.

청학정의 활약은 계속된다. 1937년 4월 19일자 조선일보 보도가 그것을 증명하고 있다. '청학정궁도회 주최 및 당지국의 후원으로 오는 23일부터 전 조선 궁술대회를 개최한다'는 내용의 보도다. 당시는 일제가 조선 민족문화 말살정책을 꾀하려던 시기다. 조선어학회 회원들과 지원자들을 사상범으로 잡아들인 것을 시작으로 한글말살정책도 압박의 정도를 높이던 시기였다.

이런 시대적인 배경만으로도 청학정의 운영이 얼마나 어려웠을지는 짐작하고도 남는다. 그럼에도 전국규모의 궁술대회를 개최한다는 것은 회원들의 민족궁술에 대한 자부심이 없이는 불가능한 일이다. 게다가 대회에서 적중률이 높은 궁사들이 배출될 때마다 일인들의 가슴은 뜨끔했을 것이다. 화살은 과녁만을 향하지만 침략자로서 침략국 명궁들의 소식을 접하는 것은 달가운 일이 아니었을 테니 말이다. 아무리 성능이나 승률 면에서 활에 몇 배나 앞서는 첨단무기를 가진 입장이라고 해도 결코 조선의 명궁을 만나고 싶지는 않았을 것이다.

그 후 줄곧 방어진에 있던 청학정은 1982년도에 한 차례 이전을 했다. 방어진 지역의 택지조성사업으로 화정동 산 60번지의 임대부지로 옮긴 것이다. 그러다가 4년 후인 1986년에 현 위치인 화정동 산 165-1번지에 조립식 사정射亭을 지어 이전을 했다. 230평을 매입하였으니 그다지 넓은 활터는 아닌 셈이다. 그렇지만 궁사들이 활을 쏘는 데는 아무런 문제가 없었다. 활을 쏘는 데 필요한 것은 넓은 활터보다 궁사의 마음가짐이 더 중요한 까닭이다.

궁도장에서는 예의범절과 집궁자세를 중시한다. 활터에 나올 때부터, 처음 화살을 낼 때나 연습 후 화살을 수거할 때까지 각각의 동작에 맞는 예절이 있다. 활쏘기는 발디딤, 몸가짐, 살 먹이기, 들어올리기, 밀며 당기기, 만작滿酌(활을 최고로 당긴 상태), 발시發矢, 잔신殘身(화살은 몸을 떠났지만 마음은 떠나면 안 된다) 등 8단계로 이뤄진다.

먼저 과녁을 향해서 발은 모지게 선다. 그런 다음 단전에 기氣를 모은다. 활을 잡은 왼손은 태산을 밀 듯이, 활줄을 잡은 손은 호랑이 꼬리를 당기듯이 만작을 이룬다. 만작은 활쏘기의 극치다. 발디딤에서부터 밀며 당기기의 다섯 단계는 만작에 이르기 위한 것이다. 만작은 몸과 마음과 궁시弓矢가 혼연일체가 되어야 한다. 국궁에서 만작이 가장 힘든 단계인 것도 이런 까닭이다. 만작 자세에서 특별히 유념해야 할 점은 턱을 들거나 얼굴이 현 쪽으로 쫓아가지 말라는 것이다. 활을 몸으로 끌어 당겨 얼굴에 살이 붙도록 한 다음 활을 당기면서 몸이 앞이나 뒤로 기울지 않게 해야 한다.

만작의 순간은 4~6초가 적당하다. 그 순간은 호흡을 멈추고 겨냥과 굳힘과 정신집중을 해야 한다. 그러나 결코 쉬운 일이 아니다. 겨냥과 굳힘에 대한 확신이 섰다고 해도 정신집중이 문제다. 이 화살이 빗나갈 것인가 과녁에 명중할 것인가, 하는 불안한 생각은 실수로 이어진다. 그러므로 마음의 동요나 잡념을 떨쳐낸 만작의 순간을 만들기 위해서는

1930년대 활터의 모습

긴 시간의 수련이 필요하다.

　활쏘기는 연습 때나 시합 때나 항상 정신집중을 해야 한다. 그런 마음으로 한발 한발을 신중하게 쏘는 것이 가장 중요하다. 어떤 일에서나 마찬가지지만 활쏘기도 초보자의 마음은 같다. 불안, 초조, 빨랐다, 늦었다, 의심, 혼돈 등의 잡념이 생기게 마련이다. 오랜 수련으로 이를 극복하고 정신집중을 하게 되면 명중률은 높아진다. 더불어 궁사의 인격형성에도 큰 도움이 된다.

　이렇듯 만작이 완성되면 발시를 할 때 화살은 경쾌한 소리를 내며 과녁을 향해 날아간다. 발시 후에는 잔신의 예도 지켜야 한다. 화살이 몸을 떠났다고 마음도 떠나서는 안 되는 법이다. 화살은 시위를 떠나면서도 궁사의 마음을 읽으며 과녁을 향해 나아가는 것이다.

조선시대에도 활쏘기를 즐긴 임금은 많다. 그중 대표적인 인물로 정조 正祖를 꼽을 수 있다. 정조는 활쏘기를 단순한 육체의 훈련만으로 보지 않았다. 활쏘기에 늘 특별하고도 심오한 의미를 부여했다. 50발을 쏠 경우 49발이 모두 과녁을 맞히면 마지막 한 발은 일부러 숲을 향해 쏘았다. 누가 봐도 과녁을 비킨 발시라는 걸 알 수 있었다.

"마지막 한 발만 맞히면 온전히 승리하시는데 어찌하여 과녁을 비켜 쏘셨사옵니까?"

"활쏘기는 군자의 경쟁이다. 사물을 모두 차지하는 것도 필요한 게 아니다."

정조는 궁금해하는 신하의 물음에 이렇게 대답했다. 활쏘기는 과시용이 되어서는 안 되며, 인격이 수반되어야 한다는 조용하면서도 엄중한 교훈을 주는 일화가 아닐 수 없다.

적중에 이르도록 반복된 훈련을 통해 심신을 수련하고 인격을 닦는 국궁. 청학정은 민족혼을 계승하는 국궁의 활터로 그 명성을 이어왔다. 일제의 감시와 탄압 속에서도 궁사들이 청학정에서 꾸준히 쏘아온 것은 결코 화살이 아니었을 것이다. 그것은 조국을 짓밟는 일인들의 군국주의에 항거하는 마음이었고, 해방에 대한 염원이었으며, 갖은 핍박 속에서도 하늘 향해 비상하려는 희망이었을 것이다.

울산공설화장장

동구는 호국으로 일관된 지역이다. 이는 동구의 곳곳을 돌아보면 알 수 있다. 민초와 장수, 왕을 상징하는 이야기들이 곳곳에 살아 있다. 대왕암이 신라왕의 산골散骨 장례장소라는 사실은 옛사람들의 시에도 종종 언급되었다. 거기에다 서인충 장군의 묘역이 있는 마골산은 수리장수의 무용담이 살아 있는 곳이다. 일산진은 어떤가? 일제에 항거한 성세빈 등의 발자취가 뚜렷한 지역이다. 그런 데다 이번에 그려지는 주전 지역은 6·25전쟁 때 마을 청년 전체가 의용군으로 참가한 기록을 가지고 있다.

이렇듯 호국정신으로 일관된 지역에 울산공설화장장이 자리했던 사실은 특별한 의미를 부여할 만하다. 그 누구도 피해갈 수 없는 것이 죽음이다. 영원히 살기 위해 불로초를 구하던 진시황이나, 이름 없는 풀꽃처럼 살던 민초들이나 천명을 다한 뒤에는 죽음을 맞는다. 이처럼 신분고하를 불문하고 부여되는 것이 죽음이다. 죽음은 누구나 가야 하는 하늘길이다.

화장장은 하늘길을 열어 주는 장소다. 다소 현대식 장례방식을 따르

울산공설화장장(2013년 3월 1일자로 울주군 삼동면 조일리 정족산 아래로 이전했다.)

던 곳이긴 하지만 죽음만은 누구도 피해갈 수 없다는 사실을 인식시키고, 죽음 앞에서 사람은 누구나 평등함을 깨닫게 하는 곳. 동구 화정동 울산공설화장장이 있던 자리. 지금은 건물만 덩그러니 남아 쓸쓸함만 더한다.

울산공설화장장은 84년의 나이로 동구 화정동에서의 모든 역할을 끝냈다. 그 동안 울산시민들에게 장례식장으로서의 서비스 의무를 다하고 2013년 3월 1일자로 울주군 삼동면 조일리 정족산 아래로 이전해 갔다. 한때 상주며 조문객들이 휴식을 취하던 자리에는 블록 사이사이로 파릇한 생명들이 돋아나고 있었다. 사람의 발길이 끊긴 지 겨우 서너 달 남짓 사이에 보도블록 틈을 비집고 자란 풀들을 보는 마음은 착잡하다.

화장장은 인간의 영혼과 생명이 머물렀던 육신을 소멸시키는 장소다. 인간이 살아서 누볐던 이 땅에서 사라졌음을 마지막으로 증명하던 곳.

그 자리에 풀들이 새로운 생명을 싹틔우는 걸 보노라니 겸허해지지 않을 수가 없다. 만물을 지배하는 듯 살고 있지만 인간의 생명만큼 유한한 것도 없다. 자주 잊고 사는 냉정한 진리를 해마다 생장을 거듭하는 풀들이 풀풀거리며 들려준다.

화정동에 울산공설화장장이 들어선 것은 일제강점기 때였다. 1929년 4월 24일자 조선일보에는 '방어진 화장장을 면영面營으로 건설'한다는 보도가 실렸다. 당시 동면東面에서는 화장장 건설이 해묵은 숙제였던 것으로 보인다. 그렇지만 해결은 쉬운 일이 아니었다. 혐오시설에 대한 부정적인 이미지보다는 유교사상의 영향으로 시신을 불태운다는 것에 대한 거부감이 더 컸다. 부모가 사망했을 때 시신을 불태운다는 것은 여간한 불효가 아니라는 생각이 팽배하던 때였다.

그 때문에 부지 선정에서부터 애로사항이 많았다. 조상을 두 번 죽이는 일을 하는데 선뜻 부지를 제공할 사람은 없었다. 가까스로 부지를 기증받고 나도 문제는 계속 불거졌다. 주변에 민간가옥이 있어서 불인가처분이 내려지곤 했던 것이다. 전통적으로 장묘문화에 익숙했던 때라 면평의회面評議會에서도 고민이 많았던 것 같다. 그런 가운데 가까스로 부지가 결정되자 당장 시행에 들어갔다. 건축비의 예산은 2,500원(당시 황소 한 마리 가격이 40원 가량)으로 결정되었다. 설계를 공모하여 하카다시博多市에서 운영하고 있는 적전식籍田式인 유연有煙 무취無臭의 화장로火葬爐를 도입하기로 했다는 기사가 이를 뒷받침하고 있다.

울산 최초의 화장터는 지금의 활터 청학정이 있는 자리 근방이다. 당시에는 산중이었지만 인가와 그다지 멀리 떨어진 곳은 아니었다. 화장에 대한 거부감이 없었던 일본인들이 지은 까닭이다. 당시 일본인들은 주로 염포와 방어진에 모여서 살았다. 1906년경부터 건너와서 이주어촌을 형성했던 일본인들의 수가 1924년경에는 437호에 이를 정도였다.

방어진의 지배세력이 된 일본인들은 각종시설들을 만들었다. 그들이 만든 시설들로는 항만시설, 방파제, 순사주재소, 학교, 우편소, 금융조합, 방어진방철, 하야시가네林兼 어업부, 일본수산(주) 출장소, 코오다合田 어업부, 방어진어업조합, 정어리정유공장, 매실장아찌공장, 여객터미널, 영화관, 전기회사 등 다양했다. 그 외에도 식당, 여관, 목욕탕, 잡화점에 이르기까지 돈이 되는 일에는 어디든 관여했다. 해상에서는 신식 어구를 실은 대형 어선들이 연근해의 바다를 유린했고, 각종 어장, 어업 허가권까지 장악했다. 육상에서도 시장의 경제권은 모두 그들의 손아귀에 들어간 만큼 지역민들은 그들의 결정에 왈가왈부할 재력이 없었다. 화장장의 건설을 반대할 수 없었던 것도 같은 맥락이다.

바다와 가까운 거리에 산 것은 그들이 일본 왕래를 편하게 하기 위함이었다. 한편으로는 어업을 독점하려는 야욕도 숨어 있었다. 방어진에는 지금까지도 일제강점기 당시 일본인들이 거주했던 일본인 가옥이 남아 있다. 외양만 봐도 일본인 가옥임을 알 수 있는 낡은 집들이 골목을 형성하고 있다. 주인은 바뀌었지만 일제의 침탈에 대한 기억을 떠올리게 되면 씁쓸하지만, 아픈 역사도 역사다. 오히려 그 가옥들을 보면서 쓰라렸던 과거를 되풀이하지 않으려는 각오를 다질 수도 있다.

일본인들이 지었던 화장장은 그 후로도 30여 년 동안 그대로 이용되었다. 1973년에 현재의 화장터 옆으로 옮겼는데 이때는 처음 지을 때보다 일이 수월했다. 화장터가 있었던 터라 근처로 시설을 옮기는 데는 반대의견이 그다지 없었던 것이다. 무슨 일이든 처음이 어렵지 익숙해진 것을 이전하거나 보수하는 일은 대개 무난한 것이다. 현대식 건물을 지어 현 위치로 옮길 때까지는 일제 때 지은 건물에 있었다. 2구의 시신을 화장할 수 있는 작은 시설이었다. 내부의 화로는 마치 철제침상처럼 생겨서 침상 아래에다 장작을 쌓고 석유를 뿌려서 화장을 했다. 그 위의 침상은 석쇠같이 생겨서 거기에 가열하는 방식이었다. 뜨거워졌다, 식었다 하는 과정에 시설물의 창살이 터지면 철사로 묶어서 사용하기도 했다.

이런 현상은 젊은이들에게 어이없는 놀이문화를 생성시켰다. 화장장 아랫마을에 사는 청년들의 간담겨루기가 그것이다. 밤중에 상엿집에 헝겊 달고 오기와 공동묘지 돌아오기는 당시 유행하던 놀이였다.

"사나이라면 간이 커야 하는 기라. 누가 젤 간담이 큰지 새로운 내기를 해보자."

누가 마을의 우두머리가 되느냐를 두고 한 청년이 새로운 간담겨루기 제안을 했다.

"어떤 식으로 할 건데? 공동묘지나 열 바퀴 돌고 오기로 하까?"

"그걸로 되겠나? 그카지 말고 화장장 창살 만지고 오기는 어떻노?"

이미 상여를 보관해 두던 상엿집에 다녀오기에 진력이 난 청년 하나가 섬뜩한 제안을 했다.

"머, 머라카노? 그런 걸 와 할라카노?"

"저 화장장에는 자기 몸을 잃어버린 구신들이 바글바글한다 카더라. 밤에 거길 지나다가 구신들한테 잡아 묵힌 사람도 있다 카던데?"

겁이 많은 청년들은 조심스럽게 반대를 했다.

"웃기는 소리 하고 있네. 누가 그런 소릴 하더노? 겁나는 사람은 하지 마라. 대신 내가 갔다 오면 너거는 내한테 평생 동안 술 사야 된다."

처음 내기를 제안한 청년이 만용을 부렸다. 청년들은 서로 쳐다보기만 했다.

"아이다. 니만 간이 크나? 나도 할 끼다."

다른 청년이 나서자 나머지 청년들도 어쩔 수 없이 시합을 하기로 결정이 났다.

"내기는 그믐밤에 하자. 깜깜해야 인불도 잘 보일 거고, 구신도 무더기로 나타나겠제? 그 때 가서 화장장 창살에 헝겊조각을 묶고 오는 거다."

더 이상 반대도 찬성도 없었지만 시합은 결정되었다. 헝겊 조각에 자기 이름을 적어서 묶기로 했는데 제일 먼저 돌아오는 사람이 이기는 시합이었다.

그믐밤이 올까봐 겁이 난 청년들은 미리 핑계를 대고 외가에 가거나, 몸이 아프다고 꾀병을 부리기도 했다. 실제로 미리 걱정을 하다가 두통으로 앓아누운 청년도 있었다.

그믐밤이 되었다. 남은 청년 다섯이 모였지만 막상 아무도 선뜻 나서려고 하지 않았다. 소문을 들은 부모들이 귀신 붙는다며 걱정도 했지만, 무엇보다도 겁이 나서 엄두가 나지 않은 것이다.

"야! 이 겁쟁이들아. 같이 갔다 와야 누가 먼저 오는지 알 거 아이가?"

망설이는 동무들이 답답해진 것은 처음 내기를 제안한 청년이었다.

"아무도 안 나선다는 말이제?"

청년은 자신만만하다는 듯 나섰다.

"그라믄 내 혼자 갔다 온다. 너거 나한테 평생 술 살 각오나 해라."

혼자서 화장장으로 가게 되었지만 가슴이 벌렁거리기는 청년도 마찬가지였다. 시합을 제안했을 때는 여럿이 갈 거라는 생각에 마음이 어느 정도는 놓였지만 현실은 달랐다.

달도 없이 깜깜한 여름밤은 음산했다. 그런 데다 화장장까지 오르는 길은 산길이었다. 화장장이 가까워지자 땀이 비 오듯 흘렀다. 더워서 흐르는 땀인지, 무서움 때문에 흐르는 진땀인지는 생각할 여유도 없었다. 길섶의 풀잎에 옷깃만 스쳐도 모골이 송연해졌다. 그렇다고 그냥 돌아갈 수도 없었다. 동무들에게 큰소리를 친 만큼 겁쟁이로 낙인찍히기 싫었다.

정신을 바짝 차리고 보니 어느 새 화장장이었다. 어둠에 익숙해진 시야에 화장로가 들어왔다. 심호흡을 하고 쇠창살에 헝겊을 넣었다. 헝겊을 안으로 돌려서 빼려는 순간이었다.

'헉!'

누군가가 자신의 소매를 확 잡는 것이었다. 청년은 숨이 멎을 것 같았다. 비명조차 입 밖으로 낼 수가 없었다. 온 몸의 피가 다 빠져나간 듯 어지럼증이 일었다.

'에잇!'

속으로 소리를 지르며 팔을 휙 뿌리쳤다. 그 바람에 옷소매가 떨어져 나갔다.

헝겊 달기는 이미 포기할 수밖에 없었다. 잡힌 팔목을 뺀 것만 해도 천행이라 여겼다. 청년은 그 길로 마을을 향해 냅다 뛰었다. 밑에서 기다리던 동무들이 보였다. 허청거리던 청년은 동무들이 보이자 고꾸라지듯 쓰러졌다.

"이, 이기 뭐꼬? 니, 니 와 카노?"

등불을 들이댔던 청년들은 소스라칠 듯했다. 갈 때만 해도 말짱했던 옷은 땀과 피로 범벅이 되어 있었다. 한쪽 소맷자락은 찢겨나가고 없었다. 더 질겁할 일은 예리한 흉기에 찔린 듯한 팔뚝의 상처였다. 상처에서는 피가 계속 배어나오고 있었다. 청년의 몰골을 본 다른 청년들도 질리기는 마찬가지였다.

"빠, 빨리 업고 가자."

동무의 상처를 치료한 청년들은 뜬눈으로 밤을 새웠다.

날이 밝자 청년들은 함께 화장장에 가보았다. 환한 대낮이었지만 찜찜한 것은 사실이었다. 그런데 거기서 동무의 옷 소맷자락을 발견했다. 옷자락은 석쇠의 벌어진 살을 묶어놓은 굵은 철사매듭 끝에 매달려 있었다.

동무들에게 사실을 전해 들었지만 청년은 눈만 껌벅거릴 뿐이었다. 캄캄한 어둠 속에서 벌어진 일을 다른 동무들이 알 리가 없었다. 자신의 소매를 잡은 것은 분명 귀신의 앙상한 손가락이었다. 팔을 빼려던 자신의 팔뚝을 귀신이 날카로운 손톱으로 할퀴었다는 생각뿐이었다. 이런 생각에 그날부터 시름시름 앓게 된 청년은 평생 심장병에 시달리게 되었다.

화장장이 생긴 이후 떠도는 이야기지만 당시 시골 청년들에게는 있을 법한 이야기. 그나마도 화장장이 '하늘공원'이라는 아름다운 이름으로 개칭해서 울주군으로 이전해서 전설로만 남을 이야기다.

일제 때 만든 화장장은 일본인 자신들을 위한 시설이었다. 일본인들은 타향에서 사망할 경우 화장을 보편화했다. 유골을 보관하기 쉬운 까닭이었다. 화장한 유골함을 사찰 같은 곳에 일시 보관하였다가 귀국할 때에 고향마을에 있는 사찰 등에 옮겨서 납골하는 풍습 때문이었다.

당시 우리의 장례풍습과는 아주 달랐다. 우리는 매장을 선호했다. 선산이 있으면 선산에 묘를 쓰고, 선산이 없는 사람들은 동·리별로 정해진 공동묘지를 이용했다. 간혹 화장을 할 때는 깊은 산골짜기의 널찍한 공간에서 화장을 했다.

우리에게 화장장이 필요하게 된 때는 울산에 산업화가 일어나던 시기부터이다. 산업화는 부지확장이 필수였다. 산업부지의 확장으로 공동묘지가 폐지된 것이다. 더불어 도시인구가 불어나면서 가장 필요한 것이 택지였다. 산 사람이 죽은 이들의 무덤 때문에 삶의 터전을 마련할 수 없다는 시민의식이 차츰 분묘보다는 화장을 선호하게 된 것이다.

그 동안 혐오시설물에 대한 논란이 끊이지 않았던 화장장이었다. 그래서 새로 만든 울주군의 하늘공원은 인근 지역에 특별한 혜택을 주면서 이전개장을 했다. 산뜻하고 정다운 이름의 하늘공원도 전신前身은 혐오시설이라는 오명을 84년 동안이나 썼던 울산공설화장장이었음을 잊어서는 안 되겠다. 힘든 시기를 거친 선구자 덕분에 후손들이 평화를 누리듯, 울산공설화장장이 고달팠던 인고의 세월을 버틴 덕분에 하늘공원으로 거듭난 것이기에.

죽음은 삶의 종착지다. 즉 삶과 맞닿아 있는 지점이다. 삶을 경험한 이는 누구나 어김없이 맞닥뜨리는 순간이 죽음이다. 그러므로 삶이 거룩하다면 죽음도 거룩해야 한다. 그럼에도 화장장을 혐오시설로 폄훼하는 것은 이율배반적인 행위다. 따지고 보면 화장장은 가장 거룩한 곳이다. 한 생을 다한 생명이 새로이 떠나는 하늘길로 인도하는 의식을 행하는 곳이기 때문이다.

모든 것은 생각여하에 따라 의미가 달라진다. 영원히 죽지 않을 것처럼 살지만 죽음은 멀지 않은 곳에 있다. 그런 죽음이 있기에 삶 또한 아름다운 것이다. 죽음이 없다면 치열하게 삶을 엮어갈 사람은 거의 없을 것이다. 그렇더라도 죽음을 친구처럼 여길 사람은 많지 않겠지만 이곳을 지날 때면 겸허해질 일이다.

화장장을 건설했던 일본인은 오래 전에 떠났다. 혐오시설로 오인 받던 울산공설화장장도 이전을 했다. 만든 사람이나 이용하던 사람들이

떠난 자리. 숱한 영혼들을 하늘길로 인도했던 자리에는 풀씨만이 생명
력을 자랑하고 있다. 죽음과 연이 닿았던 자리였던 만큼 화장장 자리가
환골탈태할 차례다.

　하늘길이 열렸던 공설화장장을 지나면 왼쪽으로 오르는 샛길이 있다.
시누대가 자라는 길을 따라 화정 천내봉수대로 오르는 길이다. 공설화
장장에서 이어지는 길이지만 따로 3구간에서 다루기로 한다. 화정 천내
봉수대보다 더 널리 알려진 주전봉수대와 밀접한 연관성을 갖는 통신시
설이므로 함께 다루는 것이 바람직하다는 판단에서다.

월드컵과
산악스포츠의 성지

염포산

길이라는 말에서는 정다움이 느껴진다. 어딘지 여유가 느껴진다. 쭉 곧은길보다는 굽은 길이, 넓고 편평한 길보다는 좁고 굴곡진 길이 더 정답다. 그 때문에 길게 이어지지만 느림의 속도를 감지할 수 있는 길이라야 비로소 길이라 불린다. 넓게 뻗은 길은 도로라는 경직된 이름을 붙이는 것도 그래서다.

방어진 체육공원과 미포구장

울산이 축구 동계전지훈련장으로 각광받고 있다. 2004년도에 전국의 38개 초중고대학 일반 팀이 훈련을 받은 것을 시작으로 해마다 10여 개 팀 이상의 훈련이 늘고 있는 추세다. 이유는 간단하다. 기후가 따뜻한 데다 훌륭한 잔디구장이 많아서다. 미포구장도 그런 잔디구장 가운데 하나다. 서부구장과 마찬가지로 서양 잔디를 조밀하게 심은 것이 특징이다.

미포구장은 현대미포조선 돌고래축구단의 전용구장이다. 2001년 7

미포구장(현대중공업 제공)

월, 방어진 체육공원을 개장하면서 방어진 공원 내에 함께 개장한 축구
장이다. 체육공원은 이름과 걸맞은 규모다. 사계절 푸른 잔디축구장과
테니스장 2개면과 농구장 등 다양한 스포츠 시설이 갖춰져 있다. 뿐만
아니라 광장, 원두막, 산책로, 연못 등의 아름다운 부대시설로 휴식공간
으로서의 시설도 갖췄다.

방어진 체육공원은 울산과학대 동부캠퍼스 주변에 자리하고 있다.
500여 미터의 산길을 따라 염포산 주변의 빼어난 풍광과 함께 동해가
한눈에 내려다보이는 언덕바지에 있다. 산과 바다를 낀 천혜의 자연환경
속에 자리한 방어진 체육공원은 지역주민들의 자랑거리다. 시민 누구나
쉬면서 운동을 할 수 있는 지역생활 체육의 명소인 까닭이다. 단 잔디구
장만큼은 돌고래축구단의 훈련 및 잔지보호를 위해 일반인의 사용이 제
한되는 것은 아쉬움으로 남는다.

미포구장은 2002년 한일 월드컵 당시 축구강호의 훈련캠프였다. 당시 다섯 번째 우승컵을 안았던 브라질대표팀이 이용했던 덕분에 명성도 높아졌다.

서부구장

서부구장을 오르는 길은 벚꽃길이다. 오른쪽은 큰마을저수지공원이다. 보도블록을 덮는 벚꽃그늘은 운치와 시원함을 동시에 갖게 한다. 잎이 다 떨어졌다고 해도 무성한 나뭇가지를 훑고 나온 바람의 기운은 겨울에도 부드럽다. 큰 도로에서 서부구장을 향해 몇 걸음 걷다보면 주차장 맞은편의 보도블록이 불룩하니 솟아 있다. 솟은 보도블록을 눈길로 좇아보니 벚나무 고목에서 멈춘다. 벚나무 고목의 뿌리가 보도블록을 솟아오르게 했음을 비로소 깨닫는다. 바삐 걷는 사람의 발걸음을 잠시라도 멈추게 하는 것이 마치 과속 방지턱 같다.

움직이지 않고 한 자리에 선 채 길목의 풍경이 된 벚나무. 가만히 있는 줄만 알았더니 시나브로 부지런히 운동을 해서 근육을 키운 모양이다. 자연의 힘이 인공의 힘을 능가하는 현장이다.

서부구장의 사철 푸른 그라운드에는 한국 축구의 피와 땀이 배어 있다. 그 동안 많은 축구선수들의 훈련이 이곳에서 이루어졌다. 한국 월드컵 대표팀은 '98 프랑스 월드컵' 예선전을 위해 서부구장을 이용했다. 그 결과 승리의 주역이 되었고, 서부구장의 명성도 알려지기 시작했다.

서부구장이 만들어진 것은 1995년이다. 2002년 월드컵 유치경쟁이 한창 치열하던 해였다. 당시 한국에서는 처음으로 서양 잔디인 '켄터키 블루그래스'와 '라이그래스'를 파종해서 식재에 성공을 했다. 그 덕분에 울산에도 사철 푸른 축구장이 탄생한 것이다. 이렇게 되기까지는 숨은

서부구장(현대중공업 제공)

노력이 있었다. 축구의 본고장인 영국은 물론 월드컵 유치 경쟁국이었던 일본에 연구팀을 보내서 몇 번의 검토와 실험 끝에 이루어낸 쾌거였다.

서부구장의 잔디구장은 보는 것만으로도 시원함을 느끼게 한다. 굳이 구장을 뛰어다니지 않아도 활력이 넘친다. 사철 푸른 잔디가 눈은 물론 마음까지 젊게 만든다. 들판에서 바다를 보는 느낌이랄까, 짙푸른 색채는 물론 질감도 부드럽고, 밀도도 높다. 경기 중에 슬라이딩 등으로 넘어졌을 때의 부상 위험을 최소화하기 위한 노력의 결과다. 실제로 이곳에서 연습을 했던 국가대표들은 하나같이 볼 바운딩 감각이 좋아서 오랜 시간 연습해도 피로감이 덜하고 컨디션 유지에도 좋다고 말한다.

이를 증명한 것은 2002년이었다. 한일 월드컵 대회 당시 스페인선수단이 훈련캠프로 이용한 것이다. 세계 축구강호인 스페인선수단이 훈련을 했던 기록은 입구에 기록으로 남아 있다. 기록에는 당시 국가대표선

수 및 감독의 사진과 이름, 포지션까지 상세하게 기록되어 있다. 라울, 리카르도, 멘디에타 등 친숙한 이름은 서부구장을 더욱 친근하게 느끼게 한다.

처음에는 축구선수들에게만 개방이 되었던 서부구장은 2011년 9월부터 주민들에게도 개방되었다. 덕분에 동구 주민들의 축구사랑도 늘게 되었다. 단, 울산현대축구단 훈련에 사용되는 천연잔디축구장은 대상이 아니다. 인조잔디구장의 경우 현대유소년축구단 훈련, 울산현대산악마라톤대회, 동구지역 행사 시간 등을 제외하고 일반 주민에게 개방하고 있다.

MTB(산악자전거)

염포산길은 어울길의 시작점이다. 주전과 방어진, 남목을 이어 주던 길이다. 주전 사람들에게는 좀 더 넓은 세상으로 나가는 길이었다. 바다에서 따서 말린 해초를 이고 아낙들이 넘었고, 나뭇짐을 지고 장정들이 넘었다. 이고 지고 간 짐을 찬거리와 바꿔서 다시 산길을 넘어서면 어느새 뉘엿뉘엿 해가 지곤 하던 길이다. 방어진과 주전 사람들에게 이 길은 삶의 길이었다. 그러는 사이에 장정들의 다리에는 근육이 쌓여갔다. 단단하고 튼실한 다리는 고달픔을 이긴 대가였다.

쭉쭉 뻗은 길을 자동차로만 달리는 현대인들에게는 낭만적으로 추억할 수 있는 염포산길. 쉬엄쉬엄 걸어도 땀이 흐르고, 먹고살기에 바빠도 서두르지 않고 넘던 길. 방어진과 주전 사람들이 이고 지고 넘던 길이 지금은 달라졌다. 길은 옛길이나 풍경이 달라졌고, 넓이도 달라졌다. 무엇보다도 산길을 넘나드는 사람들이 달라졌다. 예전에는 생활을 위해 넘던 길이 지금은 건강을 위해 걷고 뛰고 달리는 길로 바뀐 것이다. 결국

염포산 산악자전거대회

은 길이 달라진 것이 아니라 사람이 그렇게 바꾼 것이다.

이 길을 쉬엄쉬엄 걷는 이들은 없다. 생존과 생활을 위해서 굳이 이 길을 걷는 이는 더 이상 없기 때문이다. 생활의 길이 레저를 위한 길로 바뀐 까닭이다. 동구 염포산은 산악자전거와 산악마라톤 장소로 각광받는 곳이다. 그런 만큼 산악자전거에 대해서도 어느 정도는 알아두는 게 좋겠다.

산악자전거는 '극한의 고통 속 희열'이라고 불리는 과격한 스포츠다. 그만큼 체력소모가 많다는 뜻이다. 장비를 갖추어야 하는 것은 기본수칙이다. 브레이크와 기어, 핸들의 안전성 확인은 필수다. 헬멧, 무릎보호대. 보호안경도 반드시 착용해야 한다. 아무리 좋은 운동이라도 안전장구를 갖추지 않아서 사고가 일어난다면 하지 않은 것보다 못하기 때문이다.

준비운동과 스트레칭 역시 필수다. 다리에 쥐가 난다거나, 심장이 쇼크를 일으키는 것을 미연에 방지하기 위한 과정이다. 산악자전거는 일반 자전거 타기보다 운동효과가 2배, 걷기보다는 4배 가량 높다. 자전거 타기는 온 몸의 근육을 쓰는 유산소 운동이다. 그런 데다 조깅이나 마라톤 등과 달리 무릎에 부담을 주지 않는 대표적인 운동이다. 노약자는 물론 하체가 약한 사람, 골다공증 환자에게까지 권장할 수 있는 운동이며, 특히 비만인 사람에게는 탁월한 운동효과가 있다. 콜레스테롤 조절에 아주 효과적인 것으로 알려져 있다. 유익한 콜레스테롤인 HDL은 늘리고, 해로운 콜레스테롤인 LDL은 감소시켜 면역력을 높여 준다. 비만인 사람에게 많은 혈당과 혈압도 떨어뜨려 준다.

비만인 사람이 운동조차 섣불리 시작할 수 없는 것은 무릎에 부담을 주지 않을까 하는 염려 때문이지만 자전거는 다르다. 전신운동이면서

다리와 허리의 근력을 늘려 주는 데 아주 효과적이다. 자전거를 타면 건강도 챙기면서 체중조절 효과까지 얻을 수 있다. 자전거를 타면서 주로 움직이는 것은 다리다. 그렇지만 온 몸으로 이어진 근육은 대퇴부와 허리의 근육까지 발달시켜 준다. 특히 허벅지 앞쪽의 근육을 발달시켜 주므로 무릎의 관절보호에는 탁월한 효과를 얻게 된다. 자전거를 타면 혈행도 빨라진다. 이런 현상은 몸속의 노폐물을 걸러 주어 순환기계통의 기능을 자연스럽게 향상시킨다.

일반자전거만 타도 이런 효과가 있는 만큼 산악자전거의 운동효과가 이보다 더 좋을 것은 두 말할 필요가 없다. 다만 훈련이 제대로 되지 않은 채 의욕만 가지고 섣불리 도전해서는 안 되겠다. 염포산에서 개최된 전국산악자전거대회는 2013년 현재 4회를 넘겼다.

산악마라톤

염포산에서 산악마라톤대회가 열린 것은 벌써 14회째다. 현대중공업과 울산광역시가 공동으로 주최하는 '울산현대산악마라톤대회'다. 이 대회 역시 4월에 열린다. 대회의 명성이 높아진 만큼 전국 각지의 산악마라톤 애호가들이 참가한다. 어느덧 동남권 최대의 산악마라톤 축제로 자리 잡은 것이다. 그 규모에 걸맞게 학생부와 청년부, 일반부, 장년부, 여성부 등 5개 부문으로 나눠서 진행한다.

마라톤 구간은 총 11.6킬로미터다. 서부구장을 출발해 명덕호수공원과 울산과학대, 해발 206미터의 염포산 정상을 거쳐 출발점으로 되돌아오는 코스다. 힘은 들지만 피로감은 덜하다. 능선을 달리며 봄의 정취를 느낄 수 있는 길이기 때문이다. 완만한 능선 아래로 보이는 현대중공업과 현대미포조선의 선박 건조 현장은 건각들의 의욕을 부추기기에 안성

산악마라톤대회

맞춤이다. 넓은 바다에서 시작되는 바람도 숲을 거치면서 시원함을 더하는 시기여서 가쁜 숨결에서도 여유가 느껴진다.

회가 거듭되면서 다양한 볼거리와 부대행사도 곁들여져서 마라토너들은 물론 인근지역의 주민들도 기다리는 행사다. 초보 선수들도 부담 없이 달릴 수 있는 코스라는 점이 무엇보다도 큰 매력이다.

다리로든 자전거로든 벚꽃이 흐드러진 길을 달리는 건각들의 행진은 생각만 해도 활기차다. 산악자전거 대회가 열리는 것은 4월 초순이다. 하얗고 자잘한 벚꽃잎 사이로 웃자란 머슴아이의 머리카락처럼 삐죽이 내미는 푸른 잎으로 염포산은 생기를 더한다.

푸르름이 더해가는 염포산 기슭을 건각들이 달리는 것은 상당히 의미 있는 일이다. 예전에 삶을 위해 염포산을 넘던 사람들이나 산악자전거

염포산 야경은 특별하다. 어둠이 찾아든 산정은 고요하기 이를 데 없다. 이러한 밤의 고요 속에서 산 아래를 보면 딴 세상이다. 불빛으로 반짝이는 도심과 멀리 보이는 석유화학단지의 불빛은 별이 모두 하강이라도 한 듯하다.

염포산에서 바라본 공단 주경

를 타는 사람들이나 하나의 공통점은 젊음이다. 나이를 불문하고 산악 자전거를 탈 정도의 실력이라면 젊음이 있어야 한다. 인생의 푸르른 기운을 염포산의 푸르름과 견줄 만한 일은 아니겠으나 청춘이 달리는 푸른 산. 생각만 해도 마음까지 푸른 기운으로 차오른다.

염포산의 모습은 밤과 낮이 확연히 다르다. 건각들과 자전거의 열기로 활기에 찬 염포산의 모습이 건강한 남성이라면 밤의 모습은 사색에 잠긴 여인의 모습이다. 어둠이 찾아든 산정은 고요하기 이를 데 없다. 이러한 밤의 고요 속에서 산 아래를 보면 딴 세상이다. 불빛으로 반짝이는 도심과 멀리 보이는 석유화학단지의 불빛은 별이 모두 하강이라도 한 듯하다.

화정산 전망대

일몰감상지

뜨는 해는 희망이다. 그렇다고 지는 해는 절망인가? 전혀 그렇지 않다. 하루를 뜨겁게 살고 서녘하늘에 선혈처럼 붉은 노을을 뿌리며 지는 해야말로 놀랍도록 아름답다. 누구라서 사람이 그토록 치열한 삶을 살았던가, 지는 해를 보면서 드는 생각이다. 한반도의 동쪽에서는 이처럼 아름답게 지는 해를 볼 만한 곳이 그다지 흔하지 않다. 도심에서는 더욱 그렇다. 이러한 현실을 감안하면 공업도시로만 알려진 울산에 일몰감상지가 있다는 것은 참 다행한 일이다. 마무리를 의미하는 일몰도 시작을 의미하는 일출만큼이나 중요한데, 하루를 마무리하는 시간을 아름답게 맞이할 최적인 장소가 화정산 전망대다.

화정산 전망대는 연말이면 동해의 일출만큼이나 인기를 끄는 장소다. 일출만을 떠올리기 쉬운 동남해안에서 일몰의 아름다움을 감상할 수 있다는 것은 특별한 경험이 될 만하다. 화정산 전망대가 유명해진 것은 어제오늘의 일이 아니다. 화정산 전망대의 일몰은 유서가 깊다. 예로부터 동구의 아름다운 경치 12곳을 꼽은 방어진 12경 가운데 제1경인 '화암만조花岩晩潮'를 가장 잘 감상할 수 있는 곳이다. 산 위에서 수평선 너머로 지는 해를 보는 감회는 바다에서 보는 그것과 느낌이 또 다르다.

화정산 전망대에서 내려다보이는 방어진 꽃바위 일대에는 검회색 바위 위에 꽃무늬를 연상시키는 하얀 무늬가 유난히 많았다. 아침 해가 떠오를 무렵 바닷물이 만조를 이루면서 꽃무늬 바위가 물속에서 출렁거릴 때와, 저녁 무렵 바닷물이 썰물로 빠져 나가면서 바다 속에 잠겨 있던 꽃무늬 바위가 드러날 때의 절경을 꼽은 것이다.

1989년 항만축조 및 매립사업으로 '화암만조'의 옛 모습은 사라졌다. 계절에 따라 다르지만 해가 서쪽으로 넘어가기 시작할 무렵에 화정산 전망대를 찾아가면 아름다웠던 '화암만조'의 자취는 찾을 수 있다. 이런 유서 깊은 장소에 최근에는 하루의 마무리와 한 해의 마무리를 함께 하려는 사람들이 몰려들고 있다. 조용히 일몰을 감상하러 올랐던 사람들이 아름다움을 말과 글로 전한 까닭이다. 조용하게 한 해를 마무리하고 싶은 사람에게는 오히려 부산스럽게 느껴질 수도 있으나, 일몰이 주는 숨이 멎을 듯한 감격은 이런 부담을 불식시킬 만하다.

한해를 되돌아볼 만한 명소인 화정산 전망대는 그다지 높지 않아 더욱 인기다. 화정산은 동구 염포산의 한 자락이다. 예전에는 천제산으로 불리던 산이다. 실제로 일제강점기 때까지 하늘에 제사를 지냈다는 기록이 있는 것으로 보아 하늘을 가장 가까이 볼 수 있는 곳이라는 걸 짐작할 수 있다. 그러던 것이 이곳의 지명이 화정동이 되면서 자연스럽게 화정산으로 개칭이 된 듯하다.

화정산 전망대는 동구청 바로 뒤편 방어진공원 내에 자리하고 있다. 걸어서 15~20분이면 오를 수 있는 거리다. 전망대까지는 오르는 길부터

정답다. 주종인 소나무를 보필하듯 벗나무까지 식재된 산길은 그대로 푸른 터널이다. 햇살이 아무리 뜨거운 날도 시원하게 오를 수 있는 길이다. 일몰을 보려면 언제가 되든 해가 있을 때 올라야 한다. 그런 길인만큼 이런 환경은 고맙기 그지없다.

화정산 삼거리에는 여러 가지 운동시설이 갖추어져 있다. 방어진 공원의 안내도도 방문객을 반긴다. 안내도의 왼쪽으로 난 오솔길을 따라 10여 미터쯤 들어가면 꽤 넓은 데크가 보인다. 화정산 전망대다. 전망대는 보는 것만으로도 편안한 느낌과 함께 가슴이 탁 트이는 걸 느낄 수 있다. 비탈진 산자락에 불안하게 서서 일몰감상을 하지 않아도 된다는 사실은 고급스런 잡지를 돋보이게 하는 알찬 부록처럼 반갑다.

이곳에서는 울산항을 드나드는 선박의 모습이 뚜렷하게 보인다. 화급을 다투는 운반선도 있을 테지만 전망대에서 보이는 선박의 모습은 하나같이 여유롭다. 먼저 왼쪽으로 눈길을 돌려보자. 온산공단이 꽤 선명하게 보이고, 왼쪽으로 약간 비낀 듯 마주 보이는 석유화학단지는 더욱 가깝게 다가서는 느낌이다.

화정산 전망대에서는 해넘이를 보는 것은 참으로 가슴 벅찬 일이다. 해가 뜨는 것을 보는 명소만 떠오르기 쉬운 동구. 이름에서 풍기는 일출의 분위기만큼이나 기대를 갖게 하는 것이 일몰이다. 동구라는 이름에서 느낄 수 있는 해넘이의 아름다움은 두 배의 감동이다. 태양이 토해놓은 듯한 노을빛과 막 켜지기 시작한 석유화학단지의 불빛들은 묘한 대조를 이룬다. 하늘을 붉게 물들이는 것은 자연의 빛이다. 그 빛과 땅을 화려하게 수놓는 인공의 빛이 가장 멋지게 조화를 이루는 시각이 일몰 무렵이다.

그 시각에 화정산 전망대에서는 해넘이를 보는 것만 가슴 벅찬 일이 아니란 걸 깨닫게 된다. 해넘이가 끝난 뒤면 석유화학단지의 불빛이 눈길을 사로잡기 때문이다. 불빛들에 매료되어 쉽사리 발길을 돌리지 못하는 것은 당연하다. 자연이 아님에도 공단야경이 울산 12경으로 정해진 것에 결코 이견이 있을 것 같지 않다. 1등성들만이 내려앉은 듯 휘황찬란한 야경은 환상적이다 못해 몽환적이기까지 하다. 그런 분위기 속에서 가장 현실적인 작업이 진행된다는 사실이 쉽사리 믿기지 않는다. 화려하면서도 현실 세계 같지 않은 분위기 탓이다. 그곳에서 밤낮없이 경제발전의 윤활유가 분리 재생되고 있다는 사실은 그 광경을 보지 않고 깨닫는 지식으로만 여겨진다.

정면으로 패인 듯 보이는 물길은 장생포만이다. 직선 도로 같으면 자동차로 5분도 걸리지 않을 것 같다. 예전에는 주전이며 남목, 방어진 사람들이 나룻배로 건너던 바닷길이다. 농작물을 싣고 가서 장생포 사람들에게 팔고 비싼고래 고기로 바꿔오기도 했던 길. 그 아득했던 길이 한눈으로 보자니 그랬던 동구 사람들의 삶의 이야기도 마치 전설처럼 아득하다.

화정산 전망대에서는 굽이굽이 흐르는 울산의 젖줄, 태화강 줄기도 한눈에 잡힌다. 강줄기를 중심으로 펼쳐진 울산 시가지를 보는 것도 새로운 감회를 불러일으킨다. 그뿐만이 아니다. 맑은 날은 영남알프스까지 조망할 수 있고, 박제상의 유적지인 치술령은 언제라도 볼 수 있는 곳이다.

눈앞은 미포조선소다. 조선소의 건설 장비들이 돌아가는 소리가 들리는 듯하지만 희한하게도 분주함보다는 고요를 느끼는 곳이 화정산 전망대. 전망대를 둘러싼 여러 수종의 나무들이 시끄러운 소리를 정화시켜 줄 듯한 느낌 덕분이다.

일몰 즈음의 바다와 산은 하나가 된다. 지는 해를 한꺼번에 받는 둘의 모습을 보기란 쉬운 일이 아니다. 화정산 전망대에서는 이 두 가지 풍경을 무척이나 조화롭게 볼 수 있다. 울산 전역을 비추며 치열하게 산 하루를 마감하는 태양. 그 마지막 빛을 받는 감격을 누릴 수 있는 최적의 일몰감상지라는 걸 깨닫게 될 것이기 때문이다.

동구에 해넘이의 명소는 또 있다. 슬도가 그곳이다. 슬도는 이름만으로도 끌리는 섬이다. 구멍이 송송 뚫린 바위도 일품이지만 해질녘의 고즈넉한 분위기는 슬도를 명소로 알리기에 충분하다. 바다를 딛고 선 느낌의 슬도와 산을 딛고 선 화정산 전망대. 장소만으로도 느낌이 달라서일까? 해넘이를 보는 느낌 또한 사뭇 다른 것은 체험을 통해서 느껴볼 일이다.

울산대교가 한눈에

다리는 관계다. 황순원의 「소나기」에서는 소년과 소녀가 징검다리에서 만난다. 외나무다리에서 원수가 만나기도 한다지만 대개 다리는 좋은 관계를 위해 생겨난다. 다리는 물이나 계곡을 사이에 둔 도시와 도시를 이어 준다. 나룻배가 없으면 오갈 수 없었던 강의 이쪽과 저쪽을 이어 주는 것도 다리다. 다리가 생기면서 정보교환의 시기도 단축되었다. 단절된 관계를 이어 주는 것이 다리다.

시인 아폴리네르는 센강에 놓인 미라보다리를 노래하면서 보잘것없는 센강을 세계적인 관광지로 만들었다. 사이먼 앤 가펑클의 '험한 세상의 다리가 되어'는 낮은 곳에서 누군가를 받쳐 주는 다리의 역할을 사랑의 노래로 만들었다. 미라보다리 외에도 세계적으로 이름난 다리는 많다. 샌프란시스코의 상징인 금문교는 세계에서 가장 아름다운 다리로 이름이 높다. 관광객만 해도 연간 수백만 명을 자랑하는 다리다. 영국의 타워브리지도 세계적인 명성을 자랑한다. 아름다운 다리의 명성은 국력과 맞먹는 것이 아니다. 싱가포르와 말레이시아에도 아름다운 다리들이 관광객을 불러들이고 있다.

분수다리로 유명한 한국의 반포대교와 야경이 특히 아름다운 광안대교, 인천대교도 방문객들을 불러들이고 있다. 이처럼 저마다 특색을 살려서 만든 다리들은 하나같이 관광자원이 되기에 충분하다.

울산에도 이런 다리가 생긴다. 울산만을 가로질러 남구와 동구를 잇는 국내 최장의 사상교인 울산대교다. 최대, 최장, 최고처럼 으뜸이 되어야 좋은 것은 아니다. 그런 기록을 위하여 억지로 크기를 키운다거나 길이를 늘이는 것은 의미가 없다. 다만 필요에 의해서 건설되는 것이 최장이라는 데 울산대교의 가치가 있는 것이다.

울산대교는 산길과 바닷길을 이어 준다. 과거에는 주전이나 남목에서 장생포 쪽까지 가려면 얼마나 멀었던가? 『동국여지승람』에 나오는 효성점은 '새벌고개'다. '쇠평'의 이두표기다. 효성점이란 이름에서 알 수 있듯이 새벌고개는 동구에서 가장 높은 마을을 일컫는다.

실제로 주전 사람들은 새벌고개를 넘어서 읍내로 다녔다. 고갯길을 넘는 것은 만만치 않았다. 지금은 자동차로 10분이면 너끈히 넘을 수 있도록 널찍하게 도로가 났지만 예전에는 장정들이나 넘나들던 샛길이었다. 고개가 높기도 했지만 길도 멀고 험했다. 하루 안에 돌아오려면 새벽별을 보면서 넘어야 했던 것은 당연할 수밖에 없다.

"그때는 숲이 우거지진 않았어도 혼자 넘기는 겁났제. 나무 팔러 가다가 산짐승을 만나는 일이 많았거든."

주전에서 나고 자란 염덕우 씨가 전하는 말이다.

호랑이를 만났다는 사람은 없었지만 오소리며 갈가지(살쾡이)를 만나는 일은 잦았다. 혹여 잠든 산짐승을 깨울까봐 조심조심 고갯길을 오르다보면 산짐승들이 놀라서 화들짝 튀어나오곤 했다. 산짐승은 사람이, 사람은 산짐승이 해코지를 할까봐 가슴을 졸이는 고갯길이었다.

이 길에는 층곗돌이 있었다. 하도 밟아서 계단처럼 바뀐 길이다. 옆은 바다와 맞닿은 절벽이다. 이 길에서 산 도둑을 만나는 일도 더러 있었다.

"방어진에 가서 나무를 팔고 돌아오는 길에 산도둑이 칼을 들이대면 허리에 찼던 전대를 풀어 줄 수밖에 더 있나? 겁이 나서 발발 떨다가도 전대만 풀어 주면 사람을 해치진 않았제."

그때는 산도둑들도 순박했던 것 같다는 얘기다. 비록 나무를 하느라

고 보낸 하루와, 나무를 파느라고 보낸 하루까지 이틀을 헛고생한 허무함은 있었지만, 요즘처럼 끔찍한 사고는 없었던 고갯길. 장생포쪽으로 갈 때도 넘어야 했던 길이다.

이런 애환은 주전 사람들을 더욱 돈독한 정으로 묶어 주었다. 수고한 대가를 뺏기지 않기 위해서 여럿이 무리를 지어서 넘곤 했던 것이다. 여럿이 넘다보면 걸음은 더뎌지지만 그만큼씩 정이 쌓이곤 했다. 파도가 치면 그걸 보면서 한 번 쉬고, 바람이 불면 땀을 식히면서 쉬었다. 쉴 때마다 사람들은 저마다 들고 나온 주먹밥이며 찐 고구마 등을 꺼내서 나눠먹었다. 단단하게 뭉친 주먹밥이나 찐득하게 단물이 배어나온 물고구마의 맛은 어떤 맛깔스런 식품과도 비길 수가 없다고 한다.

"봄에는 가다가 밀밭에서 밀서리도 마이 해묵었제. 요새사 밀이든 콩이든 서리가 되나? 당장 도둑으로 신고당하기 십상이제."

울산대교 조감도

　염덕우 씨의 표정에 아련한 그리움이 묻어났다. 불에 구워 먹으면 얼굴까지 시커멓게 되던 시절. 서로의 얼굴을 보면서 깔깔거리다가 주인한테 들켜도 한 번 혼이 나면 그만이었다. 쇠평재가 새벌고개로 불리던 시절의 이야기다.

　한나절을 가슴 졸이며 걸어서 산길을 돌아 나오면 이번에는 물길이 가로막고 있었다. 산길은 더러는 허깨비를 보기도 하고, 산짐승에게 해코지를 당하기도 하던 길이었다. 그런 길이었기에 우선은 탁 트인 물길이 반가웠을 것이다. 그렇지만 어쩌랴. 나룻배를 타지 않고서는 오갈 수가 없었다. 눈으로는 아득하게 보이지만 걸어서는 오갈 수가 없는 현실에 낙담해야 했던 물길이다.

　쑥밭과 대굼멀로 이어지는데 이곳에는 어장이 있었다. 쑥밭에는 나루터가 있었다. 언제나 무동력 나룻배가 대기하고 있었다. 재 너머 목장(번덕·화정) 사람들도 먼 울산 읍내장보다는 물 건너 장생포·양죽 장을 더 선호했다. 돛을 단 나룻배는 순풍에 의지하여 10분이면 물 건너 양죽마을에 닿았다. 그곳에서 동구 사람들은 곡류와 고구마, 무, 채소 등 농산물과 멸치, 갈치 등의 수산물을 팔았다. 돌아올 때는 장생포에서 나는 고래고기 등을 사서 오곤 했다.

쑥밭 나루에서 양죽까지는 육안으로도 사람들의 모습이 훤히 보였다. 쑥밭 나루의 뱃사공은 '물 건너' 상황을 지켜보다가 물건을 다 팔고 돌아오는 손님이 보이면 나룻배로 마중을 나가곤 했다. 참으로 인간적인 풍경이 아닐 수 없다. 조금만 바람이 불어 줘도 물 건너 양죽마을까지 가는 데는 금방이었다. 당시는 바람을 이용하는 돛단배였기 때문에 바람이 없으면 노를 저어 다녔다. 쑥밭나루터는 서민들에게 물적이나 인적으로 유일한 교류의 장이었다.

이런 교류의 장을 지나서 만나는 물길도 산길만큼 애환이 많았다. 장마철에 불어난 강물은 악마의 힘줄처럼 꿈틀거리다가 거대한 입으로 바뀌곤 했다. 빗물에 불어날 것을 예상 못한 채 나룻배를 탔다가 급류에 밀려 불귀의 객이 된 이들도 종종 있었다. 인명은 재천이라며 운명으로 여기기엔 답답한 일이 아닐 수 없다.

그런 산길과 물길이 울산대교로 이어진다. 울산대교는 과거와 현대를 잇는 다리가 되는 것이다. 지역과 지역의 소통을 넘어서 시간과 시간을 잇는 다리다. 시공時空을 한꺼번에 이어 주는 연결고리인 셈이다. 일기가 고르지 않은 날은 나룻배도 움직일 수가 없어서 돌아서야 했던 포구는 이제 아련한 그리움으로 남을 뿐이다. 포구가 어디였던가를 가늠하며 자동차를 달리면 몇 시간은 걸려야 오가던 길이 단 5분으로 단축된다. 마치 타임머신이라도 탄 듯한 기분일 것이다.

울산대교는 남구 매암동에서 울산만을 횡단하여 동구 화정동까지 이어진다. 단경간 규모로는 국내에서는 최대 거리의 교량이다. 주탑 사이의 총 길이는 1,150미터로 륜양, 장인교에 이어 세계에서도 세 번째 긴 다리다.

높이 2백 미터가 넘는 주탑의 모습은 장차 완공 후의 울산대교의 위용을 짐작케 한다. 남구와 동구를 잇는 울산대교의 건설로 선박통행 안전은 극대화될 것으로 전망하고 있다. 뿐만 아니라 울산대교는 울산의 랜드마크가 될 것이다. 이런 기대에 걸맞게 울산을 상징하는 대표 교량으로 미관에 최선을 다하고 있다.

이는 결코 기록을 위한 설계가 아니다. 울산항을 오가는 선박들을 배려한 설계일 뿐이다. 인천대교와 부산의 광안대교의 야경이 여행객들의 볼거리로 자리 잡은 걸 감안하면, 울산대교도 울산의 새로운 볼거리 명소로 자리매김할 것이다. 그 감상지로 화정산 전망대가 가장 유력할 것도 분명하다.

최첨단 기술을 선도하는 하이테크 교량이 될 울산대교를 한눈에 감상할 수 있는 최적지로 화정산이 손꼽히고 있다. 일몰을 감상한 뒤에 야간 조명등이 밝혀진 울산대교까지 볼 수 있는 곳이 화정산 전망대다. 화정산은 이전에도 울산타워 건립 유력후보지 중 하나로 손꼽힌 전례가 있는 만큼 명성은 저절로 커질 것이다.

화정동 속의 일산못

일산소류지

지명이 붙은 유적지나 기념관, 명승지의 이름은 그 지역에 속했음을 짐작케 한다. 주전봉수대가 그렇고, 남목천, 방어진목장이 그렇다. 특색을 살려서 이름을 짓지 않은 무성의도 느껴지지만, 지명을 앞에 붙인 것이 어떤 면에서는 그 지역의 자부심일 수도 있다. 이름만 들어도 그 위치가 짐작이 되기 때문이다.

그런데 그렇지 않은 곳도 있다. 자리한 곳과 지명이 완전하게 달라 영 생뚱맞은 이름도 있다. 일산못이 그렇다. 굳이 '일산소류지'라는 한자어를 써서 자칫 늪지대로 오인될 수도 있는 이름이다. 이름만 들으면 일산동에 속한 것으로 짐작하는 것이 어쩌면 당연한데 일산못은 다르다. 일산못이 위치한 곳은 화정동의 화정산이다.

이렇게 된 데는 사연이 있다. 현재의 화정동은 일산동에 비해 인구수도 그렇고 지역도 훨씬 광범위하다. 그렇지만 해방 이후 1985년까지는 이 넓은 지역이 대부분 산야와 전답이었다. 택지가 적어서 인구도 그다지 많지 않았다. 그러다 보니 화정동이라는 법정동명을 가지면서도, 행

정동은 일산동에 속했다.

 화정동에 택지가 늘어난 것은 1970년 초기다. 현대중공업이 인근에 공장을 건설하면서 인구가 급격히 늘어났다. 이들을 위해 대체로 싼 가격에 구입할 수 있는 화정동을 택지로 전환한 것이 인구 증가로 이어졌다. 이는 1985년 행정동도 화정동의 고유지명으로 갖는 계기가 되었다. 그렇지만 여전히 일산동에 속한 느낌을 갖게 하는 일산못의 이름은 바뀌지 않은 것이다.

 일산못은 1966년에 만들어졌다. 6·25전쟁이 끝난 지 15년 가까이 된 때였지만 민초들은 여전히 가난하고 곤궁한 처지에 있었다. 가장 견디기 힘든 것이 보릿고개였다. 쌀이나 잡곡이 떨어지는 봄. 보리가 익기를 기다리면서 산과 들에 돋는 식용 풀들을 뜯어서 멀건 죽으로 연명하는 사람들이 많았다. 바다에 인접한 주민들은 나름의 음식을 개발하기도 했다. 곤피를 많이 넣어 지은 곤피밥이다. 쌀보다 곤피가 훨씬 많아서 소화되지 않은 곤피가 대변으로 고스란히 나오기도 했다. 농촌에서는 고구마밥, 산촌에서는 각종 산채밥이 등장하기도 했다.

지금은 대개 건강식으로 각광받는 음식들이다. 이런 음식들로 겨우 배나 채우던 이야기는 점점 전설처럼 되어가고 있어, 보리가 익을 때까지 민초들의 배를 채우던 구황식이었음을 아는 이들이 점점 줄고 있다. 보리 익는 기간이 너무 길게 느껴지는 시절. 보리 익기를 기다리던 민초들이 더러는 굶어 죽기도 했던 시절이었다.

일산못은 이런 시절의 어려움을 타파하기 위해서 만든 것이다. 당시 정부에서는 외국으로부터 양곡 원조를 받았다. 주로 밀가루였다. 정부는 농촌의 곳곳에 흐르는 가는 물줄기를 막아 못을 만들었다. 천수답에 물을 대기 위한 수단이었다. 원조 받은 밀가루는 못을 만들면서 품삯으로 주어 식량난도 해결했다. 일산못도 그 계획의 일환으로 만들었다. 만들 당시의 상황들은 제방에 세워진 '완공기념비석'에 자세하게 기록되어 있다. 이 사업의 명칭은 '일산소류지'다. 시행관청은 방어진 출장소로 현재 동구청의 전신이다. 취로 사업에 참여한 연인원은 1만 3,889명이며, 지원양곡은 5만 킬로그램, 자금은 48만 3천 원이 투자되었다고 기록하고 있다.

동구청 뒷산으로 이어지는 산책길을 따라 오르면 화정산 삼거리가 나온다. 이곳에는 '방어진공원 안내도'가 세워져 있다. 이 안내도에는 '일산소류지'라고 표기해야 할 일산못을 '안산소류지'로 적어 놓았다.

 바다로 이어진 길 염포산을 걷다

전하산성山城과 구당재舊堂嶺

신라新羅의 성터

전하산성

신라 옛 성新羅古城

碧草春生古牧場	봄 오는 옛 목장에 푸른 풀 돋아나고
壞城殘日弔羅王	성터에 남은 햇살 신라왕을 슬퍼하네.
平原極目雲沙際	들판 저 멀리 구름 같은 모래밭엔
萬馬嘶風立杳茫	말 떼가 아득하니 바람 속에 서 있네.

— 홍세태 시, 송수환 역

홍세태가 칠언절구로 읊은 '시리성'의 모습이다. '시리성'이 한자 표기로는 '증성甑城'이다. 300년 전에 이곳 감목관이었던 유하柳下 홍세태는 '신라성'이 변한 말로 보았던 것 같다.

봄날 목장에 풀이 돋아나는 모습에서 시상을 얻은 홍세태. 오랜 세월

풍화작용으로 허물어진 성터에 비친 햇살을 보는 감목관의 쓸쓸한 모습이 연상된다. 사라진 제국의 왕을 슬퍼한다는 것도 많은 생각을 하게 한다. 아무리 높은 지위에 있었더라도 과거보다는 현재가 중요하다는 걸 깨닫게 한다.

'성을 쌓는 자는 망할 것이며, 끊임없이 이동하는 자만이 살아남을 것이다.'

몽골의 울란바토르 부근에 지금도 남아 있는 톤유쿠크(7세기경 돌궐의 장수)의 비문에 적힌 말이다.

그럼에도 중국에는 세계가 놀라는 만리장성이 있다. 성을 쌓은 진시황이 죽긴 했으나 그 성은 지금 중국을 대표하는 관광자원이 되었다.

톤유쿠크의 말을 제대로 이해하려면 먼저 지형을 감안해야 한다. 톤유쿠크는 망해가는 돌궐제국을 부흥시킨 장군이다. 중국 한족과 어깨를 나란히 할 만큼 위용이 남달랐다. 끝간 데 없이 펼쳐진 초원에 성을 쌓기는 쉬운 일이 아니다. 그런 지형에서 적을 막으려고 성을 쌓아 수비에만 치우치다보면 결국 공격을 당해 망하고 만다는 의미지만 그것은 어디까지나 몽골 같은 초원지형에나 해당되는 논리다.

우리나라는 산지가 많다. 적의 공격을 피하는 것도 중요하지만, 적을 공격하는 데도 성이 필요했다. 안전하게 숨어서 적의 움직임을 살피고, 그에 따라 작전을 세울 수도 있는 곳이 산성이다. 그러므로 웬만한 산에는 어디나 성이 있었다.

전하동의 산성은 산록마을 뒤편의 신라 초기 산성 터로 추정된다. 성의 옛 이름은 시리성이다. 이 성도 이름에서 빚어진 오해가 있다. '시리(甑)'의 표기에 대한 오해다. 지형이 시루(甑)처럼 생겼기 때문에 붙여진 이름으로 알고 있으나 사실이 아니다. 이 훈(訓)을 빌려서 '지형지물'의 크고 높은 것에 붙여진 이름이다.

'시리'는 '수리'가 변한 말이다. '수리'는 정수리·산마루 등 '높은–'의 뜻을 가지고 있다. 이름에서도 전해지듯이 이 성터는 지배계층이 웅거하던 곳으로 보고 있다. 고대 한 부족집단이 이곳에서 성읍을 이루며 살았을 때 그 추장이 살았을 것으로 추정하는 것이다.

시리성 앞의 산등성이를 '시리성 고개' 또는 '실성고개' 또 북쪽 골짜기를 '수리지골'로 수리·시리는 한 뿌리에서 태어난 동근어同根語이다. 또 산성 아래 마을은 '산시이山城' 마을로 불러 왔다.

전하산성이 발견된 것은 그리 오래 전 일이 아니다. 이 지역이 현대중공업의 예비군 훈련교육장으로 사용되면서 알려졌다. 훈련용 참호를 파던 중에 기와, 토기편 등이 대량 노출된 것을 계기로 관심을 받게 된 것이다. 이곳으로 진입하는 길은 두 갈래다. 산시이 마을로 들어오거나, '늘푸른 아파트' 뒤편을 따라 산성의 약수터로 가는 길이다. 그 길로 오르다 보면 산성 앞에 이른다. 이 산길이 구당재로 이어지는 길이다.

산성 앞의 서남쪽 골짜기는 '대성골'이라 부른다. 골짜기의 이름은 옛날 이곳에 있던 절의 이름에서 유래된 것으로 전해진다. 이곳에는 '대성사'라는 절이 있었다. 풀숲이 우거져 습한 때문인지 빈대가 사람이 살지 못할 만큼 들끓었다. 결국은 빈대 때문에 대성사는 폐사되고 만다. '빈대 잡으려다 초가삼간 태운다'는 말을 떠올리게 하는 씁쓸한 결과가 아닐 수 없다.

그 절 이름을 따서 대성골이 되었다는 전설이 전해져 오지만, 이 또한 확실치 않다. 무엇보다도 빈대 때문에 폐사된 절의 이름을 따서 지명을 짓는다는 것이 꺼림칙하다. 대체로 지명유래를 밝히지 못하는 곳은 그 지명이 절 이름에서 나온 것으로 유래를 소개하고 있다는 사실이 그나마 위안이 된다.

대성골의 '대'를 지명에서는 산山의 고어古語인 '달達'이 변한 것으로 본다. 달 → 다리 → 다이 → 대로 음운이 변한 것이다. 따라서 대성골은 '산성이 있는 골짜기'라는 의미를 담고 있는 지명으로 보인다. 실제로 이 지역이 전하산성이었다는 걸 감안하면 더 확실해진다.

이보다 더 안타까운 사실은 시리성의 완전한 소멸이다. 현재는 흔적조차 거의 찾을 수가 없게 된 것이다. 문화재에 대한 의식이 없었던, 배고프고 가난했던 시절에만 해도 이곳에 꽤 많은 돌들이 남아 있었다. 성벽이었다는 의식이 없었기에 주민들은 산성의 돌은 하나씩 빼내갔다. 집의 구들장으로 쓰기도 하고, 정치망을 할 때 닻으로 이용하기 위해서였다. 성벽이 그렇게 허물어지고 말았다는 건 두고두고 안타깝고 아쉬운 일이 아닐 수 없다. 역사적 고증도 안된 데다, 문화재지정이 되지도 않은 시대적 상황과, 주민들의 무지함의 결과는 허무감을 더한다.

구당재 舊堂嶺

당재에 올라 목장지형을 보다 登堂峴 觀牧場地形

산봉우리는 구름 위에 솟았고	一峰孤立出雲空
산자락엔 작은 무덤들 널렸는데	培塿旁羅衆皺同
말이 어디서 노는지 찾지도 않으면서	不辨馬遊何谷裏
저 숲속에 호랑이 숨었다 의심하네.	還疑虎伏此林中
산은 여러 고을에 걸쳐 뻗어있고	山形半割諸州去
땅은 굽이쳐 바다에 이르렀는데	地勢渾臨大海窮

유하 홍세태가 울산에서 감목관이던 시절에 읊은 시다. 시 속의 당재는 전하산성을 지나는 지점에서부터 이어지는 고갯길인 '구당재舊堂嶺'다. '옛 당재'라는 뜻이 담겨진 지명이다. '구당재'는 전하동과 일산, 화정 사람들이 울산장에 다닐 때에 이용했던 옛길이다.

지금은 완만한 산길이 정답다. 그다지 높다는 생각도 들지 않는 것이 산책 코스로 각광을 받는 길이다. 멧돼지가 출몰할 때를 감안한 주의사항이 안내표지판으로 만들어져 있지만 겁나는 길도 아니다. 완만한 산길을 걷노라면 오히려 과연 이곳이 홍세태가 읊은 것처럼 구름이 걸릴 정도로 높은 봉우리일까, 의구심이 생긴다.

산자락에 작은 무덤들이 널렸다는 것으로 보아 깊은 산중이었던 것은 의심할 여지가 없다. 숲속에 숨은 호랑이를 의심했을 정도니 옛 사람들이 넘기에는 고달프고 무서운 길이었던 모양이다. 옛날에는 삶의 길이었지만 넘나드는 사람이 많지 않았으리라. 그랬던 고갯길이 오늘날은 여유를 즐기는 사람들로 넘쳐나고 있으니 격세지감을 느끼지 않을 수가 없다. 다만 산도깨비를 만날 일은 없지만, 고목과 돌을 스치는 바람소리는 예나 지금이나 비슷한 것 같다. 고갯마루에 올라서면 가슴까지 시원해지는 바람을 언제라도 받을 수 있는 곳인 까닭이다.

'구당재'를 따라 우측(北)의 능선 아래의 골짜기는 명덕 저수지의 좌측 골짜기인 '수리지골'이다. 구당재는 주로 평탄한 산등허리다. 옛사람들은 재를 넘을 땐 돌멩이를 손에 쥐고 걸었다. 그 돌은 산짐승이라도 나타나

구당재(예전 모습이 고스란히 남아 있다.)

면 방어용 무기로 쓰기 위함이었다. 이 고개에서 일행을 만난 사람들은 재를 무사히 넘게 해달라는 기원을 담아 돌을 쌓기 시작했다. 돌을 쌓은 다음에는 산신에게 안녕을 빌었다.

세월이 흐르면서 이렇게 쌓인 돌무더기가 단壇이 되었다. 단고개는 그래서 생겨난 말이다. 단이 있는 고개인 '단고개'가 발음을 쉽게 하려다 보니 '당고개'로 변했고, 한자의 표기도 당堂으로 표기하게 된 것이라고 전한다.

구당재의 초입 좌측의 작은 산등성이에는 크고 작은 바위들이 있다. 달덩이 같은 '장군바위'와 '용마름(용구름)'을 말아놓은 듯한 '용마름바위', 전마선 모양을 한 '배바위'가 그것이다. 작은 발자국이 새겨진 것 같은

구당재

'장수발자국터'에 어울리는, 모양과 크기가 비슷비슷한 '장수살구돌'도 군데군데 흩어져 있다. 이곳에는 하나의 전설이 전해져 온다.

옛날 산 아래 동네에는 힘이 장사인 소년이 살고 있었다. 자라면서 기골이 장대한 것이 용모부터 남달랐다. 미천한 집안의 소년이었지만 사람들은 소년을 예사롭게 여기지 않았다.

"장군감이야."

"나라를 위해 큰일을 할 거야."

왜국의 노략질 소식이 들릴 때면 사람들은 소년을 두고 기대에 찬 말을 했다.

어린 나이였지만 소년이 사람들의 기대를 모를 리 없었다. 소년은 어떻게든 나라를 위한 일을 하고 싶었다. 그러자면 힘을 기르는 것이 먼저였다. 적을 물리칠 수 있는 일이 무엇일까를 생각했지만 소년이 할 수 있는 일은 많지 않았다. 나이가 어린 탓에 군역을 할 수도 없었고, 살림이 넉넉지 않으니 검조차 구할 수가 없었다.

소년은 날마다 구당재에 올라서 공기놀이를 했다. 주변에 흩어진 돌들이 모두 소년의 공깃돌이 되었다. 그 돌의 크기는 아이 머리통만 했지만 소년에게는 그다지 무게감을 주지 않았다. 그러다가 심심하면 바위를 들면서 힘을 기르곤 했다.

"난리가 났다. 왜군이 쳐들어왔단다."

마을이 뒤숭숭해졌다. 왜인들이 쳐들어왔다는 말에 아들이 혼잣말처럼 중얼거렸다.

"드디어 때가 왔구나."

중얼거림이었지만 결의에 찬 말에 어머니는 마음이 무거웠다.

하나밖에 없는 아들이었다. 아버지도 없이 혼자 기른 아들이었다. 궂은일도 마다 않고 품을 팔면서도 아들만 보면 뿌듯했다. 천한 신분이었지만 아들의 기개는 양반들도 함부로 하지 못했다. 어머니에게는 어떤 대갓집 도령보다 더 귀한 아들이었다. 그런 아들이 나라를 위해 몸 바치겠다고 홀연히 집을 떠날 것 같아서였다.

"안 된다. 너는 아직 어린애야."

"나라가 위험에 빠졌는데 나이가 많고 적음이 무슨 상관입니까?"

"걸리적거리기만 한다고 받아 주지도 않을 테니 아예 나설 생각도 말아라."

어머니의 은근한 압박에 아들도 마음이 무거웠다.

"어머니는 저를 그렇게 키우셨습니까? 나라의 위기를 보고서도 가만히 있으라니 그게 무슨 말씀입니까?"

"내 말은 그런 뜻이 아니지 않느냐? 일에는 다 때가 있는 법, 어느 정도 나이가 되면 어련히 받아 줄까?"

어떤 구실로도 말릴 수가 없다는 걸 알아챈 어머니는 계속 아들이 어리다는 이유만을 늘어놓았다.

더 이상은 대꾸가 없는 아들이 불안했다. 고민을 하던 어머니는 이사를 하기로 했다. 아들에게 세상 소식이 들리지 않는 곳으로 갈 요량이었다. 그렇다고 타지로 옮길 수는 없었다. 타지로 나가려면 마을 밖으로 나가야 하고, 그것은 세상 소식을 더 잘 듣는 결과로 이어질 것이었다.

"아버지의 산소를 돌보아야겠다."

궁여지책으로 둘러댄 이유였다. 아버지 산소 돌보기를 핑계로 아들이 자주 놀던 산중으로 이사를 했다. 어차피 움막 같은 집이었으니 산중이나 산아래나 다를 것이 별반 없었다.

다행히 아들은 다른 생각을 하지 않는 듯했다. 눈만 뜨면 아버지의 무덤가에서 공기놀이를 했다. 무덤주변에 흩어진 돌무더기들을 공기돌 삼아 던지고 받으면서 산소를 깨끗하게 돌보았다.

"아버지가 얼마나 좋아하시겠니?"

마음이 놓인 어머니의 말에 아들이 희미하게 웃었다.

다음날이었다. 소년은 어김없이 아버지의 무덤가에서 놀고 있었다. 그 때 하늘이 컴컴해지더니 구름이 자욱했다. 소년이 하늘을 올려다보자 구름 사이에서 용이 나타났다. 아주 커다란 용이었다. 소년을 본 용이 몸을 꿈틀거리더니 꼬리를 내렸다.

양손에 큰 바위를 든 소년은 용의 꼬리에 냉큼 올라탔다. 소년은 그

바위들로 왜국의 궁을 부숴 버릴 생각이었다. 용이 몇 번 꿈틀거리는 사이 소년은 용의 목덜미까지 몸을 옮겼다. 양손에 큰 바위를 든 터라 떨어질까 봐 소년은 조바심이 났다.

"가자! 왜국으로."

용이 마치 자신을 태우러 오기라도 한 듯 소년이 말했다.

알았다는 듯 용이 꼬리로 두어 번 바닥을 쳤다. 그러더니 하늘로 날아올랐다. 용은 천천히 날았다. 구름 사이에 숨은 용은 흡사 용 모양의 구름 같았다.

"저것 봐. 신기하기도 하네."

"용 구름이네. 저 구름이 왜국에다 물난리가 나도록 비나 퍼부었으면 좋겠다."

사람들이 용을 보면서 왁자하니 떠들었다.

"염려 마세요~"

뿌듯해진 소년이 아래쪽을 향해 손을 흔들었다. 그 바람에 한쪽 손에 들었던 바위가 떨어졌다. 소년의 몸도 기우뚱했다. 한쪽 손에 든 바위가 떨어지는 바람에 순간 다른 쪽으로 몸이 기운 것이다. 균형을 잡으려고 몸을 움직이는 사이 용이 놀라서 꿈틀거렸다.

"어어어엇!"

중심을 잃은 소년은 그만 아래로 떨어지고 말았다. 소년은 동해바다에 떨어졌다. 바다는 금세 붉게 물들더니 며칠이나 색이 바뀌지 않았다. 사람들은 왜국의 왕궁을 부숴 버리려던 소년의 한 때문이라고 했다.

구당재를 따라가다 보면 우측능선을 따라 현대중공업 예비군훈련장이 나타난다. 그곳에 둥그스름한 산등이 나타나는데 이곳은 '고래등만디'다. 이곳에서 옛길이 이어진다. 북쪽 수리지 골짝 논골로 내려다니던 옛길이다. 옛날 이곳에다 농사를 지었다. 고래등만디까지 소달구지를 몰고 와서는 이곳에 매어두곤 했다. 논골에서 거둬들인 나락(벼)짐은 지게로 져서 산마루까지 옮긴 다음 이곳에서 소달구지로 옮겨 실어야 했다. 고단한 농사였지만 포기하지 않았던 부지런한 농민의 마음이 스민 고래등만디. 고래 등만 한 고개는 쉼터면서 삶을 잇는 정거장의 역할을 했던 곳이다.

고래등만디의 남쪽에 있는 골짜기는 '새북골'이다. 하얀 진흙을 이곳 사람들은 새북이라고 부른다. 옛사람들은 명절을 앞두고 이곳에서 파낸 흙으로 집을 단장했다. 파낸 진흙을 말리면 하얗게 된다. 그것을 곱게 쳐서 다시 갠 다음 토담의 그을린 외벽에 칠을 했다. 칠한 부분이 마르면 하얗고 깨끗한 모습이 되었다.

자연에서 얻은 재료로 집을 단장한 사람들. 순박할 수밖에 없다. 딱딱한 콘크리트 벽은 왠지 사람을 가두는 느낌이다. 그에 반해 흙벽은 사람을 감싸는 느낌인 것도 흙의 질박한 기운 덕분일 것이다.

염포산 오승정

염포산은 울산과학대 동부캠퍼스에서 오르면 편하다. 그다지 높은 산도 아니어서 산책 삼아, 소풍 삼아 오를 수 있다. 울산과학대 운동장에서 산으로 이어지는 길이 있다.

샛길을 따라 걷노라면 마음의 피로가 씻긴다. 대신 발이 부담을 갖지 않을 만큼 천천히 걸어야 좋다. 미포체육공원을 지나면 염포산 정상을 가리키는 안내 팻말이 나온다. 3.8킬로미터, 소요시간 65분. 대략 1시간 전후의 시간을 잡고 느긋하게 걸으면 몸에 촉촉이 땀이 배어날 정도의 운동이 된다.

산길을 걸으면서 만나는 풀꽃들은 자성의 매개가 되어 준다. 보잘것없고, 더러는 이름도 모르는 잡풀들도 작은 꽃송이들을 매달고 있는 모습은 앙증맞다. 아무도 알아주는 이 없는데도 꽃피고 씨앗 맺어 종자 퍼트리기에 열중하는 모습이 거룩하기까지 하다. 큰 나무의 그늘에 가려도 풀들은 불평이 없다. 사람에게 짓밟혀도 꿋꿋이 일어선다. 더러는 애써 맺은 씨앗들을 새들에게 먹히기도 하지만 잔바람에도 태연하게 흔들린다. 그렇듯 눈에 띄지 않아도 제 몫을 다하는 풀들이다.

사람은 어떤가. 풀들에 비하면 얼마나 고귀하다 여기며 사는가. 스스로 그렇게 여기면서도 정작 삶은 그렇지 못한 순간이 허다하다. 자신보다 돋보이거나 인정받는 이를 시샘하거나, 실패가 두려워 꿈을 꽃피우기를 망설였던 기억들. 누구에게나 있는 그런 기억들을 풀꽃들은 은은한 향기로 일깨운다.

이런 길 끝의 염포산 정상에는 아담한 팔각정이 있다. 오승정五勝亭이다. 정자의 이름 짓기에 다소 골몰한 흔적이 풍기는 이름이다. 이곳에 서면 산과 바다, 강, 고을, 산업단지, 이 다섯 가지 풍광을 한눈에 조망할 수 있다는 의미(五)와, 동구의 발전과 번영을 기원하는 의미(勝)를 곁들여서 지은 것이다. 굳이 팔각정의 규모나 형태를 감안하지 않더라도 산업도시의 냄새가 진한 이름에서 지은 지 오래 되지 않았다는 걸 깨닫게 된다. 지역의 설화나 옛 지명을 본 따서 지었으면 하는 아쉬움이 남는 이름이다. 다만 그렇게 지은 이름이라는 내용을 알고 보면 영 생뚱맞은 이름이 아니긴 하다.

오승정 아래에서 불과 나무계단 몇 개를 오르는 것뿐인데, 아래와 위에서 맞는 공기는 사뭇 다르다. 명덕호수공원의 푸른 물이 반달형으로 보이는 오승정에서 맞는 바람은 특히 시원하다. 산업단지가 훤히 보이는 곳임에도 바람에 산업의 냄새는 조금도 섞여 있지 않다. 숲과 물만이 만들어낸 듯한 깨끗한 느낌의 바람은 한여름에도 서늘한 감을 준다.

다양한 체육시설과 벤치까지 고루 갖춘 염포산 정상은 또 다른 휴식 공간이다. 쉬면서 들을 수 있는 이야기를 들어보는 것도 의미 있는 일이 되겠다.

염포산 오승정

구신네 이야기

염포산의 옛 지명은 구당산이다. 그 정상을 구당재라 불렀는데 이곳은 동구민들의 삶과 직결된 곳이다. 울산 읍내장을 보러 넘나들던 재(嶺)였다. 읍내장에는 여러 고을의 산물들이 모여들었다. 닷새마다 서는 장날에는 우시장도 열렸다. 동구의 번덕마을, 전하동 일대의 사람들은 모두 구당재를 넘어서 울산장터를 나다녔다.

한적한 데다 으슥한 산길이다 보니 크고 작은 사고도 잦았다. 강도가 출몰하여 창졸간에 물건이며 돈을 강탈당하는 것은 다행이었다. 더러는 목숨을 잃는 일도 있었다. 특별한 대비책이 없다 보니 한 동네 사람들끼리는 서넛, 또는 대여섯씩 뭉쳐서 고갯길을 넘게 되었다.

당시 염포산 아래 동네에 덕팔이라는 농부가 살고 있었다. 덕팔은 근근이 모은 돈으로 송아지를 사서 송아지를 낳으면 어미 소를 팔곤 했다. 덕분에 지독한 가난에서는 벗어났지만 넉넉하지 못한 것은 여전했다. 그러는 중에 하나뿐인 아들의 혼사가 결정되었다. 가을걷이가 끝나면 치르기로 한 혼사가 걱정이었다. 살림을 날 것은 아니었지만 신부에게 보낼 예물비가 문제였다.

목돈을 만들 구실은 소를 파는 것밖에 없었다. 하나뿐인 아들의 혼사를 소홀히 할 수가 없었던 덕팔은 아직 어미 소가 되지 않은 소를 팔기로 했다. 그 동안 기르던 소가 정이 들었지만 팔면 혼사비용에 큰 보탬이 될 것 같았다. 그나마 빚을 지지 않고 며느리를 들일 수 있겠다 싶으니 아까운 마음이 한결 덜했다.

닷새마다 우시장이 열리는 울산장에 갔던 그는 좋은 값에 소를 팔았다. 정든 소를 돈과 바꾼 것이 못내 아쉬웠지만 이내 발길을 돌렸다. 돈을 싸맨 전대를 허리에 두르고 우시장을 막 나섰을 때였다. 야바위꾼들이 사람들의 발길을 묶어 놓고 있었다. 눈길이 야바위꾼에게 머물자 허리에 찬 전대로 저절로 손이 갔다. 잘 있나 싶어서 만져본 것이었다.

"자~ 돈 놓고 돈 먹기~ 잘만 하면 한 밑천 잡는 재미있는 돈놀이~"

야바위꾼은 빠른 손놀림에 걸맞게 입담도 좋았다.

그는 다시 전대를 맨 허리를 지그시 눌렀다.

"자~ 돈 놓고 돈 먹기~ 잘만 하면 자식 혼사 걱정 없는 돈놀이~"

발길을 돌리려던 덕팔을 잡는 소리였다. 야바위꾼의 말은 마치 자신의 속을 들여다보기라도 한 듯했다. 돌아보니 야바위꾼은 덕팔에게는 관심도 없는 듯했다. 그럼에도 덕팔은 무엇에 끌리듯 사람들의 틈새를 비집고 들었다.

먼저 야바위꾼의 손놀림을 유심히 살폈다. 한 개의 종지 아래 작은 표식을 놓고 세 개의 종지를 이리저리 섞고 있었다. 돈 놓고 돈 먹기 놀이에 달려들기 전에 덕팔은 눈길로 야바위꾼의 손놀림을 좇으며 마음속으로 종지를 점찍었다. 신기하게도 자신이 점찍은 것이 모두 들어맞았다.

자신감이 생긴 덕팔은 본격적으로 야바위에 뛰어들었다. 송아지 살 돈만 챙길 요량이었다. 자신감이 붙었지만 처음부터 많이 걸지는 않았다. 얼마의 돈을 건 덕팔은 확신에 차서 종지를 짚었지만 허사였다. 실수려니 여겨 다시 했지만 역시 헛짚은 것이었다. 이제는 송아지 살 돈은커녕 본전이라도 찾아야 했다. 조금씩 절박해지기 시작한 덕팔은 돈을 조금씩 많이 걸기 시작했다.

거듭된 실패는 이미 예견된 것이었다. 야바위꾼들에게 걸려서 날름날름 소 판돈을 모두 잃은 덕팔은 하늘이 노랬다. 집으로 돌아갈 일이 막막했다. 무엇보다도 아들의 혼사가 걱정이었다. 오로지 돈을 날린 일에만 신경이 쓰인 덕팔은 고민 끝에 한 가지 결정을 내렸다. 이러나저러나 혼사는 치를 수가 없는 형편이었다. 그러니 소 한 마리 값을 벌 때까지 집에 들어가지 않기로 한 것이다.

그 동안 덕팔은 남모르는 곳에 가서 머슴살이를 하기로 작정했다. 마음이 변할까 봐 덕팔은 그 길로 고향을 떠났다. 이런 사정을 모르는 아내와 아들은 걱정이 되었다. 밤이 이슥하도록 돌아오지 않는 가장의 생사로 잠을 이룰 수가 없었다.

다음날이 되어도 사람이 돌아오지 않자 마을에 소문이 났다. 아들은 장정들을 데리고 구당재를 넘었지만 어떤 흔적도 발견하지 못했다. 울산 장내를 샅샅이 찾아보았으나 소를 팔고 돌아가는 것만 보았다는 것이 전부였다. 다시 한 번 구당재를 샅샅이 뒤졌다. 혹시 산짐승에게 해를 당하면서 신발이라도 떨어뜨렸을지 모른다는 생각에서였다. 인근 저수지까지 뒤졌으나 허사였다.

실의에 빠진 아들은 눈앞이 캄캄했다. 혼사는 생각할 겨를도 없었다. 어머니를 설득해 점바치를 찾았다. 점바치는 호환을 당했다며 파혼할 것을 종용했다. 신부의 팔자가 드세서 시아버지를 잡아먹을 사주라는 것이다. 점바치의 말대로 하자는 어머니의 말에 아들은 생각했다. 호환을 당한 시아버지가 있는 집으로 시집 올 신부가 과연 있을까 싶었다.

"우리가 말 안 해도 처녀 집에서 먼저 파혼을 하잘까 봐 걱정입니다. 이미 아버지는 돌아가셨는데 또 무슨 횡액을 더 당할 거라고 말짱한 처녀를 내칩니까?"

소문은 들었을 테니 신부 집에서 무슨 결정을 하든 따르자고 했다.

과연 기별이 왔다. 혼사 날짜를 미루자는 기별이었다. 고마운 일이었다. 아버지의 탈상이 끝날 때까지 기다리겠다는 기별에 실의에 빠졌던 아들은 기운을 차렸다.

점바치의 말이 사실인지 아버지는 해가 바뀌도록 돌아오지 않았다. 생사가 확인된 것은 아니지만 제사를 지내지 않을 수는 없었다. 그렇다고 아버지가 집을 나간 날로 정하기도 찜찜했다. 어머니와 의논 끝에 중구절인 음력 9월 9일에 제사를 지내기로 했다.

몇 해째 제사를 지내는 중에 조촐하게 아들의 혼사도 치렀다. 혼사일은 해만 바뀐 채 처음 정했던 날이었다. 그러구러 한 해가 훌쩍 지났다. 산달이 찬 며느리는 시아버지에게 제사음식을 정성껏 준비했다. 시아버지를 잡아먹은 며느리라는 주위의 눈총이 의식되지 않을 수가 없는 처지에서 맞는 시아버지의 첫 제사가 아닌가?

조촐하지만 온갖 정성을 다해 차린 제상 앞에 절을 하려는 찰나였다. 밖에서 인기척이 들렸다. 배는 불렀지만 몸놀림이 가벼운 며느리가 마당으로 나섰다.

마당에는 반쯤 기운 달빛아래 초췌한 몰골의 중늙은이가 서 있었다. 낯선 곳에서 고단한 머슴살이로 겉늙은 덕팔이었다.

"뉘시온지요?"

시아버지의 얼굴을 알 길 없는 며느리가 조심스럽게 묻는데 아들과 아내도 마당으로 나왔다.

"아, 아버지……."

"다, 당신……. 내, 내가 구신에 홀렸나?"

아들과 아내는 그 자리에 굳은 채 온 몸을 후들거릴 뿐이었다. 죽은 지 몇 해가 지난 사람이 제삿날을 알고 찾아왔으니 당연한 일이었다.

아들과 아내가 덜덜 떨고 있는 가운데 며느리가 침착하게 나섰다.

"아버님이십니까? 어디서 얼마나 고생을 하셨는지는 모르나 어서 안으로 드셔서 제 절을 받으십시오."

거지행색의 시아버지를 안으로 들인 며느리가 아들과 아내를 향해 말했다.

"아버님은 구신이 아니십니다. 구신은 아랫도리가 없는데 아버님은 비록 노쇠하셨으나 몸은 멀쩡하십니다. 아마도 그 동안 어디 끌려가셔서 모진 고생을 하신 듯합니다."

들고 보니 그랬다. 귀신이 온 줄 알고 혼비백산했던 아내와 아들은 그제야 덕팔을 껴안고 통곡을 했다.

정성을 다해 차린 제사상은 잔칫상이 되었다. 덕팔이 다시 살아온 기쁨의 잔칫상이었다.

이 소문은 다음날 해도 지지 않아 온 마을에 퍼져나갔다. 날이 지나면서 덕팔의 택호는 자연스럽게 구신(귀신)네가 되었다.

{ 초록의 휴식공간 }

명덕호수공원

명덕호수공원 일원은 아파트 숲과 마주하고 있다. 자동차들만 다니는 짙은 잿빛의 도로뿐이어서 언뜻 삭막함이 풍긴다. 이런 곳에 사는 도시민들은 어디서 위안을 받을까? 개인의 공간이 아니더라도 몸과 마음의 쉼터를 바라는 것은 누구나의 소망일 것이다.

현재는 '명덕호수공원'으로 불리는 명덕저수지는 이런 도시민들의 소망을 이뤄 주는 곳이다. 동구청에서 울산대학교병원 사이는 명덕호수공원을 마주한 아파트 숲이다. 운전을 하면서도 갑갑함을 느낄 수 있는 길이다. 그럴 때 한 번 들러봄직한 곳이 명덕호수공원이다. 특히 아름다운 풍경을 눈과 발로 느낄 수 있는 산책길이 편안하게 누운 곳. 산책할 곳이 마땅치 않았던 지역민들에게는 대단한 선물이 아닐 수 없다.

명덕저수지는 현대중공업의 산업용수원지다. 주변 산림을 포함해 약 20만 제곱미터 규모다. 지난 40여 년간 일반 시민의 접근이 차단되었던 것도 수원의 오염을 염려해서였다. 덕분에 수려한 자연경관을 그대로 간직하고 있어 삭막한 도시환경만 보던 현대인들에게는 여간 매력적인 휴식공간이 아니다. 이는 큰마을저수지산림공원과 함께 현대중공업이 동구청에 공원부지로 내놓은 덕분이다. 현대중공업의 뜻을 흔쾌히 받아들인 동구청은 저수지를 수변공원으로 단장을 했다.

명덕호수공원은 염포산 자락에 있다. 덕분에 산책과 가벼운 등산을 함께 즐길 수 있는 휴식공간이 되었다. 이에 따라 저수지라는 갇힌 듯한 단조로운 느낌의 공간이, 호수공원이라는 부드럽게 열린 공간이 된 것이다.

물은 스미는 성격이 있다. 흙이 마시면 식물들을 키워내고, 사람이나 동물이 마시면 몸속의 노폐물을 걸러낸다. 물은 마음에도 스민다. 잔잔한 수면은 들뜬 마음을 가라앉히고, 거칠게 몰아치는 파도는 공포와 두려움 끝에 겸허함을 가르친다. 물은 어떤 것으로 가둬도 자유롭다. 어떤 그릇에 담겨도 옹졸해 보이거나 답답해 보이지 않는다. 하물며 숲으로 둘러싸여서도 하늘까지 다 담는 포용력을 가진 곳이 수변공원이다.

명덕호수공원은 산업용수원이지만 아름다움을 지닌 공원이다. 세 개의 골짜기 구석까지 들어간 물길은 아득함과 넉넉함을 함께 제공한다. 입구를 들어서면 왼쪽으로 보이는 골짜기가 수리지골이다. 세 개의 골짜기 중에서 가장 긴 골이다. 가운데는 돌안골이다. 돌아가는 골짜기라는 뜻이다. 잔치골로 불리는 골짜기는 오른쪽 골이다. 잔치골은 어감이 주는 떠들썩함과는 거리가 멀다. 잔치와는 하등 상관이 없는 이름이다. 그보다는 잔챙이의 경상도식 발음으로 '좁게 돌출된 곳'을 이르는 말이다.

이렇듯 세 개의 골짜기를 싸안은 명덕호수공원에는 볼거리 못지않게 느낄 거리도 많다. 입구를 들어서면 안내도가 보인다. 안내도의 사진을 보면 눈이 맑아진다. 창공에서 찍은 명덕호수공원의 모습이 마치 거대한 한 마리의 공룡 같다. 둘레가 온통 푸른 숲이어서일까. 순한 초식공

룡을 보는 듯하다. 원시의 숲과 어우러진 명덕호수공원의 매력은 안내도에서부터 풍겨난다.

입구에서 오른쪽이 열린길이다. 잔치골로 향하는 길이다. 사열하듯 길게 늘어선 메타세쿼이아들을 만나는 길이기도 하다. 쭉쭉 뻗은 메타세쿼이아가 늘어선 길을 걷노라면 자세도 곧아진다. 마음과 몸의 자세가 모두 반듯해진다. 귀빈이나 지휘관이 되어 길게 도열한 병사들 앞을 지나는 기분이라 걸음걸이도 절도 있게 된다. 흐트러진 마음이 정돈되는 느낌이기도 하다.

열린길에는 다리가 있다. 해맞이교다. 이곳을 공원으로 조성하면서 두

명덕호수공원 달맞이교

개의 다리를 만들었다. 하나는 돌안길에 놓인 달맞이교로 두 다리의 이름은 공모를 통해서 지은 것이다. 이 지점은 해가 뜨는 모습이 특히 아름답게 보이는 곳이다. 그런 의미를 담아 해처럼 둥글게 아치를 만들어 놓은 것이 특징이기도 하다. 해맞이교를 지나서 만나는 정자는 아한정이다.

돌안길은 편백나무가 주를 이루는 길이다. 사철 초록숲이지만 겨울에도 안온한 느낌을 주는 길이다. 자신을 돌아보면서 걷노라면 지름길만 찾는 것이 반드시 빠른 것만은 아님을 깨닫게 된다. 급할수록 돌아가라는 명언을 깨우치는 길이다. 숲길이지만 으슥하지 않고, 침엽수의 아름다움이 어떤 것인가도 느낄 수 있다.

　달맞이교는 돌안길의 자랑이다. 굳이 밤이 아니더라도 달맞이교가 주는 느낌은 이름과 걸맞다. 하늘과 물에 빠진 달을 동시에 만날 것 같은 기대감이 보름달처럼 차오르는 까닭이다. 호수에 빠진 달은 환상적일 수밖에 없다. 흔히 환상적인 달을 일컫는 것이 강릉 경포대의 달이다. 달이 밝은 날 강릉에서는 하늘에 뜬 달과 님의 눈 속, 호수, 바다, 술잔에 빠진 달을 합쳐 모두 다섯 개의 달을 볼 수가 있다고 한다.

　명덕호수공원이라고 다를 게 없다. 달맞이교에서 달이 휘영청 밝은 날 밤, 사랑하는 이의 눈을 들여다보노라면 강릉달에 버금가라면 서러울 만큼 아름다운 여러 개의 달을 만날 수 있다. 달맞이교는 반드시 달이 밝은 날 한 번쯤 올라볼 만한 곳이다. 인공적으로 만든 것이지만 자연과 아주 조화롭게 만든 다리라는 것도 알 수 있을 것이다.

　여기서 달빛을 받으며 발길을 옮겨보자. 한 쪽으로는 푸른 숲을 두르고, 한 쪽으로는 푸른 물을 껴안은 듯한 조붓한 산책로를 따라 걷다보면 돌안정을 만난다. 돌안정은 지명을 그대로 붙인 이름이다. 외지 방문객들에게는 지역을 알리고, 지역민들에게는 거주 지역에 대한 애정과 관심을 부여하는 의미 있는 이름이다. 이곳에 올라 수면을 바라보면 물속 세계의 아름다움에 매료되지 않을 수가 없다. 서두르던 기억들을 내려놓게 되는 순간을 만날 수 있는 휴식처다.

　수리지골로 향하는 길은 솔향길이다. 곳곳에 의자가 놓여 있어 언제든 쉴 수 있는 길이다. 수리지골은 염포산과 이어져 예전에 운모광산이 있었다. 저수지로 개발되기 전인 1960년대 초까지 이곳의 운모는 일본으로 수출이 되었다. 현재는 편백나무들이 가지런하게 자라면서 솔향길이라는 이름값을 하고 있다. 편백나무가 늘어선 길을 걷다보면 나무의 향기가 전해지고, 숨소리가 들리는 듯하다. 바람이 전하는 말에 귀를 기

명덕호수공원 야경과 솔향길

명덕호수공원 산책로

울이게 되는 길이기도 하다.

명덕호수공원의 수변 산책로는 총 2.6킬로미터다. 동구에 왔다가 애매하게 남는 한두 시간이 있다면 천천히 걸어보자. 공원 안에는 음향시설도 갖추어져 있다. 흉하지 않게 설치된 스피커를 통해서 조용한 음악이 흘러나온다. 낮게 흐르는 음악을 들으면서 일상을 돌아보기에 알맞은 길이다. 산책로를 걸으면서 생태습지원을 돌아보면 새로운 식물들을 만나는 즐거움도 누릴 수 있다. 길목 곳곳에는 정자와 휴게의자도 있다. 걷다가 쉬고 싶으면 언제든지 앉아서 쉴 수 있는 쉼터다.

아무리 숲이 깊은 곳이라고 해도 으슥한 느낌이 드는 곳은 없다. 고래 모양의 화장실도 인상적이다. 비록 호수지만 돌고래 몇 마리쯤은 서식할 것 같은 엉뚱한 생각을 하게 하는 모습이다. 맑은 날도 좋고, 흐린 날 걸어도 좋은 길이다. 햇살이 뜨거운 날도 이곳에만 들어서면 시원해진다.

계절마다 달라지는 주변경관도 호수공원의 자랑거리다. 여름날의 녹음이 짙은 길이나, 겨울의 한적한 길도 생각을 많게 하지만 봄날의 꽃길은 더없는 행복감을 갖게 한다. 길목 곳곳에서 붉게 피는 철쭉들은 무채색으로 시들어버린 가슴에도 꽃이 피게 할 것만 같다. 더욱이 깊이를 알 수 없는 초록 물빛과 이루는 보색대비는 어느 쪽으로도 휩쓸리지 않는 줏대를 갖게 한다.

비가 오는 날의 산책코스로도 안성맞춤이다. 빗속에 등산을 가기는 쉬운 일이 아니다. 수변공원은 다르다. 비 오는 날도 작은 우산 하나만 챙겨들면 언제든 걸을 수 있다. 웬만한 비도 나무들이 어느 정도는 막아주어서 옷이 젖을 걱정도 그다지 할 필요가 없다.

야간 조명시설도 갖춰져 있다. 인근 주민이나 직장인들이 저녁 시간을 이용해 공원을 산책할 수 있도록 하기 위해서다. 이런 까닭일까? 해가 길어지는 늦봄부터 이른 가을까지는 낮보다 밤에도 찾는 사람이 아주 많다. 찾는 주민들이 많다보니 제법 안전한 운동장소로 인식되고 있는 것도 명덕호수공원의 명성을 높이는 데 한 몫을 한다.

저수지가 공원으로

큰마을저수지산림공원

저수지가 공원으로 변하고 있다. 나무와 풀과 꽃들로 둘러싸인 물은 그야말로 한 폭의 그림이다. 볕이 좋은 날의 수변공원은 천상의 풍경이 따로 없다. 반짝이는 나뭇잎과 수면은 신비롭기까지 하다. 비가 오는 날도 환상적이다. 나뭇잎에 듣는 빗소리를 들으면서 걷는 산책길은 혼자서도 외롭지 않다. 빗방울의 나뭇잎 연주는 거칠면서도 부드럽다. 수다스러우면서도 정답다. 때로는 듣기만 하다가 드문드문 말을 건네는 친구의 위로처럼 마음에 남은 감정의 앙금까지 씻어내는 듯하다. 여기에다 중간중간 쉼터가 있어서 인근 주민은 물론 소문을 듣고 찾아온 방문객들에게 많은 사랑을 받고 있다.

큰마을저수지산림공원도 이런 수변공원 중의 하나다. 자연을 배우면서 쉴 수 있는 자연친화적 공간이나 처음에는 다른 목적으로 조성된 곳이다. 1972년도 조성 당시에는 현대중공업의 유사시 비상급수를 위한 저수지였다. 그 때문에 그 동안 일반인들에게는 개방하지 않았다. 그러던 것을 현대중공업이 지난 2010년 3월 명덕저수지와 함께 큰마을저수

지도 울산 동구청에 영구 무상 임대했다. 지역주민들에게 휴식공간을 제공하기 위해서였다.

그 후 동구청에서는 2011년도에 산림공원으로 조성을 했다. 보다 나은 주민들의 휴식공간으로 꾸며서 개방하게 된 것이다. 공업용수를 제공하던 저수지가 공원으로 바뀐 것은 매우 바람직한 일이다. 덕분에 굳이 멀리 가지 않고도 도심에서 자연을 맛볼 수 있는 공간으로 재탄생된 것이다.

공원 진입로를 들어서면 가슴이 시원해진다. 물과 나무들이 주는 편안함 덕분이다. 바다처럼 넓진 않으나 물은 사람의 마음을 차분하게 한다. 나무 역시 그늘을 만들어 주면서도 밝은 느낌을 주는 자연자원이다. 이 둘이 어울려 전하는 정서는 도심의 찌듦이나 삶의 쫓김은 저절로 잊게 만든다.

공원의 총 둘레는 2킬로미터 남짓이다. 천천히 돌아도 한 시간 정도면 된다. 어떤 연령층이 걸어도 부담이 없는 시간과 거리다. 곳곳에 오밀조밀 꾸며놓은 것들을 들여다보는 재미는 여간 쏠쏠하지 않다. 안내팻말부터 인공의 산물임에도 자연친화적이다. 비록 방부목이지만 나무의 결이 살아 있는 안내팻말은 정답다. 거기에 적힌 글자들은 낮게 조곤조곤 속삭이는 어머니의 말처럼 소리가 되어 들리는 듯하다.

큰마을저수지산림공원에는 둘레길을 예쁘게 만들어 놓았다. 저수지를 따라서 걷는 길이라 햇살이 따가운 날도 시원함을 느낄 수 있다. 둘레길에는 갖가지 나무들이 자라고 있다. 자연수도 있지만 동구청에서 편백, 단풍나무, 참나무류 등을 심기도 했다. 저마다 이름표를 달고 선 나무들이 눈길을 끈다. 자신들을 보아달라고 보챈 적은 없지만, 이름표를 단 나무들이 눈길을 한 번 더 끄는 것은 당연하다. '이름 모를'이라는 애매한 이름으로 보았던 나무나 꽃들에게 괜히 미안해지기도 한다. 코스 전체가 저수지를 싸고 돌게 조성되어서 산책을 하는 동안 시원한 수면을 보는 것이 큰 매력이다.

산책을 하는 것은 어느 쪽으로 돌아도 관계가 없다. 다만 오른쪽으로 도는 편이 자연스러우니 오른쪽으로 돌아보자.

자연학습지구

솔향기에 취해서 걷다가 맨 처음 만나는 곳이다. 자연학습지구에는 전망 데크가 설치되어 있다. 전망 데크에서 내려다보이는 저수지의 모습은 평화롭기 그지없다. 바다가 아니니 파도가 없기 때문이다. 잔잔한 물결을 보고 있노라면 마음은 자는 듯 고요로워진다. 체험텃밭에서는 채소가 자라는 걸 볼 수도 있다. 야외교실과 휴게쉼터에서는 학습의 즐거

큰마을저수지 생태산책로

움과 휴식의 편안함을 즐길 수 있다. 햇볕과 잔잔한 바람을 동시에 만날 수 있고, 풀과 나무들이 얼마나 잘 어울려 사는가를 눈으로 경험할 수 있는 곳이다. 다양한 운동기구들도 있어서 가볍게 몸을 풀 수도 있다.

경관지구

그야말로 자연경관을 즐길 수 있는 곳이다. 이곳 역시 저수지를 조망할 수 있는 아담한 정자가 있다. 지친 걸음이 아니더라도 한 번쯤 걸터앉아보게 되는 곳이다. 경관지구에는 갖가지 나무들이 자라고 있다. 대개가 나뭇잎보다 작은 꽃들을 피우는 나무들이다. 녹색의 나뭇잎을 단순함에서 조금은 벗어나게 해주는 옅은 색의 꽃들. 그 위를 나풀거리며 날아다니는 벌 나비는 낯선 풍경처럼 신기하다. 마음에도 꽃등불이 켜진 듯 밝아진다.

치유지구

예쁜 산책로를 따라서 걷기만 해도 어수선한 마음이 정리가 된다. 이유를 알 수 없는 불안감이 가라앉고, 괜히 들떠서 종잡을 수 없는 마음도 차분해진다. 정자쉼터에 앉으면 굳이 애를 쓰지 않아도 자신을 괴롭혔던 생각들이 저절로 사라진다. 자생수림원에서 자라는 나무들이 주는 신선함 덕분일 것이다.

습지지구

수변식물을 관찰할 수 있는 곳이다. 실제로 물속에서 자라는 나무들을 볼 수 있는 것이 이곳의 특징이다. 손발을 오랫동안 물에 담그면 쪼글쪼글해졌던 일을 떠올리면 발목까지 잠긴 나무들이 은근히 걱정되기도 한다. 그렇지만 곧 그 모습이 편안해 보인다. 습지식물들인 만큼 발목이 물에 잠긴 것이 안정감 있게 느껴지는 까닭이다.

숲테마지구

숲속놀이터가 있어서 아이들이 특히 좋아하는 곳이다. 미끄럼틀과 그네 등, 여느 놀이터에서도 쉽게 접할 수 있는 놀이기구 덕분이다. 바닥도 잘 만들어놓았다. 놀이기구를 타다가 떨어져도 다치지 않게 폐타이어로 만든 말랑말랑한 재질의 재료로 만든 것이다. 놀이터 뒤쪽으로는 피크닉 마당이 펼쳐져 있다. 연인들은 물론 가족끼리 앉아서 가벼운 음식을 나눠먹을 수 있는 공간도 마련된 곳이다. 편백나무 삼림욕장이 있어서 더욱 운치를 더한다. 침엽수가 주는 피톤치드가 만들어내는 엔돌핀이 왕성해지는 곳이기도 하다.

큰마을저수지산림공원은 인근 녹수초등학교 어린이들이 관리운영을 하고 있다. 공원의 쓰레기를 줍고, 잡초를 제거하면서 자연 사랑과 봉사의 기쁨을 스스로 배우고 있는 것이다. 나무에 이름표를 다는 일을 통해서는 자연스럽게 학습효과까지 얻고 있다.

큰마을저수지산림공원은 하늘과 물, 나무와 돌, 흙과 바람 등 자연의 조화를 한꺼번에 감상할 수 있는 곳이다. 공원의 둘레길을 돌아 나오면 날숨조차 시원해진다. 그런 기분이 사라지기 전에 동부도서관에 들러보자. 시간이 남으면 책을 읽거나, 한 권쯤 빌려보자. 분명 스스로의 품격이 한 단계 높아진 것을 느낄 수 있을 것이다.

2구간
목장의 아침

마성馬城은 말이 도망가는 것을 막기 위해 만든 성이다. 목장 둘레를 돌로 막아 쌓은 담장을 일컫는다. 조선시대 국가에서 군마를 기르기 위한 목장이었다. 많은 말들을 가두었던 돌담장이지만 결코 삭막한 모양새가 아니다. 산의 능선을 따라 쌓아올린 마성의 흔적에서는 오히려 나라의 안녕을 지켜낸 든든함이 느껴질 따름이다.

염포

염포의 봄 鹽浦

포구밖에 나가보니 산은 온통 흰 눈 덮여	出浦山皆雪
그중 서남쪽은 새하얗게 쌓였구나.	西南一晶然
소금 굽는 마을엔 아침 짓는 연기 나고	朝烟泄鹽戶
봄 바다 잔물결에 고깃배 떠나간다.	春浪動漁船
마음은 갈매기와 길동무라도 되었으면	意永鷗邊路
지은 시 하늘처럼 원숙하길 바란다네.	詩圓馬上天
청송사에 묵기로 기약했던 오늘밤은	今宵松寺裏
스님과 함께 자면 정말 좋겠네.	正好共僧眠

— 홍세태 시, 김송태 역

짠 음식은 몸에 해롭다고 해서 저염식이 유행이다. 오백이라고 해서 다
섯 가지의 흰색 식품이 있다. 쌀, 밀가루, 설탕, 조미료와 소금이 그것이

다. 이들 식품의 유해성이 논란이 되고 있는 가운데 소금의 유해성은 특히 강조된다. 그렇지만 없어서는 안 될 것이 소금이다. 소금은 예로부터 가격이 아주 비쌌다. 황금보다 귀하게 여겨져 웬만한 서민들은 구하기도 쉽지 않은 식품이었다. 이처럼 귀한 소금이 나던 소금밭이 염포에 있었다. 소금이 만들어지고 거래가 성사되던 포구였다. 꼭 필요한 식품이어서 소금이 생산되던 곳은 예로부터 생산과 교역의 중심지가 되곤 했다. 염포가 그런 곳이었다.

　홍세태의 시에서 포구 밖의 산이 흰 눈으로 하얗게 덮였다지만 그것이 소금밭과 묘한 일치를 이루었을 것 같다. 염포마을은 조선조에 동구의 전신인 동면東面에 속한 마을이었다. 그러다가 울산이 광역시로 승격

되면서 북구로 이속되었지만 그때까지 주민들의 생활권역은 동구였다. 일제강점기 때에 주민들은 남목보통학교를 다녔고, 전 면민全面民 축구대회나 마을별 경기 등에서 염포리 팀은 강력한 우승 후보 팀으로 리세里勢가 강했던 마을이었다. 대체로 토박이들은 동구에 연대감이 많은 편이다.

염포해안은 태화강의 하류에 위치한다. 민물과 바닷물이 합쳐지는 곳으로 소금 생산이 쉬운 지형이었다. 태화강 하구가 동서로 길게 뻗은 데다 넓은 갯벌도 있었다. 갯벌로 드나드는 바닷물을 끌어올려 소금을 만들기에 안성맞춤인 곳이다. 경산의 자인 사람들이 울산 소금을 사기 위해서 자주 드나들었다. 자인의 산물들을 지게에 지고 영천과 운문령을 넘어서 언양장에 내다 팔았다. 그런 다음 울산으로 와서 소금을 매입하여 지게에 지고 다시 운문고개를 넘어 다녔다.

염포마을에는 뱀장어가 많이 나서 뱀장어 요리도 유명했다. 염포의 쑥밭마을에는 철따라 전어와 멸치후리가 유명했고, 또 쑥밭과 장생포 양죽을 오가던 나룻배는 당시를 기억하는 사람들에게는 큰 추억거리로 각인되어 있다.

지금은 자동차공장이 들어선 것도 우연은 아닌 듯하다. 자동차회사의 부지가 된 대도는 삼산, 마채와 더불어 울산의 소금 생산지로 유명했던 것으로 전해진다. 그랬던 곳이 세계의 시장을 주름잡는 자동차 생산지로 교역의 한 축을 감당하고 있으니 소금 생산지만큼의 역할은 하고 있는 듯하다.

염포동은 조선조에는 '삼포개항지'로, 수군만호진이 설치되기도 했던 곳이다. 또 염포는 병마를 기르던 방어진목장의 구마성의 시작점이기도 하다. 민물과 바닷물이 만나고, 소금 덕분에 사람이 모이던 곳이 호국마

옛 염포 성내마을(현재는 아산로에 편입되었다.)

를 길러내는 마성의 시작점이 된 것이다. 염포동의 심청골이 마성의 시작점이다. 마골산 정상인 '성두배기'를 넘고, 성골을 거쳐 주전의 몽돌해안(솔밭) 앞까지 이어지는 구마성은 지역이 방대하다. 신마성 또한 시작점은 염포 성내마을이다. 남목 안산의 산복을 따라 동부동 뒷산 '명대만리'를 지나 안미포의 '큰감불' 해안까지 이어져 있었으니 염포를 굳이 행정구역으로만 이해할 일은 아니다.

염포개항塩浦開港과 왜란

염포의 개항은 우여곡절이 있었다. 그 중요성은 국가에서 취급을 할 정도였다. 삼포를 개항三浦開港한 것은 세종 8년(1426)이었다. 대마도주인 소 사다모리宗貞盛의 청에 따라 기존에 개방하였던, 웅천(진해)의 내이포乃而浦, 동래의 부산포富山浦에 이어 울산의 염포鹽浦를 추가로 개항한 것

강 건너편 마을인 매암동이 바라다보이는 염포나루. 삐걱대는 나룻배에 몸을 싣고 동승한 이들과 살아가
는 이야기를 하노라면 지루함도 사라지곤 했다.

염포 삼포 개항 표지석

이다. 이때부터 일본인에게 염포를 통한 교역을 허락한 것이다. 세종 초 (1418)에 제3차 대마도정벌 이후 단절된 왜국과의 정상적 교역을 이때 수락한 것이다. 대마도주 사다모리가 여러 차례에 걸쳐서 단절된 조선과의 정상적 교역을 청한 것을 조선 조정에서도 그들에 대한 유화책으로 단행한 삼포개항이었다. 3포에는 각각 왜관을 두어 왜인 60명에 대하여 거주를 허락하였다. 그 후 거주 왜인들의 수는 수천 명으로 불어났다.

정식 개항 때보다 10여 년 전에 사실상 개항을 한 적이 있었다. 태종太宗 17년(1417) 10월이었다. 처음에는 수군만호水軍萬戶를 주둔케 했다가 이듬해 3월에 개항을 한 것이다. 경상우도慶尙右道의 하배량賀背梁과 함께 일본과의 교역지로 추가 개항할 때 부산포富山浦·내이포乃而浦와 함께 염포도 일본과의 교역지가 된 것이다.

그러나 세종世宗 원년(1419)에 일본 쓰시마對馬島의 정벌로 일단 폐쇄를 하게 된다. 그러다가 세종世宗 8년(1426)에 부산포·내이포와 함께 다시 3포 개항을 보게 된다. 이해 4월 태종 17년(1417)에 두었던 만호영萬戶營을 도만호영都萬戶營으로 승격시켰다. 이때 한동안 경상좌수영慶尙左水營을 폐지하고 도만호都萬戶가 이를 대리하였다. 그러나 얼마 되지 않아서 11월에는 도만호영을 폐지하고 다시 종전대로 만호영을 두었다.

성종成宗 18년(1478)에 경상도의 각 포浦에 석보石堡를 쌓게 하고, 성종 21년(1490)에 염포성塩浦城을 쌓았다. 그러다가 중종中宗 5년(1510)에 삼포에 왜란이 일어났다. 그 때문에 염포에 있던 왜인들은 스스로 철수를 했다. 이때 왜관倭舘이 폐쇄된 후 다시 열린 기록은 없다. 이것은 염포도 마찬가지다. 염포에서는 직접 왜란이 일어나지는 않았다. 다만 타지역에서 일어났던 왜란의 소식을 들은 염포의 왜인들도 스스로 귀국을 했다고 전해진다. 당시 거주하던 왜인의 수가 가장 많을 때는 34호에 128명에 이르렀고, 사찰도 하나 있었다고 한다.

염포동은 현종顯宗 13년(1672)에는 염포리였다. 1895년 초에는 염포塩浦, 신전新田, 심청深淸으로 구분하기도 했다. 1911년에는 염포와 심청으로, 1914년에는 이를 합하여 다시 염포리가 된다.

염포塩浦를 삼한시대 진한辰韓의 12소국 가운데 염해국冉奚國으로 비정하는 설(이병도)이 있으나, 찬반 논쟁이 분분하다. 분명한 것은 조선시대에 수군의 만호진영과 일본에 대한 무역의 개항지라는 두 가지 역할을 맡아 오던 곳이란 사실이다.

염포동塩浦洞은 줄곧 동구지역에 속해 있었다. 그러다가 1998년 3월 1일자(대통령령 제15652호 의거)로 신설 북구에 편입되었다. 한 주민이 주도

하는 청원에 의해 주민투표 등의 절차를 거친 결과였다. 염포동에는 여러 자연마을이 있다.

중리中里

염포영성塩浦營城이 있었던 곳으로 염포동의 중심이 되는 마을이다. 국도를 분기로 하여 '웃말'과 '아랫말'로 갈라져 있었다. 동제당도 각각 따로 있었으나 현대자동차 공장 확장 당시 아랫마을 쪽은 공장부지에 편입되고, 윗마을로 이주하였다.

성내城內

성내는 중리中里의 남쪽에 있던 큰 마을이다. 영성의 안쪽 마을이라는 뜻이다. 이 마을 역시 현대자동차 공장부지에 편입되고, 염포 삼거리 주변 등지로 이주하였다. 현재는 동구와 북구의 접점이며 차량통행이 많은 성내삼거리라는 지명으로 마을의 크기를 대변하고 있다.

신전新田

신전은 1895년에는 독립되어 있었던 마을이다. 원래는 옛 장터였던 곳이다. 장터가 없어지면서 그곳을 일구어 경작지를 만들었다하여 신전이란 지명이 붙었다고 전해진다. 일명 '새장터'라고 부르는 '신전시장'이 있는 마을이다.

심청골深淸谷

심청골은 양정楊亭과 염포의 경계를 이루고 있는 곳이다. 골짜기가 깊고, 냇물이 맑아 심청골이라 하였다고 전한다. 한편 '심천골深川谷'로도 부른다. 이 마을 역시 독립된 마을이었으나 1914년 대단위 동洞으로 개편할 때 염포동에 합하였다. 심청골에서 강동의 어물동에 속한 성골마을까지 고려 말 또는 조선 초기에 축조한 것으로 추정되는 울산목장의 구마성舊馬城의 석장石墻들이 남아 있다.

염포는 마성이 시작되는 지점이다. 동구의 대부분 지역에 넓게 펼쳐진 마성은 사실상 염포에서 시작된다.

마성

마성의 규모와 형태

마성馬城은 말이 도망가는 것을 막기 위해 만든 성이다. 목장 둘레를 돌로 막아 쌓은 담장을 일컫는다. 조선시대 국가에서는 군마를 기르기 위한 목장을 여러 군데 만들었다. 주로 해안가와 섬을 중심으로 만들었는데 그 수가 200여 개에 이르렀던 적도 있다.

울산 동구도 조선조 500년 동안은 병마를 기르던 목장지역이었다. 처음 목장의 이름은 '방어진목장鲂魚津牧場'이었다. 예종(1469) 때 만들어진 『경상도속찬지리지慶尙道續撰地理誌』에 "목장은 군郡의 동쪽 적진리赤津里에 있는데, 그 둘레가 47리이며, 말 360필을 방목하고 있는데 수초는 양호하다…"는 기록이 전해진다.

또 성종成宗 2년(1471)에 신숙주가 지은 『해동제국기海東諸國記』에 삽입된 「염포지도」에는 구마성의 위치와 성문 등을 그려놓고, '방어진목장鲂魚津牧場'이라 표기하고 있다. 중종 25년(1530)에 만들어진 『신증동국여지승람』 목장에 "울산장蔚山場은 부의 동쪽 30리 방어진에 있다. 감목관 1

심청골 구마성

인, 소속된 장場은 장기長鬐 동을배곶冬乙背串에 있다.”라고 기록하고 있
다. 조선 초기에는 구목장의 이름을 '방어진목장' 또는 '울산장'으로 불
렀고, 이곳 감목관이 장기목장의 관리를 겸무하고 있었음을 알 수 있
다.

울산목장의 구마성舊馬城은 동축사東竺寺 이북인 염포와 양정 사이의
심청골에서 마골산의 성두배기를 거쳐 성골과 주전의 솔밭해안까지 이
어져 있다. 다만 구마성은 사실상 어느 시기까지 어떻게 운영되었는지에
대한 기록이 전해지지 않는다. 1651년에 신마성을 축성한 다음에 동래
에 있던 감목관을 이곳으로 옮겨와서 다시 열게 되었는데, 구목장은 폐
지에 대한 기록조차 없다.

신마성新馬城은 효종 2년(1651)에 축성된 것으로 보인다. 염포의 성내
마을에서 시작된 마성은 남목의 안산 북쪽의 능선을 따라 계속 이어진

신마성(동부아파트 뒤편)

다. 염포는 과거 삼포 개항지의 하나였다. 『대동지지大東地志』에 의하면 둘레는 1039척, 우물이 3곳이며, 수군만호가 있었다고 한다. 옛날에는 언제나 일본인 마을이 있었는데, 중종 5년에 제포薺浦의 변이 나면서 일본인들이 본국으로 모두 돌아갔다고 한다. 염포는 현재 동구 남목 고개가 시작되는 염포삼거리의 아랫부분에 해당될 것으로 보인다. 안산 북쪽 능선에 이어 옛날의 홍문들과 동부동 도룡골도 지난다. 흔적을 따라 계속 가다 보면 명자산 남쪽 사근달 골짜기와 안미포 큰감불 해안까지 이어져 있음을 알 수 있다.

사근달은 지금의 현대중공업 안쪽 산의 계곡 쪽의 바다에 가까운 지역이다. 사실상 일반인들의 접근이 힘든 곳이다. 마성 유적은 산 정상 부근에서 현대중공업 방향으로 이어져 있는데 소방도로 개설로 인하여 마성 유적이 일부 파손되기도 했다. 마성의 유적지를 찾아 계속 동해 방향으로 나아가면 제법 넓은 들이 있다. 현재 농지로 쓰이는 논과 밭이다. 이곳 일대가 '사근다리'이다. 현대중공업이 들어서기 전 이곳은 개울물의 수량이 풍족한 지역이었다. 그 물을 식수로 쓰기도 하고, 여름에는 멱을 감기도 했다. 이곳이 신마성의 동쪽 끝부분이다. 계곡 위쪽으로는 현대중공업의 농장이 있다.

구마성과 신마성은 위치가 다르다. 구마성은 대부분 계곡을 따라 축성되었다. 그에 반해 신마성은 산 능선을 따라 경사면을 바깥쪽으로 해서 쌓아 올렸다. 석성의 형태가 대부분이었으나 경우에 따라서는 석성과 토성을 혼합하여 쌓거나 목책 또는 토성으로 쌓았다.

신마성 중에서 돌로 쌓은 부분은 현대공업고등학교에서 산의 정상부분까지이다. 성 안쪽의 높이 1.5미터, 바깥쪽 높이는 2~3미터 정도다. 성의 바깥쪽 부분은 경사면으로 인해 접근하기 힘들다. 말의 월경을 막고 외부로부터 호랑이 등으로부터 말을 보호하기 위한 조치로 보인다.

반면, 산의 정상 부분에서 사근달까지의 석성은 조금 낮은 편이다. 높이는 대체로 1미터 안팎인 높이보다는 너비 1.5~2미터 정도다. 성의 높이보다는 폭을 넓게 쌓은 게 특징이다. 이 지역은 산의 능선이 가파르지 않고 평탄한 곳이 많아서 폭을 넓게 해서 성의 붕괴를 막고자 했던 것으로 보인다.

성이 견고하기는 석성石城이 최고다. 관리에도 수월하다. 그러나 성을 쌓을 때 필요한 돌을 구하는 일이 큰 문제다. 인력도 훨씬 많이 든다. 이런 어려움을 감안하면 남목마성의 경우는 돌을 구하는 데는 어려움이 별반 없었다. 주위가 온통 돌산이었으므로 성의 주재료인 돌은 지천이었다. 그보다는 성을 쌓는 데 필요한 인원동원이 문제였다.

마성의 축성

"남목은 돌산이라 석축을 쌓는 것이 좋을 텐데 필요한 인력은 어떻게 동원하면 되겠소?"

"백성들에게 조세나 군역 대신 부역을 하게 함이 마땅한 줄로 아옵니다."

마성 축성 계획은 세워졌지만, 그 방법이 문제였다. 여러 번 회의를 거듭한 끝에 내려진 결정은 고을의 장정들을 동원하자는 것이었다.

"울산 고을에서 그만한 장정들을 동원할 수 있단 말이오?"

"그렇지는 않으나 인근 고을의 관리들에게 협조를 요청하면 될 것입니다."

마성을 쌓는 것은 나라의 일이었다. 조정이 결정한 일을 거부할 관리들은 없었다. 이렇게 해서 동원이 결정된 고을은 모두 일곱 고을이었다.

마성을 짓는 데는 많은 장정들이 동원되었다. 온 지역에 돌이 넘쳐났지만 그것을 무너지지 않게 쌓는 데는 많은 인력이 필요했다. 성벽을 만드는 돌은 커야 했으므로 무게 또한 만만치 않았다. 아무리 가까운 곳으로 옮긴다고 해도 이런 돌을 쌓으려면 장정의 힘이 아니고는 불가능한 일이다. 그러나 당시 울산지역의 장정들만으로는 그 수가 부족했다. 인근의 일곱 고을의 장정들까지 동원된 것은 그런 까닭이다.

남목마성은 나라를 지키는 데 필요한 군마를 기르기 위한 곳이었다. 그런 만큼 마성을 쌓는 일은 호국의 개념으로 시행되었다. 당시에는 호국보훈 정책으로 부역·군역·조세·대동미 등의 신역이 있었다. 마성을 축성하는 데 동원된 장정들은 부역의 일환으로 참여하지 않을 수가 없었다.

"나라에서 부르는데 가지 않을 구실이 있어야지."

남목마성(주전봉수대 인근)

“전쟁공신을 조상으로 두지 않은 다음에야 피할 길이 없지.”

부역에 동원이 결정된 사람들은 가난한 농민들이 대부분이었다.

가까이는 언양彦陽에서부터 청도淸道, 흥해興海에 이르기까지 영남의 고을 일곱 군데에서 동원이 되었다.

부역지로 떠나는 날 마을은 눈물바다였다. 가까운 곳이라고 해도 걸어서 하루 만에 닿을 거리는 거의 없었다. 한 번 가면 언제 올지도 알 수 없는 길이었다. 마성이 완성되었다고 해도 당장 돌아갈 수도 없었다. 그것이 비바람에 무너지거나 할 경우에는 쌓은 사람이 책임을 져야 했기 때문이다.

“부디 몸조심 하거라.”

생전에 다시 볼 수 있을까, 아쉬움과 안쓰러움에 떠나는 아들의 손을 놓지 못하는 노모의 모습은 눈물겨웠다.

집안의 가장이 동원된 집도 부지기수였다. 세금을 못 내거나 군역을 할 처지가 못 되면 부역을 해야 하는 것은 백성의 의무였다. 가장이 집을 떠나면 당장 생계가 걱정인 집도 있었기에 아내들도 옷고름을 적시지 않는 이가 없었다. 개중에는 정혼만 한 채 정혼자를 보내야 하는 처녀들도 있었다.

"나라의 안녕이 우리의 안녕이 아니오? 나라를 위한 일이니 조금만 참고 기다리시오."

어차피 가야 할 길이었다. 그럴 바에는 보다 의미를 두고 떠나는 것이 서로에게 좋았다. 그랬기에 배웅을 나온 정혼자를 위로하는 청년의 말에는 나라를 지키는 일에 동원된 데 대한 뿌듯함도 배어났다.

마성 쌓기에 동원된 장정들은 고을별로 나뉘었다.

"각 고을마다 구간을 정해서 쌓도록 한다."

계획된 마성의 축성구간은 40리가 넘는 길이였다. 그 길이를 동원된 장정들의 수에 따라 나누어서 쌓기로 했다.

돌을 나르는 일은 고된 노동이었다. 곳곳에 돌이 넘쳐났으므로 일부러 멀리까지 가서 돌을 지고 오지 않아도 되는 것만 해도 다행한 일이었다. 불과 열댓 발짝 거리의 돌을 져 나르는 일이었지만 반복되는 작업에 콩죽 같은 땀이 흘렀다.

"군마가 호환을 당하는 일이 있어서는 절대 안 된다. 호랑이가 뛰어넘지 못할 높이까지 쌓아야 한다."

"젠장! 내 몸 지키기도 버거운데 말 목숨 지키겠다고 이 고생이람."

불평을 하는 이도 있었다. 그렇지만 대개는 묵묵히 자신의 의무를 수행했다. 덕분에 일은 착착 진행되었다.

그러나 만만한 일이 아니었다. 잠이 부족한 장정들이 돌을 지고 오르다가 아래로 구르는 일이 드물지 않게 생겨났다. 그 바람에 목숨을 잃는 이도 있었다. 그렇게 죽은 이들 중에는 정혼만 하고 혼인을 하지 못한 청년도 있었고, 한 가정의 가장도 있었다.

그런 소식은 남편을 잃은 아내나 정혼자를 잃은 처녀들에게 청천벽력이었다. 그러나 평생을 수절하는 것이 법도였다.

"나라를 위해서 목숨 바친 서방님 생각을 해서라도 힘내야지."

주변의 격려는 아내들에게도 나라의 안녕을 비는 마음을 갖게 했다.

원체 가난한 백성들이라 생계가 막막한 경우가 많았다. 몰락한 양반가의 경우는 더했다. 허드렛일은 낮은 신분의 사람들이 했기에 바느질품을 파는 것이 고작이었다. 곤궁하기 이를 데 없는 살림이었지만 나라의 일을 하다가 죽은 남편 생각으로 견뎠다. 남편의 뜻이 헛되지 않게 하려는 일념이 자연스럽게 나라의 안녕을 기원하는 마음으로 바뀌었다.

보쌈의 위험을 피하려다가 자결하는 여인도 생겨났다. 그런 여인들을 추모하는 열녀비도 생겨났다. 더러는 호국정신을 계승하려는 취지의 열녀각을 세우기도 했다. 그것은 또 다른 호국의 상징이 되었다.

"자신들이 일한 구역을 표시하는 경계석을 만들자."

누군가의 입에서 이 같은 제안이 나왔다. 다른 이들이 쌓은 성벽이 무너졌을 때 공동의 책임을 져야 하는 일을 막자는 의견이었다. 가능하면 빨리 일을 끝내고 고향으로 돌아가고 싶은 것은 모두 같은 마음이었다. 이런 마음들은 의견규합을 쉽게 했다. 경계석을 놓기로 하자 그 동안 쌓았던 성벽을 더욱 꼼꼼하게 살피게 되었다.

높은 산의 능선에다 쌓는 성벽이었다. 돌을 지고 언덕을 오르는 일이 얼마나 힘들었던가, 그런 수고들이 자칫하면 와르르 무너질 위험도 있었다. 자신들이 쌓은 구간에서 그런 위험이 초래되는 것을 원하는 이들은

마성에 새겨진 언양고을(울주군 언양읍에서 동원된 인부들이 축조하였음을 알려준다.)

아무도 없었다.

장정들은 저마다 자신들의 고을 이름을 새긴 돌을 정해진 위치에 놓았다. 현재 남아 있는 남목마성의 석축에 언양, 청도, 흥해 등 담당구역을 표시한 경계석의 글자가 선명하게 남아 있는 것이 그것이다.

목장의 관리

조선조 국영목장에서는 전마戰馬, 역마驛馬, 공마貢馬, 관우官牛를 길렀다. 말은 군영이나 역참驛站에 공급하거나 진상進上을 했다. 또한 농우農牛의 농가 대여, 각종 제례 등의 관수에도 공급하였다.

목장에는 감목관을 두었다. 그 아래에는 그 일을 처리하기 위한 많은 속임屬任들을 두었다. 주목할 만한 것은 중앙의 육조六曹를 본받은 지방

관아의 육방六房처럼 목장에도 목리牧吏들로써 육방을 두고 있었다는 점이다. 감목관의 임기는 30개월이 만기였다. 울산목장에 재직한 목관은 밝혀진 수만도 60여 명이다. 그 중에 몇몇 감목관은 선정비도 남아있다.

숙종 36년(1710)에 세운 윤졸尹拙과 연대미상의 감목관 변정엽卞廷燁의 선정비가 있다. 남목과 염포 사이 당고개 밭 가운데는 감목관 황경黃褧의 선정비가 서있다. 낙화암과 동부동 관일대 석벽에 그 이름자가 새겨진 원유영元有永도 감목관이었다. 그중 가장 널리 알려진 감목관으로는 이곳에서 시詩를 많이 남긴 유하柳下 홍세태洪世泰다. 확인되는 이임吏任들로는 호방색戶房色, 이방吏房, 예방색禮房色, 병방兵房, 형방刑房, 부사방副吏房 등 순조 1년(1801)의 「울산장기양목장리폐절목」에서 확인된다. 공방工房은 누락되어 있으나, 동축사 뒤편 관일대 석벽에는 공방工房의 직임이 새겨져 있다.

호랑이를 잡다 捉虎行

사나운 호랑이 산에 있으니 누가 감히 건드리리?	猛虎在山誰敢觸
발톱과 이빨은 갈래창이요 두 눈에선 번개 이네.	戟其爪牙雙電目
성내어 한번 울부짖으면 푸른 벼랑이 찢어지는 듯	怒時一吼蒼崖裂
산 속의 온갖 짐승들 모두 두려워 엎드리네.	山中百獸皆慴伏
동대산 자락 남목 목장에	東大之山南玉場
천 무리 말을 치는데 그 말들 모두 뛰어나다네.	牧馬千群馬最良
한낮에 호랑이가 와서 말을 잡아먹으려 하다가,	虎來白日欲食馬
동쪽 마을에 있던 소가 오히려 화를 당하였다네.	東隣有牛反遭殃
관가에서 포수에게 명해 한꺼번에 쏘게 하니	官令砲手一時發

목장고지도(『울산시사』 발췌)

 바다로 이어진 길 염포산을 걷다

호랑이 자취 찾아 봉우리의 그림자까지 헤친다네.　却尋虎跡穿岑巘

짧은 옷의 사나운 젊은이들 먼저 용기 내어,　短衣惡少先賈勇

풀을 움직이고 사람들 떠들썩하니 돌연 호랑이가 뛰어나오네.

草動人喧虎突出

쇠창으로 호랑이 찌르니 창이 부러지려 하여,　鐵槍刺虎槍欲折

급히 총을 쏘아 가슴 꿰뚫으니 붉은 피 솟구치네.　急砲洞胸迸赤血

돌아와 관가에 바치니 마치 도적을 죽인 듯하고,　歸來獻公如殺賊

목장에 사람들 모아 보여주니 모두들 놀라 얼굴빛 변한다네.

牧園聚觀皆動色

내 이르노니 사나운 호랑이 실로 절로 해로우니,　我謂猛虎眞自害

여태껏 포효하며 기력만 믿었다네.　向來咆哮負氣力

황제 마구간의 준마 어찌 감히 먹이가 될 리 없고　天閑駃騠豈敢餌

사람을 상하게 하면 너 또한 죽어야 하리.　縱道人傷爾亦死

― 홍세태 시, 장세후 역

홍세태의 시에 나타난 것만으로도 호랑이가 얼마나 자주 출몰했었는
지는 짐작할 만하다. 요즘이야 호랑이가 멸종위기에 있어서 보호종으로
취급되고 있지만 당시로서는 여간 골칫거리가 아니었다. 더구나 남목의
말들은 군마가 아닌가? 웬만한 백성보다 더 가치 있게 여겨지는 군마를
호환으로 잃는 것은 관리의 직무소홀로 취급 받는 것이 당연했다.

호랑이의 눈빛에서 불빛이 번개가 일 듯 뿜어져 나올 듯하다고 홍세
태는 읊고 있다. 그뿐인가? 갈래창 같은 발톱과 이빨을 들고 으르렁거리
는 모습도 묘사하고 있다. 성이 나서 한 번 울부짖을 때마다 내는 소리
는 푸른 벼랑이 찢어지는 듯하다고 했다. 그 소리에 산 속의 온갖 짐승

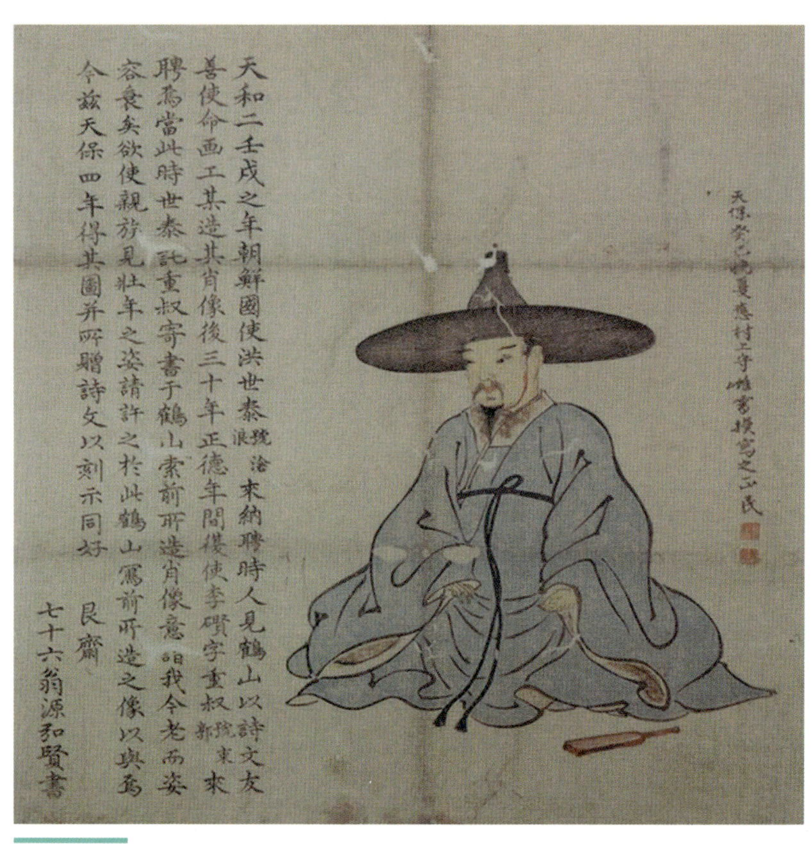

유하 홍세태의 초상

들이 모두 두려워 엎드린다니 그 위엄과 공포가 어땠을지는 굳이 호랑이를 보지 않고도 짐작이 가능하다.

호랑이가 인가를 습격하는 일도 잦았던 시절이었다. 그런 호랑이를 산에서 만난다면 심장이 멎을 듯한 공포감이 엄습할 것은 굳이 설명이 필요치 않다. 이런 위험이 도사리고 있는 곳에 남목목장이 있었다. 천 마리 말이 쭉쭉 뻗은 다리를 자랑하며 뛰어다니지만 결코 목가적인 풍경일 수가 없는 상황이었다. 잦은 호랑이의 출몰은 목장관리를 맡은 사람들을 긴장하게 했다.

물론 말들은 홀로 움직이지 않았다. 무리를 지어서 움직이기를 즐겼다. 맹수에 대적하기 위한 말들의 지혜였다. 게다가 나름의 서열이 있어서 우두머리 말의 움직임에 따르는 습성도 있었다. 귀소본능도 있어서 훈련을 받은 뒤에는 마음껏 풀을 뜯게 해도 괜찮았다. 배가 부르거나 날이 어두워지면 어김없이 제 자리로 돌아오는 말은 묘한 콧소리와 발을 구르는 것으로 자신들에게 닥친 위험에 대비하는 지혜도 있었다.

이런 말들이지만 호랑이는 호시탐탐 기회를 노렸다. 더러는 한낮에 말을 노리기도 했다. 성벽을 뛰어넘으려던 호랑이는 위험을 직감한 말들이 묘한 콧소리를 내는 바람에 오히려 놀라기도 했다. 말의 콧소리를 듣고 달려온 관리들의 기척에 인근마을을 넘보곤 했다. 그런 날 마을의 빈집에 소만 묶여 있으면 소가 오히려 화를 당하는 것은 예사였다.

녹음이 짙어지자 호랑이의 출몰이 더 잦았다. 관아에서는 더 이상 보고 있을 수가 없어서 인근의 포수들을 모두 불러 모았다. 아침 해가 막 솟은 때였다.

"목장의 말이 호랑이에게 화를 입는 것은 반역죄에 해당된다. 그렇다고 인가에 피해를 주는 일도 없도록 하라. 호랑이를 잡아오는 자에게는 두둑한 포상을 할 것이니라."

관아에서는 여러 명의 포수들을 모아 명령을 했다. 포수 한둘로는 호랑이를 소탕하기가 어려움을 알고 한꺼번에 여럿을 불러 모은 것이다.

포수들은 모처럼 신이 났다. 호랑이를 잡으면 포상까지 한다니 기대가 컸다. 포수들은 호랑이의 자취를 찾아 산 속을 헤맸다. 골이 깊었지만 아랑곳하지 않았다. 포수들은 산봉우리의 그림자까지 헤칠 정도로 샅샅이 뒤졌다. 갑자기 풀숲이 크게 움직였다.

"범이다!"

짧은 옷을 입은 젊은이가 소리를 짧게 소리쳤다. 가까이 있던 포수들이 부산하게 움직였다.

"도망가지 못하게 막아서라!"

누군가의 말에 사방으로 막아섰다. 그 사이로 돌연 호랑이가 한 마리 뛰어나왔다.

그 크기에 포수들은 압도될 지경이었지만 정신을 바짝 차렸다. 처음에 호랑이를 발견한 젊은이가 호랑이를 노려보더니 창을 들어 호랑이의 옆구리를 푹 찔렀다.

"어흐응~!"

호랑이의 포효에 산이 쩌렁쩌렁 울렸다. 그 바람에 옆구리에 찔린 창이 휘청했다. 하마터면 부러질 찰나였다.

"타앙~!"

옆에 있던 다른 포수가 총을 쏘았다.

총알은 호랑이의 가슴을 관통했다. 몸부림을 치면서 집채만 한 호랑이가 고꾸라졌다. 쓰러진 호랑이의 가슴에서 붉은 피가 분수처럼 솟아났다. 풀숲은 호랑이의 피로 이내 붉게 물들었다. 가슴을 관통하고도 호랑이는 쉽게 숨통이 끊어지지 않았다. 그것을 보는 포수들의 가슴에 서늘한 기운이 감돌 정도였다.

"자, 이제 죽은 것 같으니 묶어서 옮깁시다."

포수들은 호랑이를 묶었다. 그 무게가 얼마나 대단한지 네댓 명이 메기에도 벅찰 정도였다. 가까스로 관가에 닿은 시각은 해거름 무렵이었다. 호랑이를 잡았다는 소문은 삽시간에 마을로 퍼졌다. 소문을 들은 사람들은 호랑이를 멘 포수들보다 먼저 관아 입구를 메우고 있었다.

"이놈이 감히 전하의 말들을 도적질 했으렷다. 과연 큰 도적을 잡았도다."

관아에서는 아주 기뻐했다.

"아이구~ 그놈 크기도 하다."

"죽었는데도 오금이 저리네."

"여태껏 포효하며 제 기력만 믿었겠지만 힘만 믿고 설치다가는 그 힘 때문에 망하는구나."

죽은 호랑이가 보고 싶어 모여들었던 사람들은 저마다 한 마디씩 했다. 더러는 호랑이가 살아나 달려들기라도 할까 봐 겁에 질린 사람도 있었다.

그 후로도 호랑이는 여전히 나타났다. 그렇지만 남목마성은 임금의 마구간이었다. 그런 곳에서 기르는 준마를 감히 호랑이의 먹이로 내어 줄 수는 없었다. 호랑이를 잡은 사람에게 큰 상을 내린 것은 그런 이유에서였다.

한때 말단 군마관리인이었다가 가선대부가 된 전후장의 이야기는 역사가 아무리 흘러도 희석되지 않는 영웅담이다. 전후장은 혼자서 무려 여섯 마리의 호랑이를 잡은 공로로 높은 관직을 얻은 사람이다. 가선대부는 종2품의 바로 아래 관직이었으니 그 공로가 얼마나 대단했는지는 알 만하다. 호랑이를 잡는 일이 얼마나 힘든 일이며, 남목목장의 군마를 지키는 일이 얼마나 중요한 일인가를 알게 하는 일화이기도 하다.

호랑이를 보기 드문 세상, 동물원에나 가야 볼 수 있는 호랑이를 잡은 공로로 승진에 승진을 거듭했다는 사실은 현대인에게는 쉬이 믿기지 않는 이야기다. 마치 전설 같으나 엄연한 사실이다. 이러한 사실은 빛바랜 착호비에 깊이 새겨져 있다. 실제로 착호비에는 전후장의 가족사까지 일

목장점마청(현재는 일산동 주민센터가 들어섰다.)

일이 새겨져 있다. 그가 죽은 뒤 쇠밭재 언덕에 묘를 썼다는 기록과 김씨 부인과의 사이에 딸이 하나 있었던 것과 그 자손의 이름까지 새겨진 착호비는 마골산 중턱에 자리하고 있다.

점마청

점마청은 절제사와 점마별감 등이 공마를 점검하던 곳이다. 국영목장이었던 만큼 울산목장에도 점마청이 있었다. 옛날 점마청의 자리에 현재는 일산동 주민센터가 자리하고 있다. 점마청에는 중앙에서 파견된 점마관이 근무했다. 가장 먼저 하는 일은 말에게 낙인을 찍어 나라에서 관리하는 말임을 표시하는 일이다. 낙인이 찍힌 말은 모두 군마로 관리되어 다른 용도로는 이용할 수가 없었다. 다만 예외는 있었다. 임금의 탄신일이나 국가의 일에 필요한 경우에는 좋은 종마를 가려내어 중앙으로 보내기도 했다.

말의 수효를 점검하는 일도 점마관들의 중요한 임무였다. 한 마리라도 소홀히 해서 병이 들거나 달아나거나, 호환을 당하면 문책이 따르지 않을 수가 없었다. 말의 수효는 조정에서 해마다 점검했다. 뿐만 아니라 말의 이동상황까지 중앙의 사복시에 보고하는 일을 했다.

목장이 사라지면서 필요가 없어진 점마청은 일제 강점기 때는 주민들을 위한 곳으로 이용되기도 했다. 예방접종이나 기타의 편의시설로 이용되다가 그마저 사라진 것이다.

말몰이의 노래

말몰이의 노래 捉馬行

방어진의 동쪽은 동해바다에 물렸는데	方魚之津東接海
수초 공급 풍성하여 많은 말 먹인다오.	水草場深萬馬在
한혈마, 총마 사완감의 양마도 있다지만	大宛月窟唐沙苑
우리나라 마정은 망아지 길들이는데 의지한다.	邦政攻駒盖有待
해마다 가을되면 말이 살지고 씩씩하니	每歲秋高馬肥健
목관들은 왕명따라 굳센 말만 바친다네.	王命牧官精採獻
쓸쓸한 해풍소리에 모래 풀은 시들었는데	海風蕭蕭沙草黃
많은 목부 별 보고 일어나 새벽밥 먹고	萬夫星言起晨飯
한채에서 말을 몰아 산골짜기로 내려서면	大鞭驅馬下山谷
유성같이 달리고 우박처럼 흩어지며 거품 물고 다툰다.	星馳雹散爭噴玉
구름을 밟고 하늘벽을 스치는 듯하더니	初看蹈雲捎穹壁
갑자기 바람 따라 넓은 땅을 달리는구나.	忽見追風踔平陸

일천 말굽 줄을 지어 마구간에 들어가니　　　　千蹄魚貫齊入圉

우리 갇힌 많은 말 재갈 물려 괴로운가　　　　衆馬團扼困受羈

그중에도 발 빠른 말을 준마라 일컫는데　　　　就中逸足稱駿良

맨 먼저 임금님께 두 마리 숙상을 바친다오.　　先貢天閑二驌驦

서울 세 영문엔 날랜 장사가 많이 있어　　　　漢京三營萬猛士

그 몸에 비룡 타는 것도 여기서 나간다오.　　身騎飛龍出於此

말몰이가 이만하면 대사인 줄 알겠지만　　　　乃知捉馬亦大事

인간에만 구방천에 죽음이 있다 하잖던가　　　只限人間九方死

요뇨화류 있어도 재상 없을까 그게 걱정　　　恐有騕褭驊騮絶群才

하기야 이 몸 먼 남쪽 시골에서 늙어만 가는구나.　虛老炎荒草澤裏

— 홍세태 시, 김송태 역

이 시는 방어진이 목장으로는 적지임을 노래하고 있다. 너른 들판에서 노니는 말의 유유자적한 걸음걸이는 생각만으로도 낭만적이다. 마부(馬夫)들에게도 풀이 무성하고 물이 많은 곳이 일하기는 수월하다. 그렇지만 울산목장의 경우는 그런 낭만을 기대하기는 힘들었다. 울산목장에서 돌보는 말들은 모두 군마였기에 마부들에게는 고역이었다. 이 시는 그런 마부들의 고충을 노래한 것이다.

　망아지 길들이기는 마부들에게 가장 큰 일이었다. 천방지축 날뛰는 망아지들에게 군마로서의 품격을 갖추게 하는 것이 그들의 임무였기 때문이다. 그렇게 길러낸 말들은 가을이면 살이 투실투실 오르게 마련이다. 잘 길들여진 말들부터 나라의 상황에 따라 임금이 명하는 대로 선별했다. 이때는 마부들에게 더욱 괴로운 시기다. 애지중지 길러낸 말과의 작별이 쉬운 일은 아닌 것이다.

새벽별을 보면서 일어난 마부들이 가장 먼저 만나는 대상이 말이었다. 마부들에게는 자식과도 같은 말이었다. 새벽밥을 먹기도 전에 말들의 안부부터 묻는 것이 일과의 시작이다. 별 탈이 없는 것을 확인하고서는 새벽밥을 지어 먹고 말몰이를 시작했다. 밤새 호랑이를 피해 우리 안에 넣어두었던 말들을 물이 있고 풀이 많은 곳으로 모는 순간은 말이 자식처럼 느껴지는 때다. 한가로이 풀을 뜯는 말을 보노라면 마부들은 흐뭇했다. 자식의 입에 밥이 들어가는 것을 보는 것과도 같은 부모의 심정이었다. 그렇게 배를 불린 말들을 저녁이면 다시 우리로 몰아 재갈을 물리는 것으로 마부들의 하루 일과는 끝이 난다.

이렇게 길러낸 말과 정이 드는 것은 당연지사다. 아무리 말이 통하지 않는다고 해도 오랜 시간 함께 하다보면 교감이 되는 까닭이다. 그런 말들과 헤어지는 것은 자식을 멀리 보내는 것과도 같았다. 그중에서도 연중 준마 두 필을 골라서 먼저 임금에게 바쳤다. 임금에게 바칠 정도의 말이라면 특히 정을 쏟을 것은 두 말할 필요가 없다. 그런 말과의 작별은 짠할 수밖에 없다. 자식 중에서 가장 빼어난 자식을 주인에게 빼앗기는 종의 마음과도 다를 것이 없었을 것이다. 다른 말들의 경우라고 크게 다를 것은 없다. 대개는 전장이나, 전쟁의 위험이 있는 변방으로 가야 하는 것이 군마의 운명이니 더욱 애틋해질 수밖에 없다.

동구의 산과 들, 골짜기에는 현재까지 작은 연못들이 많이 남아 있다. 당시 말이 물을 먹을 수 있도록 만들었던 음수지다. 말에게 물을 먹이기 위해서 일부러 군데군데 못을 파거나 둑을 쌓아 못을 만들었던 것인데 현재 남은 것들 중 일부는 인근 텃밭의 농업용수로 쓰이고 있다.

다시 적는 말몰이의 노래 後捉馬行

방어진에 말을 몰려고 이제 와보니 魴津捉馬今又來
목장은 대낮에도 문을 활짝 열어놓았네. 牧場白日門大開
많은 말 달려갈 땐 구름 떼가 나는 것 같고 萬馬驅急如流雲
용의 몸에 범 날개 달아 바람타고 가는 듯하네. 龍身虎翼騰風雷
잘 달리는 말은 땅에 떨어져도 어미를 뛰어넘고 駃騠墮地印超母
무리 중에 뛰어난 놈은 굳세고 용맹한 재주 있다네. 衆中傑出驍雄才
번쩍이는 붉은 굴레 목에 한번 달아두면 煌煌朱勒一加首
길 가는 이 감히 손 휘두르지 못한다네. 路人不敢輕揮手
이 땅은 본래 양마의 소굴이라 일컬었는데, 此地素稱良馬窟
뛰어난 말은 대완국 한혈마의 후손임을 알겠도다. 知是龍駒大宛後
내 여기 목장 살피고 백성 다스리는 일 하고 있는데 我來考牧視臨民
백성 사랑과 목마 기르는 법은 도리가 다른 것일세. 愛養駿骨皆殊倫
검은 말, 누른 말, 암컷 수컷 따질 것 없고 驪黃牝牡不足論
모양 색깔 보지 않아도 신통하게 알 수 있다네. 目無形色方通神
발 빠르게 말을 몰아 우리 안에 넣고 나면 산야 고요해지고 絶足一收山野空
먼 곳까지 휘 너른 목장엔 해풍만 울부짖는다. 雲沙奔奔海悲風
홀로 앉아 방성房星의 정기어린 빛 바라보니 獨看天駟蓄光精
용왕궁에 깊이 잠든 늙은 교룡 비춰 주는 듯하네. 夜燭老蛟眠珠宮

— 홍세태 시, 김송태 역

이 시는 착마행의 속편인 셈이다. 전편이 말몰이의 애환을 노래했다면 후편은 말몰이를 하는 이유가 주를 이룬다.

당시 목장지역에서는 골짜기로 몰린 말들을 모으는 것을 행사처럼 여겼다. 수십 마리의 말들이 한 곳에 모여 있다가 사람들이 모는 대로 한꺼번에 움직이는 광경은 장관이었을 듯하다. 말몰이는 가장 중요한 일이었다. 그만큼 힘든 일이기도 했다. 많은 인원이 동원된 것도 그 때문이다. 말몰이에는 목장지역의 거주민들이 참여하는 경우도 있었다. 그러다 보니 말의 성정을 모르거나 일이 서툰 사람들이 다치는 일이 다반사였다. 예나 지금이나 사람이 다치면 말썽이 나는 것은 마찬가지여서 이 일로 민원이 발생하기도 했지만, 목장이 없어질 때까지 말몰이는 지역의 중요한 행사였다.

말몰이 과정의 생동감은 시에도 잘 나타나 있다. 대낮에도 목장의 문을 활짝 열어놓았다는 것은 목장 지역의 거주민들도 참여했음을 함축적으로 묘사한 것이다. 말을 몰 사람들의 수효가 적었다면 결코 목장의 문을 활짝 열 수는 없었을 테니 말이다. 한쪽에서 사람들이 말을 몰아가는 모습도 눈에 보이는 듯 묘사가 선명하다. 얼마나 많은 말들이 달리면서 먼지를 일으켰기에 구름 떼가 나는 듯 보였을까? 더구나 용의 몸에 범의 날개를 달았다는 표현은 울산목장 말들의 건강상태가 얼마나 양호했는지를 짐작케 한다.

그뿐이 아니다. 길을 들여야 하는 망아지들의 건강상태까지도 잘 나타내고 있다. 땅에 떨어져서도 어미를 뛰어넘을 정도로 훈련이 잘 된 말의 모습은 용맹하기까지 하다. 진상마는 어릴 때부터 특별히 관리했다. 무리 중에서 굳세고 용맹한 재주가 있는 말로 골라서 표시까지 해서 훈련을 시켰다. 그런 말들은 아무나 함부로 건드려서도 안 되었다.

울산목장이 얼마나 뛰어난 말들을 길러냈는가도 잘 나타나 있다. 혈통을 가진 말을 길러냈던 곳인만큼 목장의 확장도 국가에서 관장할 정도였다. 물이 넘쳐나는 데다 풀이 무성한 목초지가 있는 것은 물론, 군마로 길들이기에도 최적지였음은 신마성을 쌓은 데서도 알 수 있다.

감목관으로서 홍세태는 높이 평가 받지 않을 수가 없다. 목관으로서도 자신의 역할에 충실했지만 당시 목장의 상황이나 마부들의 고충까지도 글로써 남기고 있으니 두고두고 칭송 받을 만하다. 게다가 말의 색깔을 보지 않고도 말의 상태나 혈통까지 알아챌 정도였으니 그 안목이 놀랍기만 하다.

울산에 목장이 있었던 사실이 현재로서는 격세지감을 느끼게 한다. 불과 40년을 조금 넘긴 역사지만 울산은 공업도시로만 인식되어 왔다. 울산이 이런 목가적인 풍경을 간직한 지역이었음은 마성의 중요성이 대두되면서부터였다. 비록 구마성은 흔적조차 찾을 길이 없지만 신마성의 많은 부분이 고스란히 유지되고 있는 것은 참으로 의미 있는 일이다.

나례굿

굿판 북소리儺鼓

귀신 쫓는 북소리 춤추는 소맷자락	儺鼓雷轟舞袖翩
넓은 마당 촛불은 술자리에 휘황하네.	廣庭燈燭晃初筵
깃발은 땅에 꽂혀 그림자 드리웠고,	春旗挿地招搖影
무당은 신이 내려 귀신 말을 전하네.	神語憑巫怳惚傳
울산 풍속 친해지니 나쁠 것도 없지만	未害客居親異俗
늙은 이 몸 새해맞이가 가련키도 하구나.	獨憐衰齒得新年
닭 우는 소리에 굿판 먼지는 흩어지고	鳴雞膈膊游塵散
떨어지는 별빛 속에 하늘이 밝아오네.	牢落星河滿曉天

― 홍세태 시, 송수환 역

이 시에는 나례굿을 보는 홍세태의 마음이 잘 드러나 있다. 굿판은 화려하고 귀신을 쫓는 의식은 자못 진지하다. 처음에는 낯설기만 했던 울산의 풍속도 친해지니 다소 거친 듯한 말투에도 친근감을 느낀 듯하다. 예나 지금이나 연말연시는 가족과 함께 보내고 싶어진다. 한 해를 마무리하고 새로운 해의 다짐을 나누는 시간을 갖는 데 의의를 둔 것이다. 그런데도 날이 새도록 벌어진 굿판을 보면서 타지에서 홀로 세모를 맞는 서글픈 마음이 잘 나타나 있다.

조선시대에는 나례도감이 따로 있었다. 악귀나 사신을 쫓는 의식인 나례 행사를 관장하던 관아였다. 묵은해의 악귀를 쫓기 위한 나례의식은 당시 아주 중요한 의식이었다. 유교사상이 널리 퍼진 시대였음에도 악귀에 대한 두려움은 어쩔 수가 없었다. 원인을 알 수 없는 병에 걸린다거나, 횡액을 당할 때마다 보이지 않는 어떤 힘에 끌려 다니는 것을 느끼지만 대처하는 법을 알 리가 없었다. 그런 모든 액운이 악귀의 소행이라 여겨 그것을 쫓기 위한 일종의 종교의식으로 나례의식을 행한 것이다.

나례의식은 삼국시대부터 전해오는 의식으로 섣달그믐날 행해졌다. 궁중이나 민가 등에서 굿의 형태로 벌이던 의식이다. 나례굿에 동원되는 인원은 수십 명이었다. 이 의식의 중심은 구나례驅儺禮다. 구나례는 악귀를 쫓는 의식으로 악귀를 쫓는 사람인 방상시方相氏가 악귀로 분장한 사람을 쫓는 의례다. 방상시는 주로 곰의 탈을 썼다. 탈에는 두 개 내지 네 개의 눈을 달았다. 툭 불거진 네 개의 눈은 일반인이 보지 못한 악귀들까지 찾아내리라는 믿음에서 착안한 것이다. 악귀들이 보기에도 무시무시한 모습의 탈을 쓴 방상시는 4명이었다.

탈을 쓴 방상시 중에서도 나례를 거행하는 방상시는 특별히 네 개의 눈을 가진 황금빛 탈을 쓴다. 곰의 가죽으로 만든 상의에 붉은 치마를 입는다. 오른손에는 창을, 왼손에는 방패를 들고 곰의 탈을 쓴 나머지 방상시와 함께 맨 앞에 선다.

방상시탈. 궁중에서 나례나 장례 때 악귀를 쫓기 위해 사용했던 탈이다. 1970년 창덕궁 창고에서 장례용구와 함께 발견되었다. 길이 78cm, 너비 73cm의 대형 탈로서 소나무에 얼굴 모양을 파고 4개의 눈과 코, 입, 눈썹 등을 새겼다. 웃는 얼굴에 깊게 패인 주름, 커다란 두 귀가 인상적이다.(중요민속문화재 제16호)

그 뒤로 나머지 인원들이 늘어선다. 지군持軍으로 불리는 나자儺者 5명이 탈과 벙거지를 쓰고 선다. 나자들도 붉은 옷을 입는다. 다음으로는 녹색 옷에 역시 탈과 벙거지를 쓴 5명의 판관判官이 자리한다. 조왕신 4명은 푸른 옷에 각기 다른 탈을 쓰고 대나무로 다듬은 홀笏을 든다. 그 뒤로도 여러 명의 초라니小梅가 서는데, 초라니는 여자 모습의 가면에 대가 긴 깃발을 든다.

십이지신은 각기 자신의 역할에 맞는 탈을 쓰고, 10여 명의 악공들이 참여한다. 10여 명의 악공들이 드는 것은 복숭아나무로 만든 지팡이와 갈대로 만든 빗자루다. 그 뒤로는 가려 뽑은 마음이 순수한 아이들 수

십 명을 세운다. 아이들에게도 붉은 옷에 탈을 씌우는데 초라니의 모습을 갖추게 한다. 아이들이 맡는 역할은 나례의식이 끝날 무렵에 징을 울리며 악귀를 몰아내도록 하는 일이다. 이런 준비 끝에 행해지는 나례의식은 당시 연말에 행해지는 국가의 행사였다.

"자 모든 준비가 다 끝났느냐?"

"예이~"

관상감에서 나온 관리의 물음에 대표 방상시가 대답을 한다.

"그렇다면 내일 새벽 날이 밝기 전에 근정문 밖에서 기다려라."

나례의식에 참여하는 일행들이 기다리는 동안 승지가 임금에게 아뢴다.

"악귀를 쫓을 나례의식 준비가 완료됐사옵니다."

"거룩한 의식으로 모든 악귀들을 내몰도록 하라."

임금이 승지의 주청을 윤허한다.

"시작하라."

승지의 명에 따라 나자들이 궁궐 안으로 들어간다.

"나儺영감님 댁에서 나례하는 날이라 광대의 몸치장에서 금선을 둘렀나이다. 그곳에서 산山 굿만 겪으면 귀신의 옷에도 금선을 두르리이다."

"리라리러 나리라 리라리~"

대표 방상시의 운에 따라 나머지 방상시들이 후렴을 부르는 것으로 나례가가 시작된다.

나례가儺禮歌는 악귀를 쫓는 노래다. 방상시의 운에 나머지 방상시들이 대구를 하고, 악공들은 연주를 한다.

나례가는 사방을 돌아가며 부른다. 경건하면서도 흥겨운 가락에 맞춰 춤사위도 이어진다. 나례가가 끝나면 아이 초라니들이 북과 징을 치고 큰 소리로 떠들면서 궐을 나선다. 초라니들의 대에 횃불을 밝힌 채 성곽 밖에 이르면 봉상시의 관원들이 제사를 지낸다. 봉상시는 제사祭祀와 시호諡號에 관關한 사무事務를 맡아 보던 관청이지만 나례의식 때도 참여했다. 제물로는 수탉과 술이 쓰였다.

제사는 나자들이 문을 나오려고 할 때 행해졌다. 문의 가운데 신석神席을 편다. 그런 다음 희생犧牲이 될 수탉의 가슴을 찢어 둔다. 그런 다음 신석의 서쪽에 자리를 깔고 제사를 지낸다. 제사가 끝나면 죽은 수탉과 축문을 땅에 묻는 것으로 나례의식은 끝이 난다.

당시 목장에서도 말의 병이 역귀 때문이라 여겼다. 호환이야 눈에 보이는 것이니 호랑이만 잡으면 그만이지만 말이 통하지 않는 말의 병은 답답하기 이를 데 없었다. 더구나 남목목장의 말들은 군마인만큼 그 중요성이 무엇보다도 컸다.

말을 위해서 나례굿을 하던 풍습은 말의 역병을 막기 위한 중요한 의식이었다. 궁중이나 민간에서 하는 것처럼 큰 규모는 아니었으나 상당히 큰 굿판이었음은 짐작할 만하다. 그도 그런 것이 당시로서는 군마는 사병 열 명보다 더 중요하게 관리되고 있었기 때문이다.

말을 위한 '나례굿판'에도 궁중이나 민간의 나례의식 때처럼 나례가를 불렀다. 말을 위한 나례굿은 방상시 대신 무당이 행했다. 귀신의 말을 전달하는 무당 중에서도 말을 유달리 사랑하는 처녀무당이 있었다.

처녀무당의 이름은 자연이었다. 자연은 무당이 되기 전 인겸이란 청년과 정혼을 한 사이였다. 어릴 때부터 정혼을 한 사이라 둘은 편하게 종종 만남을 가졌다.

그러던 어느 해 섣달그믐밤이었다. 인겸이 제안을 했다.

"나례굿을 보러 가지 않으려오?"

자연은 설렜다. 나례굿은 흔히 볼 수 없는 굿이었다.

"목장의 말들을 위한 굿이라 사람을 위한 굿과는 또 다른 맛이 있을 거요."

인겸은 자연에게 남장을 시켰다. 여염집 규수가 야심한 시각에 나례굿을 보러 다닌다는 소문이 나면 자연의 처지가 곤란해질 것을 염려한 배려였다.

굿판은 관아에서 펼쳐지고 있었다. 너른 마당에는 대자리가 펼쳐져 있었다. 한겨울 밤바람에 꺼질까 봐 창호지로 만든 바람막이를 씌운 촛불을 밝힌 마당은 대낮처럼 환했다. 많은 사람들이 둘러선 가운데 자연과 인겸도 슬그머니 섞여 들었다.

"지군님아, 판관님아. 묵은 악귀 쫓으소서~"

무당의 낭랑한 목소리에 자연은 빨려들 것 같았다.

무당은 지상의 사람이 아닌 듯했다. 귀신과 친구이기라도 한 듯 모든 귀신들을 불러내어 달래는 의식을 오래도록 행했다.

나례굿을 보고 돌아온 자연은 시름시름 앓았다. 신열이 오를 때는 흡사 귀신에 홀린 사람처럼 알 수 없는 주문을 외우곤 했다. 자연의 웅얼거림을 새겨들은 인겸은 깜짝 놀랐다. 내용을 다 알 수는 없었지만 굿판에서 들었던 나례가가 틀림없었다.

"한 번만, 한 번만 말을 보게 해주세요."

인겸은 난감했다. 말을 어떻게 보여 준다는 말인가? 목장의 말은 군마여서 아무나 볼 수 있는 것이 아니었다. 삽시간에 소문이 퍼졌다. 자연에게 말 귀신이 씌었다는 것이다.

급기야 굿을 하기에 이르렀다. 무당은 신내림을 받아야 한다는 얘기를 했다.

“무슨 말인가? 내 딸이 신병에 걸렸단 말인가?”

“신병은 고치려고 해서 낫는 병이 아닙니다. 신을 받아들일 수밖에 없는 운명인 것입니다.”

무당의 말은 청천벽력이었다.

부모는 넋이 빠진 듯했다. 여염집 처녀가 신내림을 받아야 한다는 것은 집안의 수치였지만 더 이상 쉬쉬할 일이 아니었다. 딸을 죽게 내버려둘 수 없었던 부모는 인겸에게도 소식을 전했다.

낙담한 것은 인겸도 마찬가지였다. 신내림을 받기 전에 자신을 만나면 달라질까 했지만 소용이 없었다. 자연은 인겸을 알아보지 못했다. 귀신이 곡할 노릇이었다. 인겸은 부모를 속이며 자연을 굿판에 데리고 간 것을 후회했다. 자연의 부모가 원하는 대로 눈물을 머금고 파혼을 했다.

가족들은 자연을 무당의 신딸로 내주었다. 자연은 처녀무당이 되었다. 자연의 영험함은 금세 소문이 났다.

자연이 첫 번째 굿을 하던 해에 역병이 돌았다. 유례없는 더위로 사람은 물론 철저한 관리를 하던 말들도 상당수 죽어나갔다. 자연이 많이 불려 다닌 것은 자연스러운 일이었다. 희한하게도 자연이 굿을 하고 난 뒤부터 역병은 조금씩 잦아들었다.

자연은 처음으로 그해 세밑의 나례굿까지 맡게 되었다.

“나라의 재산인 군마를 위한 굿이라는 걸 명심해라.”

신어미의 당부에 자연의 눈이 빛났다. 가녀린 어깨도 단단해 보였다.

신어미는 자연에게 곰의 탈을 씌웠다. 자연은 박수의 북소리에 춤사위를 펼쳤다. 자연의 춤사위는 신들린 듯했다. 절도 있는 몸놀림은 어떤 악귀도 넘보지 못할 것 같았다. 보는 이들에게 저절로 고개를 숙이게 하는 엄숙함과 경건함이 묻어 있었다. 평소에 무당이라고 무시하던 관리들조차 자연의 소맷자락 아래 고개를 조아리지 않을 수가 없었다.

"지군님아, 판관님아. 묵은 악귀 쫓으소서~"

자연의 목소리는 서릿발 같았다. 부탁을 하는 입장이면서도 그 노랫가락에는 위엄이 넘쳐났다.

나례굿을 보던 사람들은 곰의 탈을 쓴 자연과 눈이라도 마주칠까 봐 슬쩍슬쩍 곁눈질로 굿판을 살필 뿐이었다. 혹시라도 처녀무당의 노여움을 사면 흐트러진 굿판의 모든 책임을 져야 할 것 같았다.

"명년에도 돌보소서, 남옥목장 마馬장군들. 나라 지킬 장군이니 굽어 살펴 주옵소서~"

자연은 목장 쪽을 향해 합장을 했다. 어떤 굿보다 정성을 다했다. 보는 사람들은 자연에게 내린 신이 마신馬神이 분명하다며 수군거렸다. 그런 수군거림을 들었는지 말았는지 몇 번이나 머리를 조아린 끝에 자연은 나례굿을 끝냈다.

관리들은 제물로 준비한 술과 배를 가른 닭을 묻었다. 궁중의 나례의식을 줄였을 뿐 과정은 비슷했다.

곰의 탈을 벗는 자연의 얼굴은 땀에 흠뻑 젖어 있었다. 혼신의 힘을 다한 까닭에 한겨울 밤인데도 온 몸이 땀으로 범벅이 된 것이었다. 자연의 얼굴에는 흡족함이 가득했다. 첫 나례굿을 성공리에 끝낸 스스로가 대견했다. 군마의 역병은 더 이상 없을 거라는 확신으로 희붐한 새벽빛에 머리가 맑아졌다.

{ 호랑이를 물리치다 }

마당의 노래

마당의 노래 馬堂歌

박수는 북을 치고 무당은 노래하고	男巫擊鼓女巫歌
구슬자리에 신神내리니 벌써 반은 취했네.	神降瓊莚倚半酡
봄풀 욱어진 이곳, 많은 말이 몰려오고	萬馬放來春草綠
어느덧 방성房星 별이 구경꾼을 비춘다.	夜看天駟照人多

— 홍세태 시, 김송태 역

마당馬堂은 말에게 제사를 지내던 당사堂祀와 같은 곳이다. 울산목장의 마당은 관아의 남쪽 20리 목장리牧場里(현재의 화정동)에 있었다. 관아에서는 해마다 봄가을에 제물과 향촉을 내렸다. 목장의 말들을 위한 기원제를 위한 것이었다. 관아에 딸린 사령은 그것으로 국마인 울산목장의 말들을 위하여 기도를 하곤 했다.

당시는 세상 모든 이치를 관장하는 신이 있다고 믿었다. 그것은 사람의 경우에만 해당하는 것이 아니었다. 말도 마찬가지였다. 더구나 호국을 위해 기르는 군마를 기르는 목장에서야 두 말할 필요가 없겠다. 말의 건강은 물론 수명 전체를 관장하는 것은 마당신馬堂神이라고 믿었던 것이다.

『울산목장목지』에 마단馬壇은 관기官基인 남목에서 10리 떨어진 마안령馬鞍嶺(현재의 명덕마을로 추정)에 있다고 적혀 있다. 마당馬堂은 20리 떨어진 목장리에 있고, 당사堂祀도 목장리에 있으며 마당과 같다. 동축사와 월봉암 역시 국마를 위해 기도제향祈禱祭享하는 원당願堂이라고 기록하고 있다. 이런 기록으로 볼 때 이 시詩가 담고 있는 마당굿 외에도 말의 안전한 사양을 기원하는 여러 형태의 기원의례가 있었던 것으로 보인다.

울산목장에는 말을 유난히 좋아하는 소년이 있었다. 소년의 아버지는 남목관아의 말단관리였다. 가끔 아버지를 따라 목장을 둘러보던 소년은 말의 모습에 반하고 말았다. 넓게 펼쳐진 초원에서 유유히 풀을 뜯는 말의 모습은 세상 부러울 것이 없는 듯했다. 그 여유와 자유로움은 소년을 날마다 목장으로 이끌었다.

완은 마당굿을 할 때도 번번이 나타났다. 무당의 마당가에 홀린 듯 어깨춤을 들썩이는 완은 굿판 사람들의 이목을 끌기에 충분했다. 마당굿을 할 때 무당이 마당신에게 바치는 노래를 부를 때면 완의 어깨는 자연스럽게 흔들거렸다. 두어 번 굿판을 돌아본 완은 굿판의 노래를 자연스럽게 익히게 되었다. 변성기가 지나려면 아직도 먼 나이였지만 완이 부르는 굿판의 노래는 아주 구성졌다.

완은 말의 탈까지 만들어서 쓰고 다니길 즐겼다. 이런 아들이 어머니는 걱정이었다.

"완이 걱정이에요."

"무엇이 말이오?"

어머니의 말에 아버지는 관모를 고쳐 쓰며 물었다.

"완이 나이면 동무들과 한창 뛰어놀 나이잖아요? 그런데 사람보다 말을 더 좋아하니…."

말끝을 흐리던 어머니는 마을 사람들이 수군대던 소리를 떠올렸다.

"완이는 아무래도 말귀신이 씌인 것 같애."

"전생에 말이었던지도 모르지."

"저러다 박수된다고 고집 부리는 건 아닌지 모르겠네. 하나뿐인 아들이 저러니 여간 걱정이 아닐걸."

빨래터 여인들의 입방아라고 넘겨버리기에는 꺼림칙한 얘기들이었다.

"걱정 마시오. 아이들이란 누구나 동물을 좋아하게 마련이오."

아버지는 예사로 여겼다. 그저 아이들의 호기심 정도로만 생각한 것이다.

완은 아버지가 고마웠다. 아버지 덕분에 말과 더 친해질 수 있게 된 것이다. 목장 관리인들과도 친해진 완은 목장에서 잔심부름도 하게 되었다.

완은 곧잘 말의 탈을 쓰고 다녔다. 말 모양의 탈에 긴 천을 달아서 머리부터 허리 아래까지 덮이도록 만든 것이었다. 그걸 쓰고 완은 큰소리로 굿판의 노래를 부르며 산길을 오갔다. 완이 부르는 굿판의 노래는 구성지다 못해 위엄까지 깃들어 있었다. 열 살 남짓의 어린 아이가 부르는 노래라고 믿을 수 없을 정도였다.

마당신에게 제사를 올리기 위한 준비로 바쁜 봄날이었다. 죽은 듯하던 산자락에 봄풀들이 우거지기 시작했다.

"이것 좀 마당에 전하거라."

말의 탈을 쓴 완은 사령이 주는 향촉을 들고 마당을 향해 발길을 돌렸다.

가는 길에 습관적으로 굿판의 노래를 불렀다. 탈을 쓰고 부르는 굿판의 노래는 흡사 말이 히힝거리는 소리에 가락을 붙인 것처럼 들렸다. 완은 그것이 더 신기하고 재미있어서 놀이삼아 즐겼다.

한 번의 노래도 다 부르기 전이었다.

"어흥~!"

발걸음을 멈칫하게 하는 소리, 호랑이의 포효였다.

완은 목장 쪽을 돌아보았다. 덩치가 산만 한 호랑이 한 마리가 목장의 성벽 주위를 어슬렁거리고 있었다. 성벽이 낮은 곳을 찾는 듯했다. 그때 완의 눈에 말 한 마리가 보였다. 풀을 뜯느라고 무리에서 떨어진 말이었다.

호랑이도 그 말을 본 것 같았다.

'안 돼!'

모골이 송연해진 채 속으로 부르짖었다.

향촉을 숲에 고이 놓아둔 채 완은 오던 길로 발걸음을 돌렸다. 말이 사고를 당하면 안 된다는 생각뿐이었지만 겁이 나지 않는 것은 아니었다. 두려움을 떨치려고 완은 굿판을 보며 배운 노래를 더욱 크게 불렀다. 호랑이에게서 눈길을 떼지 않은 채였다.

잠시 후 호랑이가 고개를 돌렸다. 등줄기로 식은땀이 비 오듯 흘렀지만 완은 걸음을 멈추지 않았다. 꽤 가까운 거리에서 마주치자 오히려 멈칫한 것은 호랑이였다. 생각지도 않은 방해자에게 놀란 것 같았다. 눈에서 불길이 뿜어져 나올 듯한 호랑이의 눈길이었지만 완은 피하지 않았다. 속으로는 떨렸지만 굿판의 노래만 계속 불렀다.

"어흐엉~"

기운이 조금 빠진 듯한 소리를 내며 호랑이가 달려들었다.

호랑이는 완의 머리 쪽을 왈칵, 물었다. 호랑이가 문 것은 말의 탈이었다. 완은 쓰개치마처럼 뒤집어썼던 말의 탈을 훌러덩 벗었다. 탈 끝에 길게 늘어뜨린 천을 호랑이의 얼굴에 뒤집어씌웠다.

"무슨 일이야?"

호랑이의 소리를 듣고 관리인들이 여럿 달려왔다. 그 바람에 호랑이는 말의 탈을 문 채 산 속으로 도망을 치고 말았다.

"다친 덴 없냐?"

"괜찮아요."

얼굴에 심하게 긁힌 자리에서 핏물이 배어나고 있었지만 완은 아무렇지도 않았다.

목장관리인들은 할 말을 잃은 채였다. 호랑이에게 물린 완의 모습을 보았으면서도 믿어지지 않았다.

"완이가 썼던 말의 탈이 호랑이의 제물이 되었군."

관리인들이 완의 머리를 쓰다듬었다.

울산목장 근처에는 호랑이가 많았다. 마당굿은 질병을 막아달라는 기원제이기도 했지만, 말이 당하는 호환에 대비하는 의식이기도 했다.

완의 지혜는 관아에 알려졌다. 자나 깨나 어린 아들이 걱정이던 어머니는 그제야 완이가 자랑스러웠다. 훗날 아버지보다 더 훌륭한 목장관리인이 되겠다는 아들의 말을 믿기로 했다.

그해 봄 마당굿은 특히 성대했다. 특별하게 굿판에서 부르는 노래를 완이가 부르게 되었다. 호랑이도 물리친 소년의 기개를 본보기 삼으려는 목관의 배려였다. 노래를 부를 때 완은 말의 탈을 썼다. 탈을 쓰고 부르는 완의 구성진 노래에 굿판의 열기는 식을 줄 몰랐다.

"방성별이다!"

누군가가 밤하늘을 가리켰다. 별이 빛나고 있었다.

그 중에서 말을 수호하는 별자리인 방성房星별이 유난히 반짝거렸다.

목장과 관련된 지명들

울산에는 목장과 관련된 지명이 많다. 대개는 이름만 듣고도 목장을 떠올릴 수 있는 지명들이다. 남목에서 방어진에 이르기까지 목장과 관련된 지명은 많다. 이는 목장의 분포도와 비례한다. 다만 아쉬운 것은 대부분의 목장 관련 지명들이 지금은 완전하게 사라졌다는 사실이다. 울산목장은 나라의 안녕을 위한 말을 길러냈던 곳이다. 그 지명들을 살펴보면서 쓸모가 사라졌다고 발자취를 돌아볼 수도 있는 지명까지 사라져야 했을까를 생각해 보자.

성골城谷

성골은 쇠평마을 북쪽 산속 깊은 골짜기에 있던 마을이다. 옛날에는 방령芳嶺이라 불렀으나 마성의 흔적에 따라 바뀐 것이다. 실제로 이 지역에는 방어진목장으로 불렸던 구마성의 돌담이 남아 있었다. 이때부터 마을의 이름을 자연스럽게 성골로 부르게 되었다. 성골은 도랑을 따라 남쪽편 응달쪽이 동구에 해당하고, 북쪽 양달은 북구 어물동으로 이어진다. 논들이 꽤 커서 '백석지기'라고 부를 정도였다.

성골에는 30여 호 정도의 주민이 살았다. 주로 이 씨들과 김해 김 씨들의 씨족마을이었다. 씨족 마을 30여 호면 결코 작은 마을이 아니다. 그런데도 지금은 인가라곤 하나도 없는 오지처럼 변했다. 사람이 살지 않는 마을은 자연이 푸른 세력을 뻗고 있을 뿐이다. 한 마을이 이렇듯 소멸하다시피 한 것은 아픈 역사 때문이다.

6·25전쟁 때문이다. 하루는 공산 치하였다가 하루는 연합군 치하가 되었던 것이 6·25전쟁이었다. 낙동강 유역까지 내려왔던 북한 병사들이 연합군에게 쫓기면서 주로 산중마을을 찾아들었다. 낮에는 산 속에 숨어 있다가 밤이면 인가로 내려오곤 했다. 총칼을 들이대면서 먹을 것과 잠자리를 청하는 것이 예사였다. 살기 위해서 어쩔 도리가 없었지만 아군이 보기에 그것은 반역행위였다.

"마을을 폐쇄합니다. 국가의 명령이니 주민들은 산 아래 마을로 이주하시기 바랍니다."

말은 공손했지만 무시무시한 명령이었다. 소개령疏開令이었다. 겉으로는 주민들의 안전을 표방한 명령이었지만 그보다는 북한군에 도움이 될 것을 원천봉쇄하겠다는 의지가 강했다.

민초들에게는 사약과도 같은 명령이었다. 갈 곳을 정해 준 것도 아니어서 앞날이 막막했다. 결국 아래성골로 대여섯 집이 떠나고, 남목으로도 많이 이주했다. 더러는 울산의 친척집으로도 가는 등 뿔뿔이 흩어졌다. 그러는 중에도 마지막 한 세대까지 마을을 떠나기 전까지는 여전히 힘겨운 날들이었다. 밤에는 북한군들이 오고, 낮에는 아군들이 와서 괴롭혔다. 이념과는 거리가 먼 사람들이었다. 순박하기만 한 사람들은 서로 다른 이념을 가진 군인들 사이에서 지칠 대로 지쳐갔다. 결국 마지막

한 세대까지 떠난 성골은 적막강산이었다.

지금 성골은 평화롭다. 순박하고 다정한 사람들이 살았던 옛 가옥들은 허물어지고 없다. 울타리였던 대나무 숲과 과실나무들만이 이곳이 집터였음을 말해 준다. 텃밭이었던 집터의 근처에는 야생초가 되어 버린 채소류가 저절로 씨를 흘리고 자라기를 반복한다. 논과 밭의 일부는 주인이 바뀐 곳도 많다. 세월이 흐르고 주인이 바뀌었어도 곡식들만은 여전히 들판을 지키고 있다. 다만 쓸쓸한 것은 묵혀 버린 전답에서 덜 깎은 머슴아이 머리털처럼 군데군데 자라는 풀들이다.

성두배기

이름에서 느껴지듯이 성의 꼭대기를 일컫는 지명이다. 구마성이 지나는 곳 중에서 가장 높은 곳이다. 구마성은 남목 뒷산 범밭재에서 동대산 줄기로 이어지는 지점을 지난다. 성두배기는 그 중심의 꼭대기다.

옛날에는 이곳이 삼면三面의 경계가 되었다. 삼면은 동구의 전신인 동면과 북구의 강동면과 현재는 중구 동동이 된 하상면이다. 성두배기는 이처럼 각기 다른 지역과 연결된 곳이다. 지역의 경계가 되었던 곳이어서일까, 성두배기를 '삼면지계' 또는 '삼면지기'라고도 불렀다. 경상, 전라, 충청을 이어 주는 지리산을 연상케 하는 곳. 성두배기에는 오늘도 건강을 지키려는 사람들의 발길이 끊이지 않는다.

목장동

참으로 한가로운 이름이다. 말들이 노니는 모습이 고스란히 연상되는 이름이다. 목장동은 화정동과 일산동의 '번덕'마을을 통틀어 이르는 이름이다. 방어진목장에서 유래되었음은 당연하다.

현재 방어진 삼거리로 불리는 목장고개의 모습

　처음에는 목장리라 불렀다. 목장이 있는 마을이니 아주 자연스러운 이름이다. 꽤나 오랜 세월 불렸던 이름이나 어느 순간 사라졌다. 자연스럽게 생겨난 이름인만큼 사라진 것도 자연스러웠다. 목장이 폐지된 1894년 이후가 소멸 시기다. 목장동은 지금의 화정동으로 개칭되었고, 번덕마을은 일산동에 합쳐졌다.

　마을이름이 주위의 변천에 따라 생겨나고 소멸하는 것이 목장동뿐이겠는가? 필요에 따라서 짓고 고치는 것은 오히려 자연스러운 일이다. 그러나 방어진목장이 군마를 길렀던 목장이었던 것을 감안하면 아쉽기만 하다. 없는 역사를 만드는 것이 아니라 있는 역사를 대변할 만한 지명이 생소한 이름으로 바뀌었기 때문이다.

1970년대 안목장의 모습

안목장

대송동의 새터마을 서쪽지역을 가리키던 지명이다. 목장의 안(內)쪽이라는 뜻을 담고 있다.

목장고개

방어동에서 목장동으로 가는 고개라는 뜻으로 붙여진 이름이다. 목장고개는 지금의 방어진 삼거리 일대다.

말들은 달리고 싶다

마성이 시작되었던 남목삼거리가 달라졌다. 마골산 입구까지 말의 조형물을 설치한 것이다. 팔짱을 낀 채 다리를 꼬고 앉은 말의 모습은 상당히 해학적이다. 특색 있는 마을길 조성사업으로 남목 3동 옥류로와 동부초등학교 옆 등굣길쉼터를 비롯해 모두 3개를 설치했다.

말은 사람에게 대체로 친근감을 갖게 하는 동물이다. 초식으로 순한 성격인 데다 옛날에는 길과 길을 이어 주는 데 톡톡한 역할을 했다. 긴 다리와 순한 눈빛도 매력적이다. 그런 말들이 길러졌던 곳. 그곳이 바로 남목지역이다.

그런데 정작 울산에는 국영목장이 있었던 사실을 모르는 사람들이 많다. 그것은 목장이 있었던 지역에 사는 주민들도 마찬가지다. 호국 개념으로 만들었던 목장을 기억하자는 취지에서 특색 있는 마을길을 조성한 것이다. 구간은 남목 입구에서 마골산 옥류천 이야기길까지 이어진다.

이 구간에 목재 데크를 설치하고 안내판과 이정표를 만들었다. 벽화도 그리고 화단에 나무를 심어서 휴식공간으로 꾸몄다. 그뿐만이 아니다. 더욱 인상적인 것은 마골산 입구에 세워진 말의 조형물이다. 색색의 말들은 마골산을 향해 질주하는 모습이다. 비록 조형물이지만 그런 말에게서는 군마였던 시절을 향해 달리고 싶은 질주본능이 느껴진다. 처음 방문하는 사람들에게 마성을 알리기 위한 취지기도 하지만, 늘 다니는 사람들에게도 신선한 변화가 아닐 수 없다.

마성의 상징물인 말 조형물. 옥류천 입구에 설치되어 있다.
마성의 상징물인 색색의 말들은 군마였던 시절 대륙을 향해 달리고 싶은 질주본능이 느껴진다.

당고개堂峴

당현에 올라 목장지형을 보다 登堂峴 觀牧場地形

산봉우리는 구름 위에 솟았고	一峰孤立出雲空
산자락엔 작은 무덤들 널렸는데	培塿旁羅衆皺同
말이 어디서 노는지 찾지도 않으면서	不辨馬遊何谷裏
저 숲속에 호랑이 숨었다 의심하네.	還疑虎伏此林中
산은 여러 고을에 걸쳐 뻗어 있고	山形半割諸州去
땅은 굽이쳐 바다에 이르렀는데	地勢渾臨大海窮
곁에 온 산도깨비를 놀라 바라보니	怳見有崒來傍我
늙은 나무, 푸른 돌에 바람소리 시끄럽네.	古松靑石霅然風

— 홍세태 시, 송수환 역

고개는 고비와 의미가 비슷하다. 고생길의 정점이 되는 것이 고개다. 고
개를 숙이는 일은 어떤 일을 수긍하거나 굴종의 행위이며, 고개를 넘었

다는 것은 한 고비를 넘겼다는 뜻으로 해석되기도 한다. 그러다 보니 고개를 넘으면서 하는 미신행위도 많았다. 고갯마루에 있는 커다란 나무나 바위에 비손을 하는 경우는 허다했다. 그런 행위가 어떤 형태로 남은 것도 있다. 그것 때문에 고개의 이름이 생기기도 했는데 당고개가 그렇다.

당고개는 남목에서 염포로 넘어 다니던 고갯길의 이름이다. 현재는 남목에서 염포로 이어지는 큰 도로가 되었지만 옛날에는 넘기에 고단한 고갯길이었다. 마성이 있었던 지역을 자동차가 달리는 길로 만들었으니 역사를 잇는 길이며, 세대와 세대를 잇는 길이기도 하다. 또한 말에게는 역사가 끝나는 길이면서 사람에게는 여전히 이어지는 길이다.

당고개는 한적한 동구를 번잡한 시내로 이어 주는 길이다. 방어진과 울산 시가지를 이어 주는 길이며 주전 사람들이 해산물을 팔러 넘나들던 생존의 길이었다. 산을 깎아 도로를 만들기 전에는 산등성을 넘어 다니는 것이 가장 빠른 길이었다. 멀고 힘든 길이었지만 달리 방법이 없었기 때문이다.

당고개를 넘어야 하는 부담과 두려움은 홍세태의 시에도 잘 나타나 있다. 산봉우리는 구름을 뚫을 정도로 높았다. 게다가 산자락 곳곳에는 무덤들이 널렸으니 넘을 때마다 오금이 저렸을 것이다. 호랑이가 숨었다는 의심을 버릴 수 없는 산이 여러 고을에 걸쳐 있고, 그 땅이 바다에 이르렀음은 염포와 근접한 지역이었음을 읊은 것이다. 고목과 크고 작은 돌을 지척에서 만나는 산도깨비로 여길 만큼 무서운 고갯길. 이런 고개를 넘을 사람들은 저마다 고개 아래서 돌멩이를 집어 들었다. 고개를 무사히 넘도록 해달라는 기원을 하기 위해서다. 산짐승을 만나 횡액을 당할 것을 염려한 사람들은 산신에게 안전을 기원하면서 고개의 한쪽에다 쥐고 있던 돌을 놓았다. 처음에는 한둘이 하던 행위가 오랜 세월동안 거듭되면서 고갯마루에는 석단石壇이 생긴 것이다. 이러한 관습은 고조선 때부터 이어져 왔던 터라 고갯마루 곳곳에는 돌무지가 생겨났다. 사람들은 그 돌무지를 단壇이라 불렀다.[1]

단이 있는 고개라 하여 '단고개'라고 불리던 것이 점차 '당고개'로 발음되면서 지금은 '당堂고개'로 적고 있다. 구당산과 염포를 잇는 당고개도 마찬가지다. 당고개는 일제강점기 때 자동차가 다니는 신작로新作路가 개설되면서 그 모습이 변했다. 지금은 6차선 도로가 되었는데 남쪽으로는 감목관 황경黃[illegible]의 선정비가 작은 밭 귀퉁이에 소박한 모습으로 서 있다.

정각사 입구에서 20미터 지점에는 '갑옷바위'가 있다. 일명 '장수농바위'라고도 부르는데, 여기에는 전해 오는 이야기가 있다.

---

1 농초 박문기, 「大東夷」, 1991.

마골산의 장수였던 수리장군의 이야기다.[2] 수리장군은 많은 전쟁에서 의병장으로 공을 세운 사람이다. 수리장군은 전쟁이 끝나자 갑옷을 벗어 이 바위 속에 넣어두었다. 다시는 갑옷을 입을 일이 없기를 바라는 마음과, 후세에 나라에 전쟁이 나면 이 갑옷이 쓰이길 바라는 마음도 함께 넣은 다음 바위 뚜껑을 덮어 놓았다.

세월이 흐른 뒤 일제강점기 때였다. 이 전설을 들은 일본인 병사 하나가 흑심을 품었다. 갑옷을 꺼내 호신용으로 간직할 생각으로 바위를 깨뜨리려고 망치질을 한 것이다. 그러자 별이 초롱초롱하던 하늘에서 갑자기 천둥과 벼락이 쳤다. 뒤이어 소나기까지 퍼붓자 혼비백산해서 달아나고 말았다는 영험함을 지닌 바위다.

당고개 북쪽 정각사 앞을 지나 산으로 조금만 오르면 '안장바위'도 보인다. 우뚝 솟은 바위가 말안장을 닮았다 하여 붙여진 이름이다. 이 바위도 수리장군이 말의 안장을 벗겨서 걸쳐두었던 바위다. 쉬는 사이 안장을 얹었던 바위를 무심코 누른 것이 그대로 안장의 모양이 된 것이다.

---

2 『옥류천 이야기길』에 나오는 마골산의 의병장.

3구간

파도가 전하는 이야기

> 바다의 드넓은 품은 꿈을 꾸기에 알맞다. 보고만 있어도 가슴이 탁 트인다. 바닷물이 천천히 밀려와 훑고 간 해변은 더없이 깨끗하다. 물에 젖은 동글동글한 돌들이 햇빛을 받아 반짝이는 모습은 상쾌함을 느끼게 한다. 물새들의 날갯짓은 자유를, 한가로운 해변마을은 여유를 느끼게 한다.

바다로 가는 나무터널길

주전고개

터널은 어둡다. 불을 밝히지 않으면 두려움을 느끼게 하는 공간이다. 공기도 매캐하다. 갇힌 듯한 느낌이 아니더라도 터널 속에서는 갑갑함이 느껴진다. 차량의 빠른 통행을 위해 만든 터널은 위험하다. 낮에도 불을 밝혀놓아 환한 터널 속을 차량들이 마구 달린다. 함께 달리면서도 멀미가 날 지경으로 빠르게 달리는 차량을 만날 때면 질릴 정도다.

모든 것이 빨라지고 있는 시대다. 좀 더 빨리 가기 위해서 터널을 뚫고, 좀 더 빨리 가기 위해서 길을 넓힌다. 그런 길을 따라서 무심하게 운전을 하다 보면 걷지 못하는 스트레스를 느낄 때가 있다. 나무터널길은 그럴 때 걷고 싶은 길이다.

이 길은 남목의 동부아파트를 지나 주전고개 중간쯤에서 시작된다. 큰골의 골짜기를 따라서 완만하게 구부러진 굽잇길이다. 남목 사람들은 주전고개, 주전 사람들은 남목고개로 부르는 고갯길이다. 지금은 나무가 만든 터널로 걷고 싶은 명소가 된 길. 천천히 걷다 보면 쫓기는 듯한 일상에서 받은 자잘한 상처들이 말끔히 사라진다. 바쁘게, 빠르게만 생각하던 사람이라 할지라도 이 길에서는 저절로 '여유롭게', '천천히'를 느끼게 된다. 이 길에서는 시간의 흐름도 달라진다. 도심의 시간에 비하면 한결 느긋하게 흐른다.

자연의 순리에 따라 사람이 걸으면서 만든 길이므로 자동차로 달리더라도 속력을 높일 수가 없다. 산길이지만 경사도 완만하다. 언덕길인 만큼 오르막과 내리막이 이어진다. 한참 언덕을 올라서면 동구 시가지가 한눈에 내려다보인다. 심호흡을 한 다음 넓은 길을 외면하고 왼쪽으로 접어들어 보자. 많은 이야기들이 살아날 것처럼 정다운 옛길이 나타난다. 나무터널길이다.

나무터널길은 사계절 중 언제라도 좋다. 이런 매력이 발길을 향하게 하는 길이다. 봄날, 벚꽃의 짤막한 개화에 대한 아쉬움은 잠깐이다. 피어 있는 날이 짧은 만큼 떨어진 꽃잎이 땅 위에 머무는 기간도 짧다. 바람이 불 때마다 이리저리 화르르 날리는 꽃잎들. 한 자리에 모여서 수다를 떨다가 누군가의 눈치를 보면서 흩어지는 꼬마들처럼 귀엽다. 그 가벼운 몸짓은 미련 때문에 구차해지는 인생을 반추하게 한다.

여름날의 이 길은 더욱 매력적이다. 꽃이 진 자리는 이내 엉성해진다. 이가 빠진 바리캉으로 깎은 머슴아이의 머리칼처럼 삐쭉이 돋는 이파리들은 따가운 햇살에 금세 진초록이 된다. 초록이파리가 만든 그늘은 서늘하다. 벚나무들이 만들어 주는 나무터널 덕분이다. 그래서 햇살이 뜨거운 날도 해를 보지 않고 걸을 수 있다. 나무가 만든 터널은 지킴이처럼 든든하다. 초록 빛깔이 주는 안정감에 마음이 차분해진다. 도심에서 만나기 힘든 길이다.

단풍은 더욱 멋지다. 가을이 되면 수수하던 산길이 화려해진다. 굽이진 길가에 늘어선 단풍의 색깔은 유난히 곱다. 고목이면서도 단풍을 매

봄날의 꽃, 여름날의 초록이파리, 가을날의 단풍이며 겨울날 헐벗어도 촘촘한 잔가지까지
계절마다 색깔을 달리하는 벚꽃터널길

단 나무들의 도도한 매력은 사람을 밀어내는 것이 아니다. 아름답고 부담을 주지 않게 나이든 중년 여인의 모습에 자연스럽게 끌린다. 가을햇살을 받은 단풍은 투명하다. 나뭇잎을 대고 하늘을 보면 하늘빛이 붉게 보일 것만 같다.

봄 풍경이 좋은 길은 가을에 걸어도 좋다. 여름 녹음이 무성하다면 겨울의 나목도 스산하지 않다. 삭풍을 견디는 모습에도 터널을 이룬 나무들은 안쓰럽지 않다. 모세혈관 같은 잔가지까지 온전하게 드러낸 나신임에도 나무들은 민망하지 않다. 실오라기 하나 걸치지 않은 모습이 초라하지도 않다. 추워 보인다는 생각도 들지 않는다. 홀로 당당하고 늠름한 나무들이 적당한 간격으로 늘어선 길. 혼자 걸어도 외롭지 않고, 여럿이 걸어도 분주하지 않다.

꽉 짜인 일상의 여유를 찾아서 걷는 이 길이 옛 사람들에게는 삶의 길이었다. 생존을 위해 나뭇단을 지고 넘던 그저 헐벗은 황톳길이었다. 이 길에 처음 나무를 심은 사람은 누구였을까? 걷다 보면 누군지도 모를 이에게 감사한 마음이 넘쳐난다. 살다 보면 불행하다고 느껴질 때, 사는 일이 무의미하다고 생각될 때, 하도 바빠 자신이 무엇 때문에 이렇듯 쫓기는 기분으로 사는지 궁금해질 때가 있다. 그럴 때 가벼운 차림으로 걸어보자. 나무터널길을 따라서.

{불과 연기로 전한 통신수단}

봉수대

옛날 군사통신의 기지인 봉수대는 사방이 잘 보이는 산봉우리에 자리한다. 멀리서도 신호를 잘 보게 하기 위함이다. 봉수대에서는 밤에는 횃불(烽)로 낮에는 연기(燧)로 소식을 전했다. 인근 봉수대와 서로 교신을 하면서 국가 방위에 한 몫을 했다. 변방의 긴급한 상황을 중앙과 해당 진영鎭營에 알리기도 했고, 그 지역의 위험을 알려 군사적인 도움을 청하는 역할도 맡았다.

우리나라에서 본격적으로 봉수제도를 실시한 것은 고려 때부터였던 것으로 전해진다. 의종毅宗 3년(1149) 8월 당시 서북면 병마사 조진약兵馬使 曹晉若의 건의로 채택된 것이다. 초기 봉수대의 체제가 정비된 것은 조선 세종世宗 때였다. 오장伍長과 봉군이 배치되어 근무하면서, 평상시에는 한 홰(烽), 적이 나타나면 두 홰, 적이 국경에 접근하면 세 홰, 적이 국경을 넘어오면 네 홰, 적과 접전하면 다섯 홰의 봉수를 올려서 상황에 따른 대비책을 마련하게 했다. 다소 원시적인 듯하나 나름의 규칙에 따랐던 봉수대는 1894년(고종 31년)에 폐지되었다. 전화가 보급되면서 빠른 시간 안에 상황을 전할 수 있게 된 덕분이다.

만일 비가 오거나 바람이 심하게 부는 날은 봉화의 홰가 불가능했다. 그럴 때는 봉수군의 도보나 기마에 의존해서 연락하도록 되어 있었다.

봉수대는 호국과 관련이 깊다. 나라의 안전을 위한 불빛을 밝히는 곳이기 때문이다. 죽어서도 바다를 지키려는 신라왕의 기운이 서린 동구다. 임진왜란 때 활약한 의병장 서인충 장군의 묘역도 동구에 있다. 바다에 접한 만큼 왜구의 침략이 잦은 곳도 동구였다. 이런 동구에 봉수대의 흔적이 뚜렷이 남아 있다는 것은 어쩌면 당연한 일인지도 모른다.

주전봉수대

울산광역시 동구 해발 185미터의 봉대산에 있는 이 봉수대는 지방문화재다. 1979년 5월 2일 경상남도 지정 기념물 제47호로 지정되었다가, 울산이 광역시로 승격되면서 시 지정 기념물 제3호로 바뀌었는데 이는 주봉이 아닌 간봉망이다. 주전봉수대는 조선 세조(재위 1455~1468) 때 쌓은 것이다. 직경이 5미터, 높이 6미터의 원통형으로 석축한 구조물이다. 당시까지는 원통형 봉수대가 없었다. 대부분의 봉수대가 4각형이었던 것을 감안하면 우선 형식 면에서 뚜렷한 차이가 나는 구조다.

이 문화재를 보러 가는 길은 결코 편안하지 않다. 남목에서 주전으로 가는 옛길을 따라 가다가 쇠평 가는 길로 접어들면 제법 넓은 길이 나타난다. 거기서 쇠평을 등지고 돌아 한참을 더 들어가다 보면 갈래길이 있다. 갈래길로 접어들면 언덕길이 꽤 가파르다. 완만한 언덕을 오르다가 가파른 길을 오르다보면 인생의 굽이를 느낄 만한 길이다. 오르락내리락하며 굽이진 길을 한참을 더 가노라면 삼거리가 나온다. 한쪽은 봉수대요, 한쪽은 남목마성으로 가는 삼거리다.

주전봉수대(홍종화 씨 제공)

　봉수대 쪽으로 봉호사 길을 따라 가면 바다가 훤히 보인다. 현대중공업임을 알 수 있는 건설장비들이 우뚝해서 유달리 씩씩하게 보이는 바다. 해풍에 흔들린 솔향기가 짙어 머리가 맑아지는 지점에 봉호사가 자리하고 있다. 봉호사가 있는 자리는 옛날 봉수대의 부속건물인 봉대사烽臺舍가 있던 곳이다. 이 사실을 뒷받침하듯 봉호사의 바로 뒤에 돌을 쌓아 복원한 봉수대가 자리하고 있다.

　교신에 쓰인 연료는 산짐승의 배설물이었다는 이야기는 상당히 설득력이 있다. 현대는 자동차 덕분에 이동시간이 짧아져서 거리까지 짧아진 느낌이다. 그런데도 주전봉수대까지 가기는 굽이진 길을 한참이나 가야 한다. 오르락내리락 하는 길인만큼 골이 깊었을 것이니 산짐승들이 많았음은 충분히 짐작이 가능하다. 산짐승들이 여기저기 갈겨둔 배설물을 햇빛과 바람이 말렸을 테니 줍기만 해도 연료로 충분했을 것 같다.

봉수대에서는 밤에는 불빛(烽)으로 신호를 보냈고, 낮에는 불을 피워 연기(燧)로 신호를 보냈다. 봉수대란 이름은 긴급사항을 전하는 군사통신기지로 불빛과 연기를 이용한다고 해서 붙여진 이름이다.

신호는 대개 다섯 가지였다. 평상시 아무 이상이 없으면 1봉1수, 국경에 적이 나타나면 2봉2수, 적이 국경 가까이 오면 3봉3수, 적이 국경을 넘어오면 4봉4수, 적과 아군 사이에 접전이 벌어지면 5봉5수를 올렸다. 이 봉수대는 북으로 유포柳浦를 거쳐 경주의 하서下西로 이어졌고, 남으로는 천내川內·가리산加利山·산하山下·임랑포林郞浦를 거쳐 좌수영으로 연결되었다.

그렇지만 많은 봉수대가 사라진 것은 아쉬운 일이다. 조상들의 기지를 살필 수 있는 흔적이 단순히 쓸모에 밀려 사라졌기 때문이다. 그런 가운데 주전봉수대는 비교적 그 원형을 잘 보존하고 있다. 물론 자료를 바탕으로 복원을 한 것이지만, 덕분에 봉수대 연구의 중요한 자료로 평가받고 있다.

이런 역사적 사실을 말해 주는 고문서도 있다. 이 고문서는 주전봉수대의 운영 실상을 알려주는 자료이다. 철종 9년(1858)~고종 33년(1896)간의 것으로 모두 11점이며 한지에 필사한 것이다. 현재 이 고문서는 울산박물관으로 옮겨져 전시되고 있다.

고문서에는 울산부사가 박춘복, 박명대 부자에게 내린 주전봉수대 별장 임명장이 있다. 별장과 인근 동수에게 근무를 철저히 하고 군포를 잘 징수하라는 전령문도 포함되어 있다. 미포 정자 등 봉수대 인근마을로부터 군량 형식으로 거둔 금전의 내역을 기록한 문서는 주민들의 나라사랑 정신을 말해 주고 있는 듯하다. 이에 보답하듯 울산부에서 주전봉수대에 내려준 조총 등 무기와 솥 등 장비의 목록도 보인다. 또 별장이 이를 점검하여 이상유무를 보고한 문서들이 있다.

이 고문서를 통해 알 수 있는 사실들은 주전봉수대의 지위와 봉수군의 역할 등이다. 주전봉수대는 수령의 관할 아래에 있었고, 봉수군은 봉수만 담당한 것이 아니었다. 유사시에는 적군을 맞아 싸우는 군사 역할도 하였다는 것도 알 수 있다. 또한 봉수군 역은 봉수대 인근 주민들이 담당하였고, 군량 등 운영경비도 이들이 공동으로 부담하였음을 알 수 있다.

이 고문서는 기록이 얼마나 중요한지를 일깨운다. 주전봉수대는 물론 조선 후기 봉수대의 운영상황을 알려주는 중요한 자료가 되는 문서이기 때문이다.

이러한 역사적인 의미 외에 주전봉수대는 현대인들에게 또 다른 가치를 선사한다. 높지 않은 산이지만 봉대산 정상에 오르면 돌우물처럼 쌓은 봉수대의 모습은 든든함을 느끼게 한다. 크고 작은 돌들이 서로 맞물려서 빚어낸 봉수대는 믿음직한 풍경이다. 돌이면서도 정다운 모습이다.

봉수대에서는 동해바다가 훤히 내려다보인다. 바다로 오는 적들을 막기 위해 봉수를 피웠을 것이다. 사방에서 숨어드는 적들을 보면서 연기와 횃불로 위기상황을 알렸을 봉수대의 절박함조차 현재는 푸른 낭만으로 다가온다. 초를 다투는 첨단장비로 적들의 움직임까지 알아낼 수 있는 초스피드시대를 사는 까닭인지도 모른다.

화정 천내봉수대(울산광역시지정 기념물 14호)

화정 천내봉수대

동구의 또 다른 봉수대인 화정동의 천내봉수대를 여기서 언급하는 데는 그만한 이유가 있다. 구간별 위치보다 역할의 중요성을 감안한 것이다. 천내봉수대는 주변의 어떤 시설물이나 유적들보다 주전봉수대와 더 밀접한 연결선상에 있기 때문이다.

울산공설화장장 터가 보이면 고개를 왼쪽으로 돌려보자. 좁은 길이 바로 보인다. 천내봉수대로 오르는 길이다. 조붓한 길이 정다운 모습이다. 봉수대까지 가는 길목에는 시누대가 빽빽하다. 근처에 인가가 있었음을 짐작케 하는 풍경이다. 봉수대가 자리한 곳에 인가가 있었을 리는 없겠지만 봉수군들이 살던 관사 정도는 있었으리라.

4, 5월경 이 길을 걸으면 죽순을 많이 볼 수 있다. 곳곳에 황소의 곧

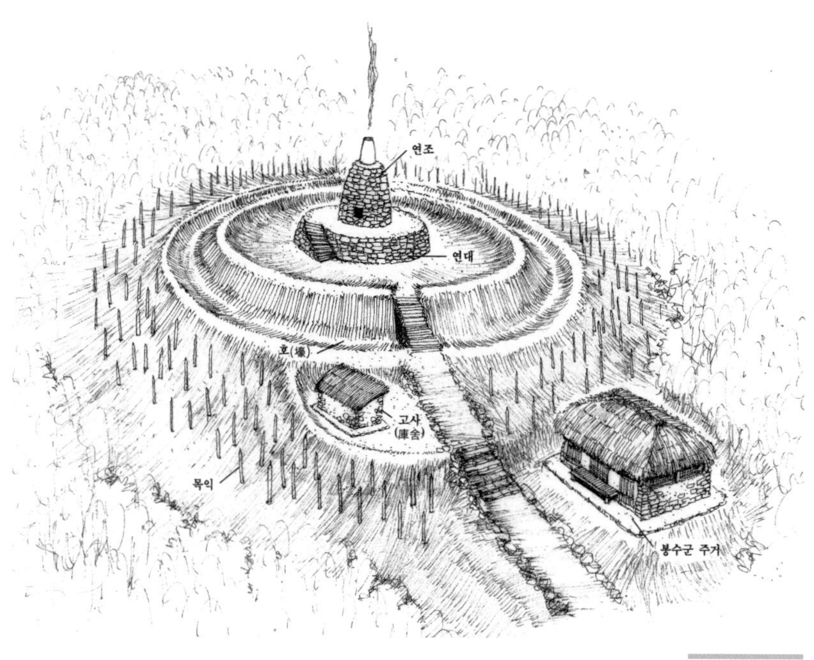

천내봉수 추정도(이철영 교수 제공)

은 뿔 같은 죽순이 자리한 길이 그다지 길지는 않다. 봉화산 정상이라고 해서 아득하게 높은 산을 연상할 필요는 없다. 이미 산 아래까지는 주거 지역이 되었으므로 봉화산은 언덕배기 정도의 높이에 불과하다.

천내봉수대는 해발 120미터인 봉화산 정상에 위치한다. 울산공설화 장장 터에서 남서쪽으로 약 70미터 거리에 있는데, 주변에 충분한 녹지 와 인근에는 울산과학대가 있다. 울산만의 관문을 지키는 봉수대 가운 데 가장 중요한 시설이었다. 조선 정조 때에는 별장 1명에 봉군 100명을 배치하여 경계를 서기도 했다는 기록은 핵심 봉수대였음을 뒷받침한다. 가리산加里山에서 봉수를 받아 남목천南木川(현재의 주전)으로 전하는 것이 주요 역할이었다.

화정봉수대는 흙으로 쌓았다. 지름 25미터의 둥근 둑 안에 돌로 된

대臺를 쌓았는데, 그 대의 지름이 8미터, 높이가 7.5미터에 이른다. 크기로 보면 단봉으로 추정된다. 그나마도 다 허물어져 현재는 부자의 무덤 봉분 크기 정도의 흔적만 남아있다. 그 모습은 마치 밑동까지 잘린 고목을 연상케 한다. 후손들의 무관심 속에 허물어진 봉수대는 고목처럼 쓸쓸한 모습으로 한때 고을을 지키던 기억만 간직하고 있으리라. 그렇지만 도심이 훤히 내려다보이는 위치를 감안하면 그 역할의 중요성은 짐작이 되고도 남는다. 나무도 그것을 아는 걸까? 천내봉수대 주변에서 자라는 소나무들이 봉수군들처럼 서서 허무는 역사의 흔적을 지키고 있는 듯하다.

주변은 온통 풀밭이다. 애기똥풀꽃, 토끼풀, 개고사리, 민들레 등의 풀꽃들만 나비를 유혹하고 있다. 풀꽃들이 앙증맞게 어우러진 모습이 정답기는 하나 봉수대 주변의 모습을 보노라면 씁쓸해진다. 죽순의 껍질들이 즐비한 봄날의 풍경에 얼굴이 찌푸려진다. 봉수대를 오르는 조붓한 길목에서 보았던 죽순들을 잘라서 이곳에서 다듬었음을 알 수 있는 풍경이다. 허물어져 아무리 볼 것이 없다고 해도 봉수대는 엄연한 역사의 현장이다. 지역은 물론 나라의 위기를 막는 데 혁혁한 공과가 없다고 하더라도 국가방위의 중요한 시설이기도 했다.

이처럼 흐트러진 역사의 현장은 어쩔 수 없이, 오늘날 우리의 역사관 부재와 연결 짓게 된다. 천내봉수대는 학생들에게 훌륭한 교육현장이 될 수도 있는 곳이다. 천내봉수대는 이곳에 봉화산이란 이름까지 선사했다. 비록 낮은 산이지만 봉수대가 있어서 붙여진 이름이다. 천내봉수대는 복원이 거론되고 있다. 원형을 복원해서 시민들의 자긍심을 고취시키고 관광자원으로도 활용하자는 의견도 활발하다.

흙과 교감하는 길

봉대산 맨발등산로

사람은 흙과 더불어 살아야 한다. 흙은 만물을 소생시키는 힘을 가진 모태다. 성인병이 늘어난 것은 흙을 멀리 하면서부터였다. 예로부터 들에서 맨발로 일을 하는 사람들은 질병이 거의 없었다. 그런데 자동차가 등장하면서 흙을 대하는 자세가 달라졌다. 황톳길을 달리면 흙먼지가 일곤 한다. 달가운 것은 아니지만 결코 더러운 것도 아니다. 그럼에도 이럴 때 이는 흙먼지를 공해에 찌든 먼지와 동일시하는 경우가 많다.

물론 그렇다고 해서 일부러 먼지가 이는 황톳길에서 흙먼지를 뒤집어쓸 일은 아니다. 대신 흙을 가까이 대해 보자는 의미다. 도시에서는 흙을 가까이서 만날 기회가 흔치 않다. 가는 곳마다 아스팔트나 보도블록이 깔려서 흙을 밟지 않고 종일을 보내는 날이 대부분이다. 편평한 길을 자동차로 편안하게 보내는데도 도시인들의 스트레스는 늘기만 한다.

스트레스를 푸는 데 산길을 걷는 것만큼 좋은 것도 드물다. 오솔길에서는 혼자서도 외롭지 않다. 나무가 모두 친구가 되어 주는 길. 수종이 다른 나무들은 각기 다른 얼굴의 친구들이며, 각기 다른 향기를 내뿜는

맨발등산로

나무들은 성격 다른 친구를 만나는 것처럼 신선하다. 이런 길을 맨발로 걸으면 그야말로 몸도 마음도 치유가 되기에 충분하다.

봉대산 맨발등산로가 그런 길이다. 약 1킬로미터에 이르는 완만한 산길이다. 맨발등산로는 마사토, 모래, 황토 등이 고루 깔려 있어 마냥 부드럽지만은 않다. 그렇다고 발이 아플 정도도 아니다. 경사도 완만해서 맨발로도 쉽게 산을 오를 수 있는 것이 특징이다. 또한 흙과 고운 자갈이 발바닥에 자극을 주어 온 몸의 신경이 살아나는 걸 체험할 수 있다. 자연에서 받는 이런 자극은 혈액순환 촉진에 큰 도움이 된다. 무엇보다도 흙에서 받는 기운이 도심에서 지친 머리를 맑게 한다.

적당한 자극은 기의 흐름을 개선하는데 도 효과가 있다. 맨발등산은 신발을 신었을 때처럼 속력을 내기 힘들다. 덕분에 저절로 긴장이 풀리고 마음도 안정된다. 빠듯한 일상에 몸과 마음이 지친 현대인들에게는 꼭 필요한 코스라 할 수 있겠다.

봉대산은 봉수대가 있어서 붙은 산 이름이다. 그 외에도 봉호사, 남목 마성까지 알려지면서 많은 사람들이 즐겨 찾는 산이었다. 그럼에도 전국에 알려진 것은 불명예스러운 일 때문이었다. 지금은 범인이 잡혔지만 해마다 몇 차례씩 불을 지른 '봉대산 불다람쥐' 사건으로 알려진 것이다.

명소가 되는 데는 이유가 있다. 아름다움으로 소문이 나기도 하고, 아픈 이야기로 알려지기도 한다. 그렇지만 한 사람이 고의로 지른 산불로 이름이 알려진다는 것은 여간 불쾌한 일이 아니다. 화가 날 때마다 스트레스 해소 삼아 불을 질렀다는 어이없는 자백은 더더욱 황당한 일이다.

그나마 맨발등산로는 이런 봉대산의 위안이 될 만하다. 불다람쥐 이야기가 궁금해서 찾아오는 등산객들에게 색다른 매력으로 다가서는 곳이 맨발등산로다. 산불로 산림이 심각하게 훼손되었던 것은 어쩔 수 없는 일이다. 그렇다고 무작정 나무만 심어서 해결될 일도 아니다. 시커멓게 탄 채 속살을 드러낸 산을 보기 좋고, 걷기 좋은 길로 만든 것은 여간 다행한 일이 아니다.

맨발등산로는 느림의 미학을 깨닫게 하는 길이다. 걷다 보면 자꾸 걷고 싶은 길이 된다. 봉대산이 그리 높은 것도 아닌 데다 경사도 완만해서 늦봄이나 이른 가을에 천천히 걸으면 몸이 꼽꼽해질 정도로 땀이 배어난다.

노인들이 걷기에도 무리가 없는 것이 특징이다. 둘이서 산책하듯 걸으면서 이야기를 나누어도 그다지 숨이 차지 않는 것이 인생길로 치자면 중년의 안락한 오후 시간쯤 될까?

산책로를 걸으면서 만나는 나무들도 모두 반갑다. 소나무와 벗나무, 철쭉, 동백들이 철따라 꽃을 피우고, 사철 푸르름을 느끼게 하는 까닭이다. 나무들에게 말을 걸면 늘 푸른 목소리로 대답을 할 것 같다. 덕분에 마음부터 젊어지는 길이다.

눈길을 조금만 낮추면 야생화도 만날 수 있다. 계절마다 색다른 모습으로 길을 걷는 이들을 맞이하는 야생화 단지다. 여름의 해바라기를 비롯하여 철따라 피고 지는 꽃들로 길은 더욱 고와진다.

자칫 썩은 물로 악취나 풍길 웅덩이에는 노랑붓꽃이 무리로 피어 눈길을 끈다. 5월과 6월 사이에 걷다가 만나는 노랑붓꽃은 명랑한 소녀의 웃음처럼 밝다. 꽃이 없는 곳은 연잎이 떠 있어서 눈을 시원하게 한다. 7월에 연꽃을 피우는 연잎들. 이파리들뿐이지만 동그란 모양들이 결코 단조롭지 않다.

길은 계속 된다. 일부러 파종을 해서 자랐으리라. 샛노란 금계국이 흐드러진 길. 그늘 아래서도 길이 밝아진다. 갈색의 나무 밑동을 노랗게

봉대산의 작은 늪

둘러싼 모양새에 꽃이 지기 전에 또 가고 싶어지게 만든다. 꽃들이 다 질 때쯤이면 온갖 유실수가 열매를 맺고, 해송 숲이 반겨 맞는 길은 그대로 자연공원이다.

주변을 감상하며 걷노라면 전래동요가 적힌 돌비석을 또 만난다. 옛말을 그대로 살려 적은 전래동요는 굳이 가락을 붙이지 않아도 구수함을 느끼게 한다. 오랜 동무를 만난 것처럼 정다운 노랫말은 행과 행 사이의 여백까지 전한다. 표준말로 깔끔하게 적힌 오늘날의 노랫말에 비하면 개성과 여유가 있는 노랫말이다.

전래동요 비석의 옆쪽으로 시비가 또 하나 있다. 검은 돌에 새겨진 내용은 시라기보다 훈계 같아서 그다지 좋은 인상을 갖게 하지는 않는다. 기분 좋게 걷다가 갑자기 주의사항을 듣는 기분이 드는 시비다. 그 때문에 눈여겨보니 오자도 띈다. 금계국 사이에 숨은 듯 박혀 있는 것이 어쩌면 다행이라는 생각도 갖게 되는 시비가 아닐 수 없다.

전래동요 비석 옆으로 난 길도 금계국이 가득하다. 그 끝에 정자가 보인다. 망양대望洋臺다. 망양대는 봉대산 전망대다. 전망대에서 내려다보는 동해바다는 어떤가? 날이 맑고 바람이 잔잔한 날은 깊이를 알 수 없는 바다가 평야처럼 보인다. 막 모내기를 끝낸 초여름 들판 같은 바다. 바다에서 들판을 느낄 수 있는 남다른 안목을 갖게 하는 것은 봉대산 망양대만의 특징이다. 바다에서 멀지도 가깝지도 않아서 웬만한 파도는 들녘에 바람이 불 때마다 일렁이는 푸른 벼이삭 같다.

망양대는 이름 그대로 큰 바다를 조망할 수 있는 명소라는 의미로 붙인 전망대다. 1911년경에 발간된 조선지지 자료에는 봉대산을 망양산이라 불렀다는 자료가 있다. 이에 따라 옛 지명을 계승하는 의미로 붙여진 것이니 바람직한 이름이다.

망양정

　망양대에서 동해바다를 바라보노라면 그 이름에 무릎을 치게 된다. 수평선이 아득해서 더욱 그렇다. 바다는 그야말로 쪽빛이다. 봉대산에서 자라는 풀들과 망망하게만 보이는 바다가 빛 겨루기라도 하는 모양새다. 그렇다고 드러나게 치열한 경쟁을 하는 것처럼 보이지는 않는다. 서로가 제 빛을 드러낼 뿐 과시하는 모습이 아니기 때문이다. 물은 물대로, 풀은 풀대로 제 빛깔을 드러내면서 눈을 시원하게 하는 망양대. 이곳을 지나는 바람은 언제라도 시원하다. 누각에 올라 잠시만 휴식을 취하면 당장 머물고 싶은 곳이 된다.

　산을 생각하면 등산을 먼저 떠올리고 고개를 젓는 사람도 봉대산 맨발등산로에서는 친근감을 느낄 것이다. 맨발등산로 끝은 봉호사 아래다. 그곳에는 입구에서 벗은 양말과 신발을 신을 수 있도록 발 씻는 곳이 마련되어 있다. 흙을 밟으면서 몸으로 체험한 흙과의 교감이 끝나는 것이 아쉽다면 다시 맨발로 내려가면 될 일이다.

신발을 신고 걸어도 되지만 맨발로 천천히 걸으면 되는 길. 천천히 걸어서 봉수대도 보고, 전망대에서 바다도 조망하며, 들꽃들과 나무들의 이야기도 들을 수 있는 길. 봉대산 맨발등산로는 빠듯한 일상에 지친 사람들의 휴식공간이 되기에 충분하다.

명양정과 주전바다

{어린 날의 기억}

보밀마을

보밀마을은 맨발등산로의 시작점이다. 입구에는 전래동요 비석이 있다. 배가 고팠던 시절을 떠올리게 하는 동요다. 삶의 마디마디가 설움인 어머니의 삶이 죽순 나물을 즐겨서 그런 건가 헤아리는 아이, 굽이굽이 눈물뿐인 어머니의 삶을 애틋해 하는 아이의 모습이 그려지는 동요다. 동요라고는 하나 어딘지 슬픔이 배어 있는 노랫말에 잠시 숙연해진다. 울산지방의 사투리와 애환이 담긴 전래동요 비석이 반갑기도 하다.

어머니
우리 어매 날 뱃을 때
죽신 나물 즐겄는지
마디마디 설음이고
우리 어매 날 뱃을 때
덕석굼이 앓앗는지
굼이굼이 눈물이네.
-한국 전래동요-

보밑마을 전래동요비

이 전래동요 비석이 서 있는 봇도랑 가운데쯤에 재미있는 동상이 있다. '오줌싸개' 동상이다. 머리가 크고 거무튀튀한 동상은 표정이 재미있다. 키를 쓰고 소금을 얻을 바가지를 든 소년의 난처하고 민망한 표정이 잘 드러난 작품이다. 해학적이면서도 학업 스트레스라는 게 없이 행복했던 어린 날을 돌아보게 하는 동상이다.

옛날에는 야뇨증이라느니 과도한 스트레스라는 말을 의학용어로 쓰이지 않았다. 아이들은 학교가 끝나면 대부분 논두렁을 쏘다니며 벌레를 잡고 놀거나, 동네에서 딱지치기, 말타기, 고무줄놀이, 자치기 등을 하며 놀았다. 개울가에서 물놀이도 즐기다 보면 하루해가 꼴딱 지게 마련이었다. 늘 배가 고파도 먹을 것이 없었으니 물만 많이 마셨다. 그런 데다 몸도 피곤하니 일찍 잠이 들었다. 밤에 오줌이 마려운 건 당연해서 꿈속에서 시원하게 누었는데 깨어보면 현실이다.

어머니는 그런 아들에게 키를 씌우고 바가지를 들려서 내보낸다.

"소금 얻어오너라."

빈 바가지를 들고 나서는 일은 죽기보다 싫어도 어쩔 도리가 없다. 이웃집 아주머니는 바가지에 소금을 부어 주곤 키를 쓴 소년에게 한 줌 뿌린다. 오줌싸개 귀신이 소금을 맞고 도망가게 하려는 민간신앙의 표현인 것이다.

요즘 같으면 싸움 날 일이지만 이런 행위 속에 숨은 마음은 따뜻하다. 소금을 맞은 소년은 부끄러워서 밤에 귀찮아도 일어나서 오줌을 누기도 하지만, 소금이 귀하던 시절 소금을 나누는 아름다움이 스민 관습이었으니 말이다.

외국의 유명 여행지에는 오줌 누는 소년의 동상이 있다. 외국 소년의 동상에서는 당당함이 느껴진다. 아주 뿌듯한 표정이다. 증곡 선생의 오

오줌싸개(천재동 그림)

줌싸개 동상은 오줌줄기가 자랑스럽다는 듯한 외국 소년의 표정과는 사
뭇 대조적이다. 오줌은 마려우면 언제든지 눌 수 있다는 표정이다. 그렇
다고 '오줌싸개' 동상이 안쓰러운 것은 아니다. 우리의 정서를 그대로 담
아낸 작품이기에 볼수록 재미있다. 그와 함께 맘 놓고 뛰어놀다 오줌도
누러가기 귀찮던 시절이 아련해지게도 한다.

　요즘은 키를 쓰고 소금을 얻으러 다니는 아이는 두메산골에서도 볼
수가 없다. 그 때문에 오줌싸개 동상은 마치 아득한 옛날 전설 속 아이
의 모습처럼 여겨지기도 한다. 걸을 줄 아는 아이가 오줌을 못 가리면
병원을 들락거리는 요즘 젊은 부모들에게는 낯설기까지 할 것이기에 더

오줌싸개 동상

욱 소중하게 여겨지는 작품이기도 하다.

이 동상은 92년여 동안 예술혼을 불태웠던 증곡曾谷 천재동 화백(1915. 1. 15~2007. 7. 26)이 만든 걸작이다. 천재동 화백은 울산 방어진 출신의 중요무형문화재 제18호로 동래야류 탈 제작 보유자였다. 일생을 올곧은 마음으로 민족정서를 담은 예술작품 제작에 힘썼다. 당시까지 탈 제작 분야에 있어서는 독보적인 위치에 있었건만 명예보다는 예술에 대한 열정을 즐겼던 참 예술인이다.

조상의 얼과 혼을 형상화한 동요민속화童謠民俗畵와 토우 제작에 있어서도 천재동 화백은 선구자였다. 일부 순수미술을 주창하는 미술인들은 바가지탈이나 토우가 무슨 미술작품이냐는 부정적인 견해를 펼치기도 했으나 증곡 선생은 괘념치 않았다. 오로지 우리만의 정서를 담은 예술작품 창작에 혼신의 힘을 다할 뿐이었다. 그 결과 증곡 선생의 토우 작품이나 바가지탈은 여행객들을 통해서 외국에 알려지기도 했을 정도였다. 과연 평생을 자신의 일을 즐기면서 민족과 지역의 정서를 알린 자랑스러운 울산의 예술가다.

증곡 선생은 흙으로 토우만을 만들었다. 흙의 순수성을 닮은 작가자신을 표현하고 싶었는지도 모르겠다. 이런 마음은 토우 전시회 때 밝힌 말에도 잘 나타난다.

"흙으로 빚은 형상에 현대인들의 마음에서 멀어져 간 고향마을의 역사인 이야기들을 담았다."

1997년 토우 전시회 때 했던 말이다.

전래동요비(망양정 아래)

동요민속화를 그리면서 숨어 있는 동요를 많이 발굴한 것도 천재동화백이다. 더불어 동요에 걸맞은 토우도 제작을 했다. 맨발등산로의 전망대 아래 있는 전래동요 '사랑노래'에서도 알 수 있듯이 울산지방의 고유어를 그대로 살린 노랫말이 정겨움을 더한다. 구전된 노랫말들이다 보니 사전에도 없는 낯선 단어들이 많지만, 입에 착착 감기거나 무릎을 치게 해서 어색하지는 않다.

보밑마을은 어린 시절을 회상할 수 있는 곳이다. 산바람과 바닷바람을 한 번에 만날 수 있는 곳이다. 전래동요 비석이 있는 지점에서 지나온 쪽으로 고개를 돌리면 전망대가 보인다. 솔숲 사이로 보이는 알록달록한 전망대의 모습 또한 어린 날 꿈의 궁전처럼 보이게 하는 마법을 거는 곳. 울산의 정서가 고스란히 배어 있는 전래동요를 웅얼거리면서 주전마을로 발길을 떼어보자.

{ 영화의
  무대 }

어촌에서 온 편지

영화의 배경이나 무대가 되기에 바다만큼 좋은 곳도 드물다. 바다의 드넓은 품은 꿈을 꾸기에 알맞다. 보고만 있어도 가슴이 탁 트인다. 바닷물이 천천히 밀려와 훑고 간 해변은 더없이 깨끗하다. 물에 젖은 동글동글한 돌들이 햇빛을 받아 반짝이는 모습은 상쾌함을 느끼게 한다. 물새들의 날갯짓은 자유를, 한가로운 해변마을은 여유를 느끼게 한다.

생물의 보고이며 수산자원이 넘쳐나는 터전. 때로는 참았던 분노를 격렬한 몸짓으로 드러내는 바다. 아름다운 여행지로서도 적격이며, 답답한 일상을 벗어나고 싶을 때 찾는 곳도 바다다. 태초부터 바다에 기대어 살아온 어촌 사람들에게는 삶의 터전이기도 하다. 이러한 까닭에 바다를 무대로 한 영화는 많다.

주전도 1981년에 영화의 무대가 된 마을이다. 주전마을은 땅과 바다가 맞닿아 있다. 일 년 내내 출렁이는 푸른 물결은 건장한 청년과 같다. 보기에도 좋고, 수산물도 풍부했다. 그러나 땅은 다르다. 척박한 편이다. 주전은 땅의 색깔이 붉은색을 띠고 있어서 붙여진 이름이라는 설도 있

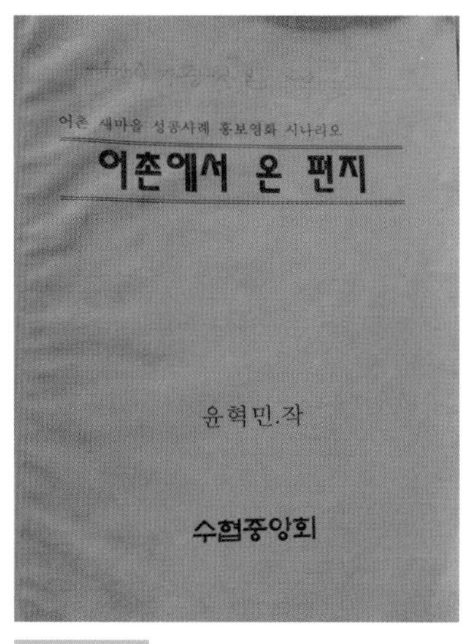

영화 '어촌에서 온 편지' 시나리오

다. 실제로 땅을 파보면 지금도 붉은 흙이 많이 나온다. 흙이 붉다는 것은 그다지 비옥한 땅이 아니라는 반증이다. 바닷바람이 많이 불어 농사도 잘 되지 않았고, 농토도 많지 않았다.

이런 환경인 까닭에 주민들의 생활은 반농반어였다. 대부분의 반농반어 마을이 그렇듯 주전도 가난한 사람들이 많았다. 바다가 주는 수산물 채취에도 한계가 있었다. 그것들을 채취해서 호구지책이 되는 경우는 많지 않았다. 그러다보니 전복사업이 성공하기까지는 이웃들끼리 다툼도 잦았다.

'어촌에서 온 편지'는 이런 척박한 환경을 벗어나게 된 주전 사람들의 이야기다. 최초로 전복 종패를 바다에 뿌려 양식에 성공한 이야기를 다룬 홍보영화다. 영화의 주인공은 주전의 6대 어촌계장이었던 이보영 씨(85세)다. 주전에서 살다가 어부였던 아버지를 잃은 어린이가 인천으로 전학을 갔다가 다시 돌아와서 인천의 친구들에게 편지를 보내는 이야기다. 고향 땅에 다시 정착하게 된 과정에는 전복 양식 성공이 뼈대로 중심을 잡고 있다. 이보영 씨 역할은 배우 백일섭 씨가 맡아서 열연을 했다.

주전마을은 원래 전복이 많았다. 품질도 좋아 널리 알려진 곳이다. 이런 유명세는 바다를 황폐화시키는 원인이 되었다. 머구리배라는 잠수기

어선의 난립 때문이다. 너도 나도 앞 다투어 수익을 올리려다 보니 미처 덜 자란 전복까지 마구 따기에 이르렀다. 전복의 씨가 마르는 것은 당연한 일이었다. 사람들이 하나둘 고향을 등지는 현상까지 생겨났다.

1974년 3월 6대 어촌계장이 된 이보영 씨는 걱정이 앞섰다. 황폐화된 바다를 어떻게 살릴까, 바다를 살리는 것만이 주민들이 사는 길이라는 생각이 들자 중책에 대한 부담이 컸다. 당시 나이 47세였다. 어촌계장이라고는 하나 주민들을 지도하기에는 젊은 나이였다.

'젊은 만큼 열심히 해보자. 다들 어렵다는 전복양식을 한 번 해보자.'

고민은 1년 만에 끝냈다.

"바다도 땅과 마찬가지라 씨 뿌리지 않고 거두기만 할 수는 없어요."

어촌계원들을 모아놓은 자리에서 새 사업구상을 설파했다.

"바다도 환경도 가꾸기를 해야 합니다. 돌들을 깨끗이 닦고 2년생 전복의 종패를 구해서 바다에 뿌릴 겁니다."

그 전복을 3년 뒤에 거둔다는 말에 고개를 갸웃거리는 사람도 있었지만, 계획 자체에 반기를 드는 사람은 없었다. 그 동안 어촌 계원들에게는 특별히 이렇다 할 수입이 없었다. 해녀들처럼 물질에 능숙하지 못한 터라 낮은 물에서 자라는 미역이나 톳 따위를 따다 파는 것이 고작이었다. 이런 처지였기에 3년만 기다리면 큰 전복을 많이 따서 고소득을 올릴 수 있다는 말에 사람들의 표정에는 기대가 물결처럼 피어났다.

"문제는 전복이 자라는 3년 동안은 물질을 하면 안 된다는 것입니다."

어렵게 꺼낸 말에 마을회관이 술렁거렸다.

"그기이 말이나 되나? 3년이나 물질을 몬하믄 우린 뭐 먹고 살라꼬?"

"생일상 얻어 묵을라꼬 열흘 굶다가 생일날 아침에 배곯아 죽는다카두만 우리가 그 꼴 나는 거 아이가?"

전복 종패류실험(1970년대 중반 사진)

해녀들의 반발은 생각보다 거셌다. 굳이 양식을 하지 않아도 먹고 사는 데 지장이 없었던 해녀들에게는 청천벽력 같은 일이었다.

양식 사업에 찬성하는 사람들을 모아서 손톱만 한 전복 종패를 뿌렸다. 행여나 해녀들의 물질로 종패가 바위에서 떨어져 죽을까봐 번갈아가면서 바다를 지켰다. 그러는 중에 불만을 품은 해녀들로부터 행패를 당한 것도 여러 번이었다.

"이보영이 니가 언제부터 어촌계장 했다꼬 바다를 막고 지랄이고?"

"어촌계장이 무신 벼슬이가? 이 바다가 니 바다가?"

해녀들의 불평과 행패는 패악에 가까웠다.

그 마음을 모르는 것은 아니었다. 물질을 하지 않으면 당장 끼니 해결도 어려운 사정을 모를 리 없었다. 그렇다고 계획을 접을 수는 없었다.

그것은 가난으로의 역행일 것이 뻔한 일이었다.

주전 사람들에게 3년은 긴 세월이었다. 바다를 지켜야 하는 사람들에게나, 물질을 참아야 하는 해녀들에게나 아득하기만 한 3년이 흘렀다. 우여곡절이 많았던 기다림의 결과는 보람으로 바뀌어 있었다. 전복 양식은 대성공이었다.

"그 동안 모두 수고 많으셨습니다."

전복을 수확하는 날은 모두가 들떴다. 어촌계원들은 물론 해녀들도 흐뭇해했다. 기다린 만큼 보람차고 설레는 날이었다. 그저 바다에 기대어 살고 있던 어민들의 의식이 바뀌기 시작했다. 바다도 관리하기에 따라 더 많은 수확을 얻을 수 있다는 걸 알게 된 것이다.

전복 수확량은 모두의 예상을 뛰어넘었다. 하루 평균 300킬로그램 이상을 수확하게 된 것이다.

"어촌계장 만세~!"

"주전마을 만세~!"

생전 처음 보는 전복의 양에 사람들은 만세를 불렀다.

주전마을은 하루아침에 유명세를 탔다. 바람을 통해서 들었는지 바다 자원 거둬들이기에는 선구자격인 제주도에서까지 견학을 오기도 했다.

사업의 대성공은 마을에 영광으로 돌아왔다. 전복을 품은 바다 덕분에 마을은 1981년도에 새마을훈장 협동장을 수상했다. 철탑산업훈장은 물론 수차례 표창장도 받았다. 무엇보다도 우수공동체 관련 상을 다섯 번이나 수상하는 쾌거를 이루었다. 함께 일하면서 누리는 기쁨은 어민들에게 삶의 질을 높여 주는 것과 함께 공동체로서의 단결력도 강화시켰다.

명문이란 말은 가문이나 학교에만 쓰이는 것이 아니었다. 주전마을은 어촌이라는 남루하고 허름한 이름에도 명문이라는 이름이 어울리는 마을이 된 것이다. 고향을 등졌던 사람들도 돌아오기 시작했다.

호사다마일까? 전복 종패뿌리기가 성공을 거두자 다른 문제가 생겼다. 무허가 잠수부들의 전복 불법채취가 그것이었다. 그들의 불법채취는 집요하고 거칠었다.

"계장님요. 큰났심대이~ 퍼뜩 나와 보이소."

어느 날 밤 마을 주민이 찾아와서 급하게 불렀다.

"무신 일인교?"

"이덕등대 앞에 어선들이 육지를 이루고 있심더."

"무신 어선들이 이 시간에…."

주민의 호들갑에 옷을 갈아입고 나선 이보영 씨는 깜짝 놀랐다. 주민의 말은 사실이었다.

대놓고 불을 밝히지는 않았지만 깜빡이는 불빛들이 이덕등대 주변을 수놓고 있었다. 무허가 잠수부들을 태운 불법어선들이었다.

"안 된다. 저 배들이 전복을 싸그리 따 갈라는갑다."

이보영 씨는 어민들을 불러 모아 배를 몰았다. 경고방송을 하면서 이덕등대 주변까지 나아갔을 때였다.

"너거만 잘 살 자는 거가? 우리도 좀 살자."

"우리가 좀 가져간다고 전복 씨가 마를 것도 아이고."

불법조업어선의 반발은 거셌다.

"안 됩니다. 아직 자라지도 않은 걸 따 가면 우짜능교?"

"이건 우리 재산이다. 너거가 손 댈 권리 없다."

어민들도 사력을 다해 막아섰다.

불법조업어선들과 어민들 간의 다툼은 하루 이틀로 끝날 것 같지 않았다. 그렇다고 내버려둘 수도 없는 일이었다. 마을 해녀들과의 갈등이 겨우 마무리됐는데 엉뚱한 문제 앞에 무릎을 꿇을 수는 없었다. 더구나 전복어장은 어촌계에서 공동으로 관리하는 어장이 아닌가? 어촌계장으로서 주민 공동의 재산관리에 소홀해서는 안 될 것 같았다.

"에잇~! 이거나 받아라!"

불법조업어선에서 날아온 것은 멍게였다. 우툴두툴한 멍게 껍질에 맞은 머리가 얼얼했다. 해산물로만 여겼던 멍게의 돌기가 무시무시한 무기로 변할 수도 있다는 걸 처음 알았다. 아찔한 순간에도 멍게는 계속해서 날아왔다.

"이런다고 해결될 일이 아닙니다."

주민들과 함께 멍게에 맞으며 핸드마이크로 호소를 했다.

주민들이 지키고 있다는 사실에도 아랑곳없이 불법조업어선들은 쉽게 물러가지 않았다. 밤을 새다시피 하며 어장을 지켰다. 다음날은 온 몸이 욱신거렸다.

"언제 또 나타날지 모르는 일입니다. 경찰서에 신고합시다."

먹고 살자고 하는 일에 신고를 한다는 일이 마음에 켕겼다. 그렇다고 그냥 둘 수도 없었다. 주민들의 피와 땀이 자라기도 전에 쑥대밭이 되어버릴 지경이었다.

"하는 수 없이 신고해야겠다. 우리 힘만으로는 어쩔 도리가 있어야지."

신고 후에는 경찰들이 순찰을 돌았다. 그렇지만 안심할 수만은 없었다. 경찰에게만 맡겨둘 수가 없어서 이보영 계장은 밤마다 전복을 지켰다.

그러는 중에도 불법작업 잠수부들은 날마다 나타났다. 처음에는 멍게를 던지던 그들이 몽돌을 던지기에 이르렀다. 안전모를 썼지만 위험한 일이 한두 번이 아니었다. 결국 맹렬한 싸움 끝에 불법작업 잠수부들을 몇 명 잡았다. 그 중에는 이보영 씨의 친척 형님도 있었다.

"니가 전복사업에 쫌 성공했다꼬 무신 벼슬이나 하는 줄 아는 모양이제?"

친척 형님이 이죽거렸다.

"형님. 차라리 제 꺼라면 좋겠습니다. 그라믄 좀 나눠 드릴낀데 이건 내 맘대로 할 수 있는 기 아입니더. 마을 공동재산이라 어촌계장이 관리해야 하지 않겠습니까?"

"어촌계장 안 하면 될 꺼 아이가?"

친척 형님은 억지를 부렸다.

이보영 씨도 마음 같아서는 어촌계장을 그만두고 싶었다. 그런데 그만두는 일도 마음대로 되지 않았다. 주민들의 신뢰도가 그만큼 컸던 것이다. 사업을 시작한 사람이니 자리 잡을 때까지는 계속 어촌계장을 맡아야 한다는 것이었다. 이런 주민들의 부탁은 더욱 책임감 있는 관리에 대한 믿음이 깔려 있음을 모르지 않았다. 그랬던 터라 친척이라고 조금이라도 봐줄 만한 사항이 아니었다.

"이보영이 독한 거는 알아줘야 한대이~"

친척에게도 허튼 짓을 조금도 허용치 않는 것을 본 불법작업 잠수부들은 혀를 내둘렀다.

한 달여에 걸친 불법작업 잠수부 퇴치로 마을 사람들은 더욱 돈독해졌다. 수확량도 더 늘었다.

완전한 성공을 이룬 것이다. 이 성공사례가 영화 '어촌에서 온 편지'로 만들어졌고, 가난한 어촌을 가구마다 쏠쏠할 만큼의 고정 수입이 있는 마을로 바꾸었다.

현재는 수산물 판매센터도 생겼다. 이곳에서는 주전의 전복을 상시

판매한다. 주전의 대표 특산물로 자리매김한 전복이 숨 쉬는 바다. 그
위로 부는 바람만 들이마셔도 전복의 기운이 넘칠 것 같다.

주전해변을 따라 7개의 작은 마을이 그림처럼 형성되어 있다.
주전 사람들이 가난과 불편을 감수한 대가로 오늘날 청정휴식처가 되었다.

주전고개에서 본 바다

주전, 주전 사람들

주전고개에 올라서 바다를 내려다보며 登朱田嶺俯海

열 번이나 주전 고개 올랐는데
이번에는 그리 힘들지가 않았네
안장에 기대어 늙음을 탄식하지만
말을 몰아 보니 아직은 호쾌하네
넓은 바다는 끝없이 펼쳐 있는데
옹기종기 먼 산이 솟아있네
지난날 내 경험으로 보아하니
올 팔월에는 다시 또 태풍이겠네

— 홍세태 시, 이정한 역

주전으로 가는 길은 해안도로다. 자동차가 다녀야 마땅한 이름으로 불리지만 길이라는 이름이 더 어울리는 길이다. 도로 폭이 좁고 인도도 없

는 길이다. 자동차로 갈 경우가 대부분이지만 어쩔 수 없이 속력을 줄이
며 갈 수밖에 없는 길이 주전해안도로다. 언뜻 보면 게으른 듯, 다시 보
면 쫓기듯 사는 현대인들에게 여유를 주는 길. 자동차가 다닐 수 있도
록 포장을 해놓았음에도 왠지 걸어야만 할 것처럼 여겨지는 길. 따사로
운 햇살을 받으며 바닷바람을 친구 삼아 걷는 봄날의 주전해안도로는
바쁜 일상 속에서 잊고 살았던 자신을 찾기에 안성맞춤이다.

이런 길이 펼쳐진 주전고개에서 홍세태가 되어 바다를 내려다보자. 끝
없이 넓게 펼쳐진 바다에서는 너른 마음이 느껴진다. 늘 같은 얼굴인 듯
하지만 한 순간도 같지 않은 바다의 얼굴. 바람과 어울리면서도 물새의
우짖음과 날갯짓에 묵묵한 바다. 드넓은 하늘을 담고도 넘치지 않는다.
하늘의 모든 표정을 다 받아내면서도 결코 하늘의 권위에 도전하지 않

는다.

홀로 잔잔하고 싶어도 바람의 할큄에 그대로 몸을 내맡기는 것도 바다다. 바람이 이끄는 대로 방파제를 넘보기도 하고, 해안의 풍경들을 일그러뜨리기도 한다. 자신의 의지가 아닌데도 망가뜨린 해변의 잔해들을 다 받아낸다.

또한 일상에 지칠 때면 언제든 달려가도 늘 같은 표정이다. 오리라 믿으며 기다렸다는 듯한 부모의 모습이기도 하고, 어서 오라는 듯 부르는 연인의 모습이기도 하지만 어떤 투정도 다 들어줄 것 같은 모습만은 한결같다. 햇살에 눈이 부신 날은 푸들푸들 살아 날뛰는 건강한 물고기의 비늘 같은 바다. 흐리거나 바람이 부는 날도 그런 날씨를 고스란히 받아준다. 이렇듯 바다의 품은 한 없이 넓고 깊고 크다.

반농반어민들이 태반인 주전마을 사람들은 비바람이 몰아치는 틈틈이 햇살과 부드러운 바람을 이용할 줄 안다. 태풍을 원망하지 않는다. 오히려 눈에 보이는 것마다 부숴 버리는 성난 친구를 대하듯 태풍을 대할 뿐이다. 태풍소식에 배를 단단히 묶고, 지붕이며 담장을 손질하며, 말리던 해초들을 거둬들이고, 부디 조용히 떠나가기만을 바랄 뿐이다. 자연의 힘을 이길 장사는 없다는 것을 아는 순박함이 주전마을을 발전시킨 원동력이다.

주전에서는 산새와 물새의 소리를 동시에 들을 수 있다. 봄이 끝날 무렵, 해안과 들판을 가르는 길에 서면 한 쪽에서는 뻐꾸기 소리가 아련하게 들린다. 오목눈이의 둥지에 알을 까지 않으면 안 되는 자신의 처지가 서글퍼서일까, 자식을 버렸다는 누명이 억울해서일까, 그도 아니면 제 둥지가 없어 낳기만 하고 키울 수 없지만 모성본능만은 저버리지 않았다는 변명일까. 뻐꾸기의 생태를 알고 듣는 울음소리는 참으로 길고 처연하다.

주전항 해녀조형물

바다 쪽으로 귀를 기울이면 끼룩거리는 물새소리가 왁자하다. 주린 배만 채우면 더는 욕심내지 않는 물새들. 높이 날다가 먹잇감을 발견했을까? 물새 한 마리가 내리꽂히듯 낙하한다. 찰나에 수면을 훑은 물새가 아직도 파닥거리는 물고기 한 마리를 부리에 물고 미역돌에 앉는다. 크고 작은 미역돌 위에서 휴식을 취하면서 짐짓 모른 체하는 다른 물새 떼의 모습은 바다를 한결 한가롭고 넉넉하게 하는 풍경이 된다.

주전항

큰불개안은 주전의 대표 항구다. 해안을 가로지른 방파제는 아늑함을 풍긴다. 밝고 아담한 주전항이 주는 느낌 덕분이다. 포구를 감싸 안은 듯한 모습이어서일까? 주전마을이라 적힌 방파제는 콘크리트 벽이 주는 단절감보다 흙담 같은 정겨움을 전한다.

방파제 보호용 콘크리트 구조물인 테트라포드부터 색다르다. 일반적인 색상의 테트라포드 사이에 고명처럼 하나씩 놓인 것이 있다. 빨강, 노랑, 초록, 파랑으로 칠한 테트라포드는 밋밋한 방파제의 모습에 귀여운 악센트가 됨직하다.

그 뒤로 보이는 등대도 특이하다. 빨간 색깔이 강렬한 인상을 주기도 하지만 일반적인 등대와는 모양새도 다르다. 흔히 보는 기둥 같은 몸체에 둥그스름한 형태의 지붕이 얹힌 등대가 아니다. 3층탑의 형태여서 호기심을 끌기에 충분하다. 색상과 형태 모두가 눈길을 끄는 빨간 탑 모양의 등대. 결코 외로운 등대의 이미지가 아니다. 그보다는 친근하다. 사람과 바다를 편안하게 이어 줄 것만 같다.

방파제를 따라 걷는 길도 색다르다. 우선은 측면 옹벽에 새겨진 그림들이 주전을 이해하는 데 도움이 된다. 커다란 해녀상像을 중심으로 양쪽으로는 주전마을 앞바다의 바위 모습과, 채취한 돌미역을 펼쳐 말리는 주민들의 모습이 새겨져 있다. 타일로 만들어서 햇볕을 받으면 더욱 활기차게 보이는 효과도 있다.

막 물질을 끝내고 바다를 걸어 나오는 모습에서 생동감이 넘쳐난다. 5미터 높이의 해녀상은 굳이 방파제까지 가지 않아도 잘 보인다. 구릿빛 피부에 부리부리한 눈매가 언뜻 보면 사나워 보이면 몸을 돌려보자. 걸었던 길 끝에 보이는 건물이 보인다. 활어회 직판장을 겸하고 있는 주전동 어촌계 건물이다. 해녀들의 노고가 보람으로 바뀌는 건물을 본 뒤 다시 본 해녀상의 모습은 전혀 다른 느낌이다. 엷게 띤 미소가 먼저 보인다. 부리부리한 눈매와 구릿빛 피부는 고단함을 이길 만한 보람이며 뿌듯함이란 걸 비로소 깨닫게 된다.

1970년대 주전 새말마을

주전 사람들의 삶

주전은 200여 년의 역사와 전통을 가진 마을이다. 전형적인 반농반어마을이다. 18세기(조선 정조) 때부터 주전朱田이란 이름으로 불렸다. 이름에서 보듯이 주전은 흙이 붉은 것이 특징이어서 굳어진 이름이다. 그러나 지명사에서는 달리 해석한다. 주밭朱田의 '朱'는 '붉赤' 또는 '붉'을 뜻하며 '田'은 '바다'의 표기로 '붉바다'로 '밝은 바닷가 마을'의 뜻을 담고 있다.

주전은 울산시가지와는 다른 정서를 지닌 곳이기도 하다. 인근마을에서도 외돌아진 마을로 해발 185미터의 봉대산을 넘는 주전고개가 유일한 관문인 까닭이다.

주전마을은 지난 30여 년간 개발제한지역이었다. 울산이 공해도시란 오명의 이미지로 고착되었지만 주전마을만은 청정지역으로 인정받은 것도 그 덕분이다. 개발이 제한된다는 것은 생활의 불편을 감수해야 한다는 의미와 일맥상통한다. 울산 전역이 개발되어 온갖 편의시설이 생겨났지만 주전마을은 그저 한가로운 바다마을일 뿐이었다.

편리함이 다 좋은 것은 아니다. 이렇듯 정부의 정책에 묶여 과거만을 답습하다 보니 가난을 벗어날 수가 없었다. 그렇지만 편리함이 다 좋은 것은 아니다. 어둠만 계속되는 곳도 세상에는 없다. 가난한 바닷가마을로만 알려진 주전마을에 대한 주변의 인식이 달라졌다. 지친 몸과 마음을 달래기 위한 휴식처로 각광을 받게 된 것이다. 타 지역과는 비교할 수 없을 정도로 깨끗한 자연환경 덕분에 울산 시민들은 물론 타 시도에서도 많이 찾는 곳이 되었다. 오늘날 주전을 먹여 살리는 데 일조하는 청정해역은 주전 사람들이 감수한 가난과 불편의 대가인 셈이다.

3킬로미터 주전해변을 따라 7개의 작은 마을이 그림처럼 형성되어 있다. 300여 가구가 살면서 1027호 지방도를 기준으로 산지 쪽은 농업, 해안 쪽은 어업에 주로 종사하고 있다.

주전마을 어촌계 사무실은 주전의 큰불개 바닷가에 자리 잡고 있다. 어촌계에서 하는 일은 어업 및 양식업에 관한 정보수집 및 관리다. 498명의 계원이 마을 공동양식어장을 관리한다. 해녀들과 어촌계원들 간의 반목도 지금은 모두 사라졌다. 몽돌을 보면서 살아서 그런지 동글동글 어울려서 마을의 공동 이익을 위해 마음을 모은다. 그 결과 연간 2,500억 원 이상의 부가가치를 창출해내는 마을기업이 되었다.

어촌계는 어민소득증대사업에 중점을 기하면서 지역 내의 여론형성에도 기여하고 있다. 뿐만 아니라 주민들에게 소통의 장으로서 그 역할을 수행하고 있다.

주전 정월대보름 행사

달맞이

주전에서 맞는 달은 특별하다. 바다에서 뜨는 달은 이덕등대를 안고 솟는 듯하다. 등대를 보면서 맞는 달은 마음을 편하게 한다. 오랜 여정에 지친 마음이 등대를 보면서 편안해진다. 이러한 등대를 안은 달은 안식이며 희망일 수밖에 없다. 일반적으로 등대는 해변에 자리하지만 이덕등대는 다르다. 바다 한가운데에 우뚝 서 있는 모습은 마치 진두지휘를 하다 잠시 휴식을 취하는 장군과도 같다. 이런 등대를 배경으로 뜨는 달은 보는 이의 앞날까지 밝혀 줄 것만 같다.

그래서일까? 주전에서 맞는 정월 대보름달은 크기도 달라 보인다. 물빛에 비친 달까지 합세해서인지 주전에서 뜨는 달은 유난히 크고 밝다. 바다를 벌겋게 물들이며 뜨는 해가 혈기왕성한 청년을 연상케 한다면,

달집살이

말갛게 씻은 듯한 얼굴로 둥그렇게 떠오르는 달은 설렘으로 가슴 부푼 처녀의 모습이다. 막힌 데 없이 탁 트인 바다를 쟁반 삼아 놓인 커다란 옥구슬이 따로 없다. 천천히 떠오르는 달은 벅차면서도 마음을 경건하게 한다. 웅크린 가슴을 활짝 펴게 하는 달을 맞으러 한 번쯤은 주전으로 나가 볼 일이다.

동구에는 달맞이 명소가 또 있다. 대왕암이다. 멀리까지 탁 트인 동해 바다의 어둠을 가르고 솟는 달은 보는 것만으로도 희망이다. 은은하게 빛나는 달빛은 아련하고 막연하지만 희망인 것은 분명하다.

정월대보름 행사

음력 1월 15일 정월대보름은 민속행사다. 자연에 기대어 사는 주전마을에서도 해마다 정월대보름맞이 행사를 한다. 주전청년회에서 주관하

달집태우기

는 주전마을의 잔치다.

　정월대보름 행사는 농업이나 어업 등 생업과 긴밀한 연관이 있는 놀이다. 농어촌에서는 갖가지 놀이와 행사와 액을 몰아내는 의식을 이날 행한다. 예로부터 음력을 사용했던 우리나라에서 정월대보름의 의미는 각별하다.

　여성으로 표상되는 달을 통해 풍년과 풍어를 바라는 것은 주전마을의 오랜 전통이다. 주로 주전 쉼터 일대에서 행해지는데 중심행사인 달집태우기는 주전 백사장에서 진행된다. 본 행사에 앞서 오전에 당제와 지신밟기가 행해진다. 오후에 열리는 본 행사는 민요공연과 선상 퍼레이드, 기원제, 풍물한마당 등 볼거리도 다양하다. 이 날은 관람객들에게 다과도 제공한다. 이 행사를 보러 오는 관광객도 해마다 늘고 있다.

　상설행사로는 희망풍등 날리기와 소원지 작성, 먹거리 행사 등이 열린

다. 예전처럼 순서를 다 따르지는 않지만 풍물패의 지신밟기는 흥을 돋
우기에 제격이다. 땅을 다스리는 신에게 인사를 올리고, 못된 귀신을 물
리치는 지신밟기. 집 주인이 상을 차려 풍물패를 대접하던 풍경이 사라
졌고 간소화되었지만 보는 이들의 마음을 편안하게 하는 놀이다.

오전 행사인 주전의 지신밟기는 마을의 특색을 알 수 있는 사설이 따
로 있었다.

○ 정침 지신밟기 사설

1. 여루여루 지신아 성주지신을 울려주자

2. 이집대주 합장하고 소원성취 발원하소

3. 이집마님 합장하고 천복만복 발원하소

4. 강남에서 나온연자 솔씨한알 물어다가

5. 그소나무 장성하여 낙락장송 되었구나

6. 서른세가지 연장갈아 왼어깨에 둘러메고

7. 올라간다 올라간다 태백산으로 올라간다

8. 청룡황룡 긴긴나무 낙락장송 뻗은나무

9. 그한토막 베어다가 이집성주 마련했네

10. 이터잡은 풍수들은 어떤풍수가 잡았는고

11. 팔도강산 풍수들은 이터하나 마련했네

12. 이집아들 자라거든 효자충신 되어주소

13. 이집딸이 자라거든 효녀열녀 되어주소

14. 이집대주 이집마님 동서남북 다다녀도

15. 남의눈에 꽃이되고 남의눈에 잎이되소

16. 이터전과 이집안에 횡살수살 막아주자

17. 정월이라 들어온살 이월영등에 막아주자

18. 이월이라 들어온살 삼월삼짓날에 막아주자

19. 삼월이라 들어온살 사월초파일 막아주자

20. 사월이라 들어온살 오월단오에 막아주자

21. 오월이라 들어온살 유월유두에 막아주자

22. 유월이라 들어온살 칠월칠석에 막아주자

23. 칠월이라 들어온살 팔월한가위에 막아주자

24. 팔월이라 들어온살 구월구일에 막아주자

25. 구월이라 들어온살 시월상수일 막아주자

26. 시월이라 들어온살 동짓달동지에 막아주자

27. 동짓달에 들어온살 섣달그믐에 막아주자

28. 일년이라 열두달에 과년이라 열석달에

29. 안과태평 비나이다 재수대통 하여주소

30. 모진악담 막아주소 모진질병 막아주소

31. 관재구설 막아주소 삼재팔난 막아주소

32. 불꿔주자 불꿔주자 천금만금 불꿔주자

33. 앞에가는 저손님아 뒤에오는 저손님아

34. 이집가게 이용하소 이집건물 사가시오

35. 이집손님 늘려주자 이집재산 늘려주자

37. 물러간다 물러간다 잡귀잡신 물러간다

38. 잡귀신은 물러가고 천복만복은 이댁으로

○ 성황당 사설

1. 여루여루 지신아 성황당지신을 울리자

2. 비나이다 비나이다 성황님전 비나이다

3. 우리마을 지켜주소 우리동네 살펴주소

4. 금년내내 지켜주소 삼백육십일 살펴주소

5. 모진질병 막아주소 모든재난 막아주소

6. 화애동참 하게하소 협동단결 하게하소

7. 집집마다 경사나고 사람마다 소원성취

8. 사람마다 건강하고 안과태평 이룩하소

9. 비나이다 비나이다 풍년마을 비나이다

10. 비나이다 비나이다 태평마을 비나이다

11. 잡귀잡신 범접말고 성황님이 좌정하소

12. 잡귀잡신 물러가고 만복은 이리로

○ 대문간 사설

1. 여루여루 대문아 대문지신을 울리자

2. 주인주인 문열어주소 나그네손님 들어간다

3. 들어가자 들어가자 구중궁궐 들어가자

4. 지신지신 울려주자 성주지신을 울려주자

○ 부엌지신 사설

1. 여루여루 지신아 조왕지신 울려주자

2. 큰솥동솥 정답구나 올막졸막 예쁘구나

3. 큰솥에서 밥을짓고 동솥에서 국끓이고

4. 큰솥이라 서말지요 동솥이라 두말지세

5. 조왕님이 조화부려 익은음식 점지하사

6. 모랑모랑 짐이솟고 보글보글 끓는구나

7. 쌍반지기 마련하소 잇밥쌀밥 점지하소

8. 천년판도 여기로다 만년조왕 여기로다

9. 잡귀잡신 물러가고 천복만복 여기로다

대부분은 알려진 것과 비슷하나 액막이 타령은 개사를 해서 불렀다. 주전 사람들이 겪는 액을 떨쳐내기 위한 바람이 담긴 것이었으나 현재는 전수자가 없다. 노인 회원 중에 주전사설을 보유하고 있는 분이 있으나 고령으로 입원 중인 상태다. 그러다 보니 주전의 지신밟기도 전통의 표준으로 알려진 호남농악을 기준으로 하고 있다.

여간 안타까운 일이 아니다. 각 마을의 토속적인 것이 사라지는 것은 비단 사설만이 아니다. 맥을 이으려는 사람이 없다 보니 보유자와 명을

같이 하게 마련이다. 각 지역이 고르게 발전하다 보니 사설도 전통도 닮아가는 것으로 이해하기에는 고유한 맛이 그립다. 배추김치 맛도 경상도가 다르고 전라도가 다르다. 놀이문화의 맛은 더욱 다양할 것이다. 그런데 이처럼 통일되고 획일적인 사설을 듣는 것은 각 지방의 특색이 사라진 공장에서 생산된 김치를 먹는 맛처럼 밋밋하다.

풍습에 있어서는 통일성이 반드시 좋은 것만은 아니다. 그만큼 다양성이 사라진다는 것이며, 이는 창의력의 도태로 이어지는 씁쓸한 일이기 때문이다.

해녀

주전에는 현재 70여 명의 해녀가 있다. 처음에는 제주에서 건너왔지만 마을 단위의 수적으로는 제주 해녀보다 많다. 해녀들이 제주에서 건너온 시기는 알 수 없으나 해녀들 사이에 전하는 노래로 사실만은 알 수 있다.

"… 하루 종일 벌어 봐도 저녁거리 안 나와서/어린아이 등에 업고 울산으로 간다네. 대마도로 간다네…."

현재는 나이가 많아 물질을 그만 둔 해녀가 어릴 때 들었던 어머니가 부르던 노래 가사다.

사방이 바다인 제주에서 한 면만 바다인 울산까지 온 것을 보면 당시에는 울산이 채취할 해산물이 풍부했던 모양이다. 울산으로 온 해녀가 주전에만 정착한 것은 아니다. 일부는 방어진에, 일부는 주전에 정착을 했다. 울산으로 올 때만 해도 당장 먹고 살 길이 막막했던 제주 해녀들은 얼마 지나지 않아 주전마을 부의 상징이 되었다. 해녀가 없어서 바다 속 해산물을 채취할 줄 몰랐던 사람들에게 깊은 물속에서 따낸 전복

물질을 끝내고 나오는 해녀

이며 소라는 신기하기만 했다. 그런 해산물은 비싸게 팔렸고, 그 수입은 고스란히 해녀들의 것이 되었다.

1960년대 이후에는 점차 주전의 처녀들도 자맥질을 배우게 되었다. 자연스럽게 주전 출신 해녀들이 생겨났다.

바닷가 마을에 살지만 바다 속을 알지 못했던 주전의 처녀들에게 바다는 또 다른 세계였다. 요즘은 카메라맨들의 수고로 누구나 바다 속을 볼 기회가 많지만, 당시 자맥질을 배운 주전 처녀들의 자부심은 대단했다. 말로는 표현하기조차 벅찬 감동의 풍경들을 자신들만 알고 있다는 사실은 은근한 자랑거리였다. 바깥세상은 누구나 마음만 먹으면 볼 수 있으나, 바다 속 풍경은 다르다. 자신들만 반기는 세상이 있다는 뿌듯함이 수압이 주는 고통과, 찬 물 기운이 전하는 한기를 견디는 힘이 되기도 했을 것이다.

미역돌에서 따낸 돌미역을 손질하기 쉬운 그릇으로 옮겨 담고 있다.

해녀들이 하는 일은 물질만이 아니다. 미역돌을 보살피는 것도 해녀들의 일이다. 미역돌에 붙은 잡초나 어패류를 제거하고, 포자가 넌출거리는 미역으로 잘 자라도록 군소(군소과에 속하는 연체동물) 등을 잡아내는 일도 한다. 잘 자란 미역은 채취하고, 올을 지어 말리고 판매하는 일까지, 농민이 농사를 짓는 것과 별반 다를 것이 없다. 이런 수고가 상上해녀들에게는 연간 3천만 원이 넘는 수입으로 이어진다.

미역돌

주전 바다에는 곳곳에 크고 작은 바위들이 있다. 언뜻 보면 심심해 보이는 바다의 장식품 같기도 하고, 단조로울 수 있는 바다 풍경을 풍요롭게 하는 소품이 되기도 하는 바위들. 파도가 칠 때마다 바다의 장난을 묵묵히 받아 주는 미역돌이다. 미역돌은 때로는 물새들의 쉼터가 되기도 한다. 하얗게 앉아 햇살을 받는 물새들은 오래 전부터 돌과 하나였던 듯 자연스럽다.

주전의 미역돌은 어촌계에서 관리한다. 현재 어촌계원은 131명으로 1인당 돌 하나씩을 맡는다. 개인관리가 어려운 것은 어촌계에서 공동 관리한다. 주전에는 135개의 미역돌이 여기저기 산재해 있다. 크기도 다 다르다. 크기에 따라 소출도 다르므로 어떤 미역돌을 배정 받느냐에 따라서 희비가 엇갈린다. 소출에 대한 주민들의 갈등을 없애기 위해 어촌계원들을 중심으로 해마다 9월 초에 제비뽑기를 한다. 복불복인 셈이다.

미역채취는 9월부터 이듬해 5월 말까지 행해진다. 6월부터는 미역이 있어도 작업을 중지하도록 되어 있다. 씨를 말려서는 안 되기 때문인데 바다 사람들의 지혜가 아닐 수 없다. 농사짓는 사람들이 종자까지 먹지 않고 보릿고개를 참고 견디는 것이나 마찬가지다.

미역돌 제비뽑기는 참으로 공평한 방법이다. 이렇게 자리를 잡는 데까지는 우여곡절도 많았다. 예전에는 미역돌을 이런 식으로 관리하지 않았기 때문이다. 그때까지는 해녀들에게 유리했다. 물질에 익숙했던 해녀들에게 미역돌 관리는 일도 아니었다. 그러다가 수산업법이 제정되면서 지역마다 어촌계가 형성되었다. 일정 지역의 수산자원은 그 지역의 어촌계에서 관리하라는 법이었다.

사람의 고정관념이나 오랜 습관은 바뀌기 힘들다. 주로 해녀들에 의해 관리되던 미역돌도 어촌계로 관리가 양도되면서 분쟁으로 이어졌다. 바다의 돌은 주인이 있는 것이 아니었다. 그런 만큼 어촌계에서는 주민들을 위한 공동 관리를 주장했다. 해녀들의 생각은 달랐다. 자신들이 지금까지 관리하던 것을 빼앗긴다는 생각을 하게 된 것이다. 그 때문에 해녀그룹이 포함된 신조합과 어촌계원으로 구성된 구조합은 미역돌에 얽힌 분쟁을 8년이나 했다.

처음에는 구조합이 이겨서 4년 동안 해녀들에게 미역돌을 배분하지 않았다. 신조합의 거센 반발을 생각하면 고소하게 생각되었다. 그렇지만 구조합으로서도 달가운 일은 아니었다. 경험이 없다 보니 소출이 표가 나게 줄었다. 미역돌 관리가 과연 쉬운 일이 아니란 것을 경험으로 알게 된 것이다.

신조합과 구조합의 경쟁은 모두에게 바람직한 일이 아니었다. 경험으로 깨달은 주민들은 스스로 화합을 하게 되었다. 주민들은 어촌계원들의 자격을 정했다. 법적 해당품목 채취와 관련된 어업에 60일 이상 종사하는 조건이었다. 그런 사람만이 어촌계원으로서 자격이 주어졌다. 법적 해당품목은 미역, 전복, 말똥성게 등이었다.

돌미역

돌미역은 한국의 전 연안에서 자란다. 삼면이 바다인 우리나라에서는 오래 전부터 애용된 기호식품이다. 특히 산모의 몸이 회복되는 데 최고라는 평을 받는 우리 생활과 깊은 연관을 맺고 있는 해산물이다. 그 중에서도 주전의 돌미역은 최상품으로 손꼽힌다. 주전의 돌미역은 고려시대부터 이미 중국에 수출했다는 기록이 있다.

푸들푸들한 돌미역은 흑갈색을 띤다. 끓이면 끓일수록 부드러워질 뿐 절대로 풀어지지 않는 특성이 있다. 청정해역에서 파도와 싸워 버텨낸 것을 해풍에 자연건조하기 때문이다. 이런 미역의 성질은 선비의 성격과도 닮아 있다. 어떤 협박에도 경직되지 않으며, 어떤 회유에도 지조

바닷바람과 햇빛을 이용해서 돌미역을 자연건조하고 있다.

가 사라지지 않는 것이 그렇다. 때로는 부드럽고 때로는 거친 물살에 단련이 되면서 물의 성질을 알았음일까? 아무리 뜨거운 물에서도 제 몸을 함부로 풀지 않는다.

최근에는 주전에서도 미역을 양식하기도 한다. 양식 기술이 크게 발달하여 양식미역 역시 품질이 우수하다. 미역 양식장은 약 5헥타아르ha 정도 된다. 3년마다 입찰을 받는데 관리는 어촌계에서 한다. 양식미역의 가격은 돌미역의 3분의 1 정도이나 품질 면에서는 많은 차이가 나지 않는다. 양식미역은 가공품으로 만들어 일본에 수출도 많이 한다. 덕분에 어민들의 소득 증대에 크게 기여하고 있다.

한반도의 동해남부에 위치한 주전은 수온 및 자연조건이 미역 성장에는 최적인 지역이다. 어느 지역의 미역보다 쫄깃쫄깃한 맛과 미역 특유의 향이 좋지만 주전 돌미역은 날씨에 따라 생산량이 달라진다. 시기와 날씨에 민감한 것이 돌미역인 까닭이다. 주전해안은 깊은 골짜기와 만곡이 많다. 뿐만 아니라 해류의 이동도 심해서 양식미역처럼 채취가 쉽지 않은 것도 이유다. 해녀들이 직접 물질을 하여 돌에서 채취하기 때문에 파도가 거친 날은 작업을 할 수 없다. 흐리거나 비가 오는 날은 자연건조도 할 수 없어서 채취 가능한 시기에도 일손을 쉬는 경우가 많다.

양식미역이 성공하면서 돌미역의 가치에 혼돈을 빚는 경우도 있다. 인근의 할머니들이 파도에 밀려나온 미역줄기를 채취할 때가 있다. 이때 밀려나온 미역은 돌미역인 경우도 있고, 양식미역인 경우도 있다. 그것을 함께 가지런하게 펴서 말린 후 돌미역으로 파는데 끓여보면 확연한 차이가 난다. 그 때문에 주전의 돌미역에 대한 이미지가 훼손되기도 해서 관리가 더욱 필요한 실정이다.

전복

전복全鰒은 조개류의 황제다. 환자의 영양식은 물론 궁중요리에도 고급 식재료로 군림했다. 산후 건강이 좋지 않아 젖이 나오지 않는 산모에게나, 수술 후 회복 중일 때, 전복을 고아 먹으면 큰 효과를 보는 식품으로 알려져 있다. 현대에 들어 한방에서 요오드 함량이 많은 전복살은 고혈압 치료에도 쓰이며, 껍질 또한 석결명이라 하여 결막염 백내장의 치료에 쓰인다.

이렇듯 식품과 약품의 경계를 넘나드는 까닭일까. 때로는 전복이 신비의 대상이나 선망의 식품으로 옛 문헌상에도 자주 등장한다. 이는 전복이 영양 면에서나 맛에서도 다른 해산물과는 질적인 차이를 보인다는 반증이다.

전복은 생식하는 것이 가장 좋다. 물론 독성이 있는 4~5월은 피해야 한다. 단 자연산의 경우 너무 큰 것은 살이 오히려 질겨서 회로 먹기에는 적절치 않다. 사람이든 식물이든 동물이든 해산물이든 크다고 무조건 좋은 것이 아닌 것은 다 마찬가지인 모양이다. 전복의 품질을 보더라도 가장 보편적인 것이 가장 특별한 것이라는 진리에 고개를 끄덕이게 한다. 정도를 지나치지 않는다는 건 쉬운 일이 아니다. 질 좋은 전복으로 인정받을 만한 크기로 길러내는 일은 바다가 한다. 다만 그것을 알아보고 적당한 시기에 맞춰 채취하는 것이 중요하다. 해산물 채취에도 인간의 욕심이 앞서는 안 된다는 걸 전복이 가르친다.

주전 어촌계에서는 자연산 전복의 생산량을 늘리기 위해 전복 종패를 방류하는 일을 한다. 질병검사를 마친 건강한 전복들이다. 전복을 키워내는 것은 자연이나, 그것을 지켜내는 것은 어민들이다. 고부가가치 해산물이지만 기다리며 지켜내려는 마음이 없으면 아무 소용이 없다. 특정인이 욕심을 부려서도 안 된다. 그 때문에 어촌계에서는 불법어업 감시를 한다. 전복 종패를 보호하기 위해서 종패를 뿌린 후 한 달 이상은 인근 해역에서 어망 같은 포획어구는 사용을 금지하고 있다.

이렇게 키워낸 전복은 주전 어촌계에서 직판한다. 2011년 이전까지는 주전 어촌계 공동어장에서 해녀들이 채취한 전복을 중간도매상 등에 넘겼던 것을 어촌계에서 직접 판매하기로 한 것이다. 이 조치가 주전 특산물로 자리매김하기 위한 것이지만 어민들에게 좋은 것만은 아니다. 재고에 대한 부담을 배제할 수 없기 때문이다. 주민들이 이런 부담을 감수한 결과 오늘날 주전 전복에 대한 고객들의 신뢰는 아주 높다.

주전은 한적한 어촌마을이다. 바다며 들판 등 자연과 더불어 사는 사람들. 조개류로 말하자면 갯가에서 흔히 만날 수 있는 바지락에 해당되는 지역이다. 이런 지역에서 조개류의 왕으로 불리는 전복이 특산물로 생산되는 것은 여간 보람찬 일이 아니다. 그것도 동구지역 3개 어촌계 가운데 가장 많은 양의 전복을 생산하는 것도 자랑거리 중의 하나가 아닐 수 없다.

그 밖의 특산물

돌미역과 전복 외에도 주전에는 특산물이 많다. '밤송이 조개'로 불리는 성게와 해삼이 대표적이다. 성게는 날것으로 먹어도 좋고, 젓갈을 담가 먹어도 좋다. 해삼은 약효가 있는 해산물이다. 그 효과가 인삼과 같다고 해서 해삼으로 불린다. 실제로 몸 안에 홀로수린holothurin이라고 하는 성분을 가지고 있다. 이 성분은 사포닌과 비슷하다. 이것을 물고기에 주사하면 물고기가 죽을 정도라고 한다. 다만 사람이 식용으로 하는 해삼류에는 아주 작은 양이 들어 있어 인체에 거의 영향을 주지 않는다. 극약이 소량을 사용하면 특효약이 되는 것과 비슷한 이치다.

멍게와 소라도 주전에서 많이 생산된다. 멍게란 이름이 표준어가 된 것은 얼마 되지 않았다. 경상도 지방의 사투리였던 멍게가 지금은 표준어인 우렁쉥이보다 널리 쓰인다. 그러다보니 우렁쉥이와 함께 복수표준어가 되었지만 지금도 멍게가 사투리인 줄 알고 있는 사람도 더러 있다. 방언이 표준어보다 더 많이 쓰여서 표준어가 된 멍게. 어원이 민망하면서도 재미있다.

멍게는 '우멍거지'를 줄여서 부른 이름이란다. 우멍거지는 끝 부분이 껍질에 덮여 있는, 성인 남자의 성기라고 사전에 표기되어 있다. 포경의 순수 우리말인 셈이다. 민간으로 전하는 말이지만 멍게는 이 우멍거지에서 온 말이라고 한다. 멍게의 생김새가 마치 우멍거지와 비슷하지만 차마 그대로 쓰기에는 민망했던 모양이다. 흔히 쓰는 은어처럼 그것을 줄여서 '멍거'라고 불렀던 것이다. 멍게가 껍질에 싸여 물을 쏘는 모습에서 우멍거지를 연상한 모양이다. 그렇다고 이 말을 쓰기는 실로 민망했을 것이다. 그 때문에 두 글자를 추려서 사용한 선조들. 경상도의 투박함과 함께 해학과 재치가 느껴지는 이름을 생각하노라면, 한결 쌉싸래하고 달콤한 맛이 정겹기까지 할 것이다.

'내 귀는 소라껍질

바다의 소리에 귀를 기울인다.'

널리 알려진 장 콕토의 시다. 소라란 이름을 들으면 저절로 외게 되는 짤막한 시는 소라를 식용으로보다 낭만의 키워드로 느끼게 한다. 실제로 해변을 거닐다가 만나는 소라고둥에서는 그 속살의 맛을 연상하기가 쉽지 않다. 그러나 소라는 아주 훌륭한 식품이다. 가격 면에서는 전복에 비해 저렴한 편이지만 맛이나 영양 면에서는 조금도 뒤처지지 않는다.

주전의 자연산 활어회도 인기다. 철을 잘 맞추면 부담없는 가격에 푸짐하게 먹을 수 있는 것이 매력이다. 1년 중 동해안 자연산 활어가 가장 많이 잡히는 철은 봄철 4~5월과 가을철 10~11월이다. 이때는 동해안의 한류와 난류가 교차되는 시기다. 그 때문에 많은 어종이 몰려드는 철이다. 팔딱팔딱 뛰는 활어를 직접 고르는 것도 재미다. 주전 어촌계는 수산물 판매센터도 운영한다. 모든 어종을 상시 판매하므로 때를 잘 맞추면 횡재한 느낌을 받을 수도 있다.

늘 푸른 바다가 일렁이는 곳, 쉬는 듯 움직이는 바다를 보면서 바다의 이야기를 들을 수 있는 곳이 주전이다. 청정해역을 내다보면서 직접 고른 활어를 맛본다는 것은 일석이조다. 제주도에 비해 훨씬 많은 해녀들도 종종 만날 수 있으니 주전이야말로 바다여행의 맛을 한층 더 느낄

수 있는 명소임에 틀림없다.

후리

후리는 현재 주전마을에서는 완전하게 사라진 생활의 단편이다. 후리는 바다에 큰 그물을 펼쳐서 양쪽 끝을 여러 사람이 잡아 당겨서 물고기를 잡는 방법이었다. 주전에는 그렇게 잡은 멸치를 쪄내는 후리막도 서너 곳이 있었다. 후릿개안이라 불리는 곳이다. 몽돌이 주를 이루는 주전에 유일하게 모래사장이 있는 곳이다. 후릿개안은 후리막이 있었기에 붙여진 이름이다.

새마을 앞의 몽돌해안에도 일제 때 후리막이 있었다. 현재는 횟집이 영업을 하고 있지만 솔향기와 몽돌소리, 넓게 펼쳐진 바다가 코와 귀와 눈 모두를 즐겁게 해주는 곳이다. 일제 때 이곳에는 전형적인 일본식 가옥이 있었다. 침략국의 가옥이지만 후리막을 가진 일본인의 집이 주민들에게는 부러울 뿐이었다.

후에 조선인이 받아서 경영을 했다. 이들은 자연 동네의 유지가 되었다. 주전 사람들에게는 여간 다행한 일이 아니었다. 후리를 하다가 봇통이 터지면 몇 날 며칠 바다를 떠다니던 멸치가 파도에 밀려나왔다. 일본인이 경영할 때는 가까이 가기도 꺼려했던 사람들은 그 멸치를 주워서 말리기도 하고 반찬을 해서 먹기도 했다.

몽돌이 햇살을 받아 반짝이는 해안이 한 때는 멸치로 반짝거렸을 것을 생각하면 마음이 풍요로워진다. 이 사실을 알고 보면 멀리서 반짝이는 몽돌이 멸치 떼로 보이기도 한다. 이곳 주민들 대부분이 후리막에 종사를 하였을 정도였으니 목돈을 쥘 수 있는 유일한 직장이었던 곳. 규모는 크지 않았지만 주전 사람들의 생활고를 덜어주는 고마운 일터였다.

주전의 후리막도 방어진의 그것과 비슷한 시기에 사라졌다. 질기고 가벼운 소재의 실로 만든 유자망流刺網이 개발되면서부터였다. 그 그물로는 바다 한가운데서 멸치를 잡을 수가 있었다. 뿐만 아니라 잡은 멸치를 삶아서 말리는 배까지 부선으로 등장하면서 후리막도 사라지게 된 것이다.

주전의 놀이

주전마을은 바다를 끼고 있어 돌이 많다. 그런 만큼 주전에서 행해지던 놀이들도 돌과 무관하지 않았다. 바닷가 마을이라고 해서 특별한 놀이가 있지는 않았다. 그저 아이들이 모여서 심심파적으로 하던 놀이들 뿐이다.

공기놀이

일정한 규칙에 따라 돌을 집고 받고 하는 놀이로 어린이들이 즐기던 전통놀이다. 전국적으로 알려진 놀이였지만 바닷가 어린이들에게는 더 없이 좋은 놀이였다. 부모가 바다나 들로 일을 하러 나가면 아이들끼리 양지쪽에 옹기종기 모여서 돌을 던지고 놀다 보면 시간가는 줄 몰랐다.

주전은 바람이 많은 해변 마을이다 보니 돌도 많았다. 해풍에 날아갈 만한 것들을 눌러놓는 데는 돌만큼 좋은 것도 드물던 시절이었다. 그러다 보니 돌을 이용한 놀이가 성행할 수밖에 없다. 그 중 대표적인 것이 공기놀이였다. 이 놀이에는 큰 돌은 필요치 않았다. 새알보다 작은 돌멩이들이 공깃돌로 쓰였다. 주전마을에서는 일반적으로 알려진 작은 돌 다섯 개로 하는 공기놀이보다 많은 돌을 쌓아놓고 하는 '마구공기'를 즐겼다.

마구공기는 먼저 바가지를 엎어놓은 것처럼 작은 돌멩이들을 쌓아둔다. 각자 그 중에서 하나의 돌멩이를 고른다. 순서를 정해서 그 돌멩이를 던졌다 받는 시간에 많이 가져오는 놀이다. 만약 위로 던진 한 개의 돌을 받지 못하면 다음 사람의 순서가 된다. 좁은 공간에서도 할 수 있는 놀이여서 비가 오는 날은 비가 들이치지 않는 뜨락이 있는 동무네 집에서 즐기곤 했다.

공기놀이는 손끝을 바닥에 자주 부딪쳐야 하는 놀이다. 이 놀이는 손과 눈의 협응력을 높인다. 손가락을 움직이는 소근육의 기능도 발달시킨다. 무엇보다도 규칙을 지키며 수의 개념을 시나브로 익히는 것도 장점이다. 승부의 판단 여부를 가리면서 건전한 경쟁심을 유발시키고, 질서 존중의식도 몸에 익히는 집단놀이다. 특히 손끝이 자극이 되면서 두뇌발달에 도움이 되는 것으로 널리 알려져 있다. 요즘은 학교에서도 권장하는 전통놀이 중 하나다.

땅따먹기

우리 전래놀이 중에는 땅을 바탕으로 한 놀이들이 많다. 농경사회에서 땅은 재산이며 삶의 터전이기 때문이다. 농민들에게 땅은 생산과 직결된 만큼 신성시되었다. 땅이 많고 적음으로 빈부를 따졌기에 누구나 보다 넓은 땅을 갖기를 원했다.

땅따먹기 놀이는 이러한 농민들의 바람이 은연중에 반영된 놀이다. 어린이들은 땅따먹기놀이를 하면서 흙과 친숙해지고 땅의 소중함을 배우게 된 것이다. 자신 소유의 땅을 넓혀야 한다는 생각도 자연스럽게 갖게 된 놀이이기도 했다. 땅에 대한 욕심은 다른 물욕과 다르게 취급되기도 했다. 어떤 물욕보다 진취적인 욕구로 받아들인 것도 사실이다. 그러므로 땅따먹기 놀이는 농토가 부족한 주전 사람들에게는 특히 간절한 바람이 깃든 놀이라 하겠다.

땅따먹기도 돌을 이용한 놀이 중의 하나였다. 먼저 납작한 돌(말)을 준비한다. 원이나 사각형 모양의 놀이판을 크게 그린다. 각자 한 모퉁이를 자신의 진영으로 정한 뒤 뼘을 재어 집을 그린다. 순서를 정해서 이긴 사람이 먼저 시작한다. 말을 세 번 튕겨서 밖으로 나갔다가 집으로 돌아온다. 세 번 튕기는 동안 말이 지난 선 안은 자신의 땅이 되는 놀이다.

세 번 만에 집에 돌아오면 다시 자기 집 땅 끝에서 한 뼘을 재어 땅을 넓힐 수 있다. 세 번 안에 집으로 돌아오지 못하거나 놀이판 바깥으로 말이 튕겨나가면 무효가 된다. 남의 땅에 튕겨 들어가도 안 된다. 놀이판이 메워졌을 때 땅을 가장 많이 따먹은 사람이 이긴다. 이처럼 각자는 정해진 규칙에 따라 효율적이고 합리적으로 땅을 넓히면 된다. 한 번에 땅을 많이 차지하려는 욕심을 부리면 자칫 패할 수 있다.

주전 사람들에게 땅은 더욱 절실했다. 반농반어라곤 해도 땅이 없는 사람들도 많았다. 그런 사람들의 염원이 땅따먹기로 나타났는지 모르나, 어장이 점차 발달하면서 이 놀이도 추억의 놀이가 되었다.

투석전

대표적인 투석전은 권율 장군의 행주대첩이다. 아낙들이 행주치마에 싸들고 간 돌을 던져서 왜군들을 혼비백산하게 했던 것이 행주대첩이다. 마땅한 무기가 없었던 궁여지책이었지만 그것이 업적으로 남을 정도였다. 성을 함락당할 수는 없다는 절박함과, 원시적이지만 단결력이 결합되어 적을 몰아낸 사건이다.

주전마을에서 행해졌던 투석전은 서민적인 놀이였다. 칼이나 활, 창을 마련하기 힘든 서민들에게는 투박하지만 돌 만큼 좋은 무기도 드물었다. 백성들의 울분이 담긴 대표적인 놀이였다. 구한말까지 서울을 중심으로 성행하던 투석전은 선명한 기록이 있다. 편을 나누어서 던진 돌

고무줄놀이

에 맞은 사람은 피가 튀기도 했다. 선교사나 외국인 여행객들은 신기하게 보면서도 조선인들의 군사훈련으로 착각했을 정도라는 기록이 있다.

이처럼 뚜렷한 기록은 없지만 주전마을에도 투석전은 꽤 유행을 했다. 주전마을의 투석전은 마성을 중심으로 형성되었을 것으로 본다. 돌이 많다 보니 위에서 필요한 돌을 아래로 굴리던 것이 던지기로 발전했을 가능성도 있다. 굴리는 것보다 던지면 시간도 단축되고 목표한 곳까지 쉽게 보낼 수 있다. 훗날 이것이 말을 지키기 위한 방법 중 하나로 발전을 하였으니 주전마을의 투석전은 사람끼리 싸우는 예는 거의 없었다. 그보다는 마성으로 달려드는 호랑이 등의 맹수들을 향한 것이었다. 놀이라기보다는 방어전으로 보는 것이 옳겠다. 이러한 투석전은 마성이 없어지면서 새나 산짐승을 잡는 방법으로 이용되다가 점점 사라졌다.

당산나무

당산나무는 민간신앙과 연결되어 있다. 산업화 이전의 농어촌에는 마을마다 당산나무가 있었다. 영험하다고 믿었던 당산나무는 대부분 서낭당의 신목(神木)이었다. 더러는 동구 밖에 있기도 했지만 당산나무는 신령이 타고 내려오는 유일한 통로며 마을의 수호신이었다. 사람과 신령이 만나 진솔한 대화를 할 수 있는 대상이라 여겨 신성시 했다.

흔히 당산나무의 기원은 단군신화에서 유래한다고 본다. 신단수가 천상과 지상을 연결하는 나무라 여겼던 것이다. 이런 믿음 때문에 마을에서 신성시 여기는 나무는 함부로 베기는커녕 가지를 꺾는 것조차 엄격하게 금했다. 그 예로 당산나무 주변은 자잘한 돌무더기를 쌓아 보호하였다. 오색의 금줄을 쳐놓은 것도 같은 맥락이다. 함부로 훼손시켰다가는 동티가 난다는 무언의 경고인 셈이다.

마을에서는 절기에 따라 당산나무에 제사를 지냈다. 주로 정월초하루나 정월대보름, 삼월 삼짇날처럼 덜 바쁜 철의 특별한 날을 제일로 정했다. 이러한 민간신앙은 미신이라기보다 특정 지역 문화의 하나였다. 민간신앙은 일정한 구조를 지니고 있다. 섬기는 신들의 격이 모두 다르다.

우리 민족이 섬기던 신들의 최상위 격은 하늘자체이다. 그 다음은 산신이고 그 다음이 서낭신인데 서낭신은 한 마을의 안녕을 기원하기 위해서 받드는 신이다. 그 아래로 장승과 솟대, 돌탑의 순으로 순위가 정해진다.

이렇게 따지고 보면 나무는 어느 격에도 속하지 않는다. 그렇지만 서낭당은 물론 마을 입구에 우뚝 서서 중요한 역할을 했다. 개인의 신앙보다는 마을단위의 신앙행위에 많이 이용되었는데 나무 아래 제단을 만들고 제사를 지낸 곳이 많았다. 주로 마을공동체의 안녕과 평화를 기원하는 마을제는 당목을 중심으로 이루어진 것이다.

이러한 민간신앙은 산업화와 함께 거의 사라졌다. 마을을 수호하는 당산나무들이 뽑히거나 다른 데로 옮겨간 것도 많다. 이런 우여곡절을 겪었지만 현재 주전에는 총 두 그루의 보호수가 지정되어 있다. 보호수는 당목이라고 해서 무조건 지정되는 것이 아니다. 수령이 최소 100년 이상 된 노목이나 희귀목으로 지정을 한다. 그런 수종들 중에서도 마을의 고사나 전설이 담긴 수목이나, 특별히 보호 또는 증식 가치가 있는 나무로 정한다.

번덕마을 정자목

번덕마을의 곰솔은 보호수인 동시에 정자목이다. 번덕마을 사람들이 모두 모여 앉아도 햇볕을 받지 않을 만큼 그늘이 넓은 나무다. 수령은 100~150년으로 추정을 하고 있지만, 나무의 모양새로 봐서는 그보다 훨씬 더 오랜 세월 마을의 안녕을 기원했을 것 같다.

"당목이 되고 싶었지. 그렇지만 이제 어쩌랴? 부디 너희라도 자리를 잘 잡아서 당목이 되어라."

가슴에 낙관처럼 새겨진 엄마나무의 당부였다.

당목이 되는 것이 나무로서는 가장 오래 사는 길이라고 했다. 바람의 숨결을 따라 몇 군데를 거친 솔 씨가 번덕마을에 뿌리를 내린 것은 다행이었다.

바위틈은 아니었지만 뿌리내리기는 쉬운 일이 아니었다. 자칫하면 풀 포기로 오인되어 엄마나무처럼 자라기도 전에 뽑혀 버릴지도 모를 일이었다.

그렇지만 솔 씨는 엄마의 고통을 너무도 생생하게 기억하고 있었다. 엄마나무는 봉수대 언덕 바위에 뿌리를 내리고 있다. 자식들만큼은 부디 폭신한 낙엽 아래나 부드러운 흙 속에 떨어지기를 엄마나무는 날마다 빌었다. 당목이 되고 싶었던 자신의 꿈을 이뤄 줄 자식이 하나라도 태어나길 바라는 마음이었다.

그런 생각을 하니 돌 틈이나 바위가 아닌 것이 고마웠다. 솔 씨는 죽을힘을 다해 뿌리 내리기에만 열중했다. 그나마 햇살이 풍부한 봄날에 자리를 잡게 되었고, 비도 알맞게 내려주었다. 30여 년의 세월이 흐르는 동안 솔 씨는 몰라보게 자랐다. 같이 뿌리내린 나무들보다 더 크게 자란 것이다.

그 무렵 마을에 제당이 지어졌다. 할배신이 모셔지자 마을사람들은 당목지정을 두고 의견이 분분했다. 어느 새 곰솔로 제법 잘 자란 솔 씨는 가슴이 콩닥거렸다. 당목이 정해지면 자신은 뿌리째 뽑혀 버릴 것이 뻔했다.

밤이 깊도록 가슴을 졸이다가 까무룩 잠이 들었다.

"게으름 피우지 말고 자라라."

우렁우렁하지만 부드러운 목소리였다. 뽀얗다 못해 푸르스름한 색이 도는 옥양목 두루마기를 입은 할아버지였다.

"누구세요?"

"놀랐느냐?"

곰솔은 더욱 놀랐다. 제 말을 알아듣다니 곰솔은 잔가지를 파르르 떨었다.

그곳을 지나는 사람 누구도 자신의 말을 알아듣고 대꾸하는 이가 없었다. 그런데 자신의 말을 알아듣고 놀랐느냐는 위로의 말을 건네다니 가슴이 벅차기도 했다. 결코 해코지를 할 것 같지는 않아 마음이 놓였다.

"나는 이 제당의 할배신이니라. 장차 너를 당목으로 삼을 것이니라."

"!"

곰솔은 멈칫했을 뿐 더 이상의 대꾸를 할 수가 없었다. 여간 가슴 벅찬 말이 아니었다.

'당목, 당목이라니… 내가 엄마가 그토록이나 꿈꾸던 당목이 된다니…'

두근대는 가슴을 진정시킬 수가 없었다.

할배신이 곰솔의 밑동을 쓰다듬기 시작했다. 그러자 신기한 일이 일어났다. 갑자기 힘이 생기는 느낌이었다. 줄기도 단단해지는 것 같았다. 그러더니 주변에 있던 나무들이 곰솔을 향해 고개를 숙이는 것이었다.

다음날 제당에 모인 사람들은 곰솔의 신비스러운 모습에 놀라워했다. 영험함이 있는 나무라는 데 의견이 모아졌다. 세월이 흘러 곰솔은 자연스럽게 당목이 되었다.

곰솔은 감동했다. 번덕마을을 지키는 할배신을 도와 재앙을 막는 데 전력을 다 할 것이라 다짐하고 다짐했다. 곰솔의 다짐은 할배신도 감동시켰다. 언덕배기에 서서 온갖 새들이 전하는 날씨에 관한 정보를 할배신에게 전했다. 달라지는 바람의 숨결로 알아낸 바람의 마음도 잘 읽어냈다.

마을사람들은 해마다 정월대보름이면 할배신에게 제사를 지냈다. 그 제상도 곰솔 앞에 차렸다.

"…비나이다 비나이다 성황님전 비나이다 우리마을 지켜주소 우리동네 살펴주소 금년내내 지켜주소 삼백육십일 살펴주소 모진질병 막아주소 모든재난 막아주소…"

제주가 사설을 풀어놓을 때마다 마을사람들은 절을 했다.

그런 다음 정성껏 준비한 술이며 음식을 곰솔에게 바쳤다. 그런 해에는 마을에 풍년이 들고, 고기도 잘 잡혔다.

제주는 해마다 바뀌었다. 일정 기간 동안 집안에 우환이 없고, 아기를 낳지 않은 집에서 뽑혔지만, 사람의 마음이 다 같지는 않았다. 제주가 되면 정성을 다하는 사람이 있는가 하면, 대충 때우거나 아예 제수비용을 착복하는 이도 있었다. 이런 것은 곰솔이 귀신 같이 알아챘다. 할배신에게 사정을 고하면 그 해는 마을의 분위기가 달라졌다. 돈이 없다는 이유로 당산제를 지내지 않거나, 제주가 무성의하게 때운 해는 어김없이 흉어가 되곤 했다.

그럴 때마다 마을사람들은 반성을 하고 정성을 다했지만 사람의 마음은 나무와 달랐다. 한결 같지가 않았다. 조금 넉넉해지면 당목이나 할배신의 존재는 뒷전으로 미뤄두기 일쑤였다. 밀려난 서운함을 흉어와 질병 같은 재앙으로 돌려주지만 곰솔은 마음이 편치 않았다. 마치 앙갚음을 하는 것 같아서다. 그렇지만 그것은 오직 할배신에게 무성의한 사람들에게 경각심을 불러일으키기 위한 피치 못할 방법이었을 뿐이다.

평생을 할배신과 함께 할 줄 알았던 곰솔이었다. 그 때문에 제당이 사라질 때는 한동안 시름시름 앓았다. 제당의 지킴이요, 할배신의 호위병이었던 자신이 쓸모없는 고목 취급이나 받게 될 처지가 서글펐던 것이다.

이런 마음을 읽었을까, 다행히도 곰솔은 마을보호수로 지정이 되었다. 제당은 없어졌지만 자리도 그대로다. 그 동안 마을을 지켜왔던 곰솔이 이제는 마을의 보호를 받게 된 것이다. 당목으로서 직무는 다했지만 곰솔의 마음만은 여전하다. 마을을 지켜내려는 그 마음이 해마다 새 잎으로 돋아나고 있다.

주전노거수(수령 300년)

　번덕마을 정자목처럼 보호수로 지정된 나무는 또 있다. 수령이 300년
된 곰솔이다. 이 나무 역시 마을의 무사 평안을 기원하는 신앙의 대상
물인 당산나무였다.

　현재 주전의 주전자연학습원 내에 자리하고 있는데 눈으로 보기에도
품격이 느껴진다. 오랜 세월의 풍파를 잘 견뎌낸 건강한 노인처럼 경외
심을 갖게 하는 모습이다. 대칭을 이루며 좌우로 뻗은 수관은 어느 쪽
으로도 치우치지 않는 마음을 배우게 한다. 아름다우면서도 으스대지
않고, 오래 살았음에도 고리타분함을 풍기지 않는다.

　사람은 대개 나이와 함께 편견과 아집이 늘어난다. 그런 마음이 스스
로에게서 융화나 타협의 기회를 앗아가기도 한다. 그럴 때 서글픔이 느

꺼진다면 이곳에서 곰솔을 만나보자. 250여 년 전부터 정월 대보름날마다 당산제의 주인공이 되었던 곰솔 앞에 서면 저절로 겸허해지지 않을 수가 없을 것이다. 사람이 나무를 지배하는 줄 알지만, 나무의 수명에 비하면 사람의 수명은 얼마나 짧은가를 깨우치게 될 테니까 말이다.

전사자 추모비

가난한 어촌海村

1
무서운 영문營門에서 아전들은 성내지만
바칠 힘도 없어 더 가난해진 백성들이
다른 포구에서 몰래 그물을 치고는
금세 잡은 청어를 내보이지도 않는구나.

2
섣달 황촌에는 새들도 굶주리고
찬바람 부는 고목에 저녁연기 희미한데
짧은 치마 붉은 머리카락, 뉘 집 딸인가
바위틈 물결 밟고 김을 따고 있구나.

— 홍세태 시, 송수환 역

　홍세태 시에 나타난 바닷가 마을의 풍경이다. 그가 울산에 머무른 것이 하루 이틀이 아닌 만큼 한두 번 보고 적은 감상만은 아닐 것이다. 바닷가 마을도 오늘날은 각종 특산물로 살림살이가 많이 좋아졌다. 그렇지만 어촌은 오래 가난과 벗 삼아 사는 운명일 수밖에 없었다. 농지가 부족해서 바다에 기대 살아야 하는 삶이 넉넉할 수가 없었다. 오늘날처럼 어구도 발달되지 않았을 뿐만 아니라 날씨의 배려도 있어야 했다.

자신들이 먹거리로 잡은 고기들을 다 바쳐도 과세의무를 감당할 길이 없었던 어촌. 바다는 넉넉하지만 그곳을 터전 삼아 사는 사람들의 삶은 곤궁하기 이를 데 없었음을 알 수 있다.

홍세태의 시도 잊고, 예전의 가난한 어촌의 이야기도 잊고 보면 바다와 들녘은 낭만이다. 바람이 잔잔한 날 바다와 들녘은 참 닮았다. 조용하고 한적해서 때론 막막한 느낌까지 들 정도다. 그렇지만 느낌은 다르다. 들녘의 한적함은 정적이지만 바다의 잔잔함에서는 역동성이 느껴진다.

거친 바람이 훑고 간 뒤의 들녘과 바다는 사뭇 다르다. 태풍이 할퀴고 간 뒤의 들녘은 그야말로 아수라장이다. 곡식들이 뒤엉켜 있고, 둑이 무너지고, 군데군데 팬 자국에 고인 흙탕물은 땅의 핏물처럼 쓰라리다.

바다는 여전히 조용하다. 아무리 거친 비바람이 지나간 뒤라도 바다의 얼굴은 늘 평온하다. 바람이 바다를 쑤석거려서 만든 상처도 바다에게는 아무런 흔적도 남기지 않는다. 바닷가 마을 어귀에 바다가 밀어낸 쓰레기들만 딱지처럼 붙어 있을 뿐이다.

주전 사람들의 삶은 이러한 들녘과 바다를 닮아 있다. 구릿빛 피부를 가진 사람들이 대부분이다. 도시로 나간 젊은이들은 다르지만 주전을 지키는 사람들의 피부는 하나같이 구릿빛이다. 이러한 주전 사람들의 모습에서는 풀뿌리 같은 강인함이 풍겨난다. 돌부리 같은 단단함도 엿보인다. 울컥하면 모든 것을 삼키지만, 지나고 나면 깨끗이 잊어 주는 뒤끝 없는 바다의 천진함도 간직하고 있다.

이러한 주전 사람들의 모습은 나라를 생각하는 마음으로 이어진다. 6·25전쟁 당시 주전에서는 52명의 젊은이들이 참전했다. 강제 동원되거나 차출된 것이 아니었다. 모두가 자발적인 입대였다. 나라가 없이는 개인도 없다는 몇몇 젊은이들의 뜻에 동참을 한 것이다.

사실 나라를 지키는 건 국민들의 몫이다. 지도자는 이러한 국민들을 바르게 이끄는 역할을 할 뿐이다. 주전 사람들은 이러한 사실을 익히 알고 있었다. 그렇다고 국가로부터 특별한 수혜를 입은 것은 조금도 없는 곳이 주전이었다. 전쟁에서 12명의 전사자가 생겨났지만 정부에서는 추모비조차 세워 주지 않았다.

"우리 마을만 위해서 싸운 것은 아니지만 우리 마을에서라도 기억을 해주어야 하지 않겠습니까?"

추모비는 마을 어른의 이러한 제안으로 세우게 되었다.

12명의 전사자 추모비는 현재 경로당 마당에 세워져 있다. 바다가 훤히 내려다보이는 위치에서 주전 마을 사람들의 나라사랑에 대한 마음을 일깨우고 있다. 찻길이 있어 시끄러울 수도 있지만 그들은 바다의 자식들이었다. 그런 만큼 자신들이 멱을 감거나, 따개비를 따면서 자란 바다를 내려다보면서 영혼을 위로 받을 듯하다.

황소의 넋을 달래다

이덕등대

바닷가 마을은 어디나 애환이 서려 있다. 바다가 삼킨 남편이나 아내에 대한 애절한 추억을 가진 사람들이 살기 때문이다. 주전도 다를 것이 없었다. 이덕등대가 생기기 이전까지는 이곳에서 원인 모를 사고로 많은 배들이 조난을 당하곤 했던 것이다.

이덕등대는 주전으로 접어들면 아득하게 보인다. 흡사 바다를 지키는 장군의 모습처럼 늠름하다. 원래 이곳은 바다 위로 솟은 돌섬이었다. 조수간만에 따라 보였다가 보이지 않았다가 했던 까닭에 이 사실을 모르고 다니던 배들이 부딪쳐 조난사고로 이어지곤 했다.

언젠가 한 번은 시멘트를 가득 실은 배가 침몰한 적도 있었다. 가까스로 배는 건졌지만 운행하기에는 무리였다. 시멘트를 내리지 않으면 안 되는 상황이었다. 소문을 들은 사람들이 몰려들었다. 사람들은 저마다 시멘트를 퍼다 날랐다. 그것을 고운모래와 함께 개어서 집을 손질했다. 담장에 칠을 하기도 하고, 흙벽에다 바르기도 했다. 어떤 이들은 질척이는 마당에 바르기도 했다. 당시 흙마당뿐이었던 주전마을에 시멘트 포장

을 한 마당이 늘어난 사건이었다.

　번덕에는 홀로 된 시어머니를 모시고 사는 과부가 있었다. 어부였던 시아버지가 파도에 휩쓸려 죽은 집으로 시집을 간 지 이태 만에 남편마저 불귀의 객이 된 것이다. 바다에 남편을 잃은 어머니가 아들만은 어부가 되는 것을 말렸다. 아들은 나무를 해다 팔며 살았다. 아들은 돈을 잘 벌었다. 그 돈으로 황소까지 한 마리 사들였다. 그런 아들이 나무를 하던 중에 호랑이를 만나 목숨을 잃은 것이다.

　"바다도 산도 치가 떨리는구나."

　넋이 빠진 시어머니는 그 길로 병석에 눕고 말았다.

　마을사람들의 눈길이 예사롭지 않았다. 서방 잡아먹은 귀신이라는 말이 새댁의 귀에까지 들릴 정도였다. 그런 데다 시어머니까지 병석에 눕고 나니 슬퍼할 겨를도 없었다. 시어머니마저 잡아먹었다는 누명을 쓰고 싶지 않았다.

병이 든 지 3년이 지나도록 시어머니의 병세는 나아질 기미를 보이지 않았다. 온 산을 헤매며 좋다는 약을 구하는 데 하루해를 다 보냈다. 그 덕분인지 시어머니의 병세는 더 나빠지지도 않았다. 그렇지만 여간 힘들어 보이는 것이 아니었다. 간헐적으로 기침을 할 때마다 시어머니는 숨이 끊어질 듯했다. 그런 모습을 3년이나 지켜만 보아야 하는 새댁은 가슴만 바짝바짝 탈 뿐이었다.

어느 봄날, 시어머니의 약 수발을 들다가 까무룩 잠이 든 새댁이 꿈을 꾸었다.

"여기서 5리 밖에 돌섬이 있느니라. 매일 새벽마다 거기서 자라는 봄나물을 뜯어다 반찬을 해서 시어머니께 드려라. 반드시 첫닭이 울 때 나가야 하느니라. 그렇게 한 달이 지나면 네 시어머니는 씻은 듯이 나을 것이니."

노인이 말했다.

"저는 지금껏 바다에는 나가 본 적이 없습니다. 타고 나갈 배 한 척도 없거니와, 있어도 노를 저을 줄도 모릅니다."

새댁이 걱정을 했다.

노인은 아무 말이 없이 마구간 쪽을 보았다. 마구에는 큰 눈을 껌뻑이는 황소뿐이었다. 노인과 눈이 마주친 황소가 고개를 끄덕이는 것 같았다. 그러자 노인은 홀연히 사라졌다.

잠에서 깬 새댁은 또렷한 기억에 정신이 번쩍 들었다. 노인의 모습은 신선의 모습이 아니었다. 어딘지 낯이 익었지만 아는 사람도 아니었다.

'어딜 말하는 거지? 누구지?'

새댁은 생각에 잠겼지만 알 수가 없었다.

'어머님께 말씀을 드릴까? 아냐, 걱정만 하실 거야.'

꿈속의 일이었지만 새댁은 한 번 바다 가운데 있는 돌섬에 가 보기로 했다. 그만큼 절박했다.

새댁은 그때까지 바다에는 나가 본 적이 없었다. 남편을 바다에 빼앗긴 시어머니는 아들과 며느리가 바다에 나가는 걸 한사코 말렸다. 나물죽을 먹을지언정 갯가에조차 나가지 말라는 신신당부를 외면할 수가 없었던 것이다.

새댁은 시어머니에게는 꿈 이야기를 하지 않기로 했다. 그대로 잠에서 깬 새댁은 더 이상 잠을 이룰 수가 없었다. 걱정을 하는 중에 첫 닭이 울었다. 바다로 나갈 일이 걱정이었지만 새댁은 몸을 일으켰다.

기력을 잃은 시어머니를 내려다본 뒤 가만히 문을 열었다. 사방은 캄캄했다. 불빛 하나 없는데 마구간만 환했다.

'어떻게 된 거지?'

마구간이 환한 것은 황소의 눈빛 때문이었다. 순하디 순한 황소의 눈에서 나오는 빛이 새댁을 이끌었다.

"나를 좀 도와주련?"

새댁은 황소의 등을 쓸었다. 그런 다음 고삐를 풀자 황소가 낮게 엎드렸다.

"앉으면 어떡해? 길을 안내해야지."

황소를 달래듯 일으키려 했지만 소용이 없었다. 황소는 앉은 채로 꼬리를 들어 제 등만 툭툭 쳐댔다.

'제 등에 타라는 건가?'

새댁은 당황스러웠다. 아녀자가 말을 타는 것도 금기시 되던 때 황소의 등을 탄다는 것은 더욱 괴이쩍은 일이었다.

그렇다고 시간을 끌 일이 아니었다. 새댁은 황소의 등에 올라탔다. 고삐를 조이자 황소가 천천히 몸을 일으켰다. 마구간을 나선 황소는 새댁이 놀랄 만한 속력으로 달리기 시작했다. 찰박거리며 바닷길을 달린 황소는 새댁을 돌섬에 내려놓았다. 황소가 앞발을 두어 번 굴렀다.

"여기가 어디야?"

황소의 발굽 쪽을 본 새댁은 눈이 휘둥그레졌다. 온갖 나물들로 돌섬은 푸른색을 띨 정도였다.

돌아갈 일을 생각한 새댁은 이것저것 가릴 것 없이 나물들을 뜯었다. 날이 밝기 전에 돌아가야 했다. 그렇지 않았다가는 또 무슨 악소문에 휘말릴지 모르는 일이었다.

다시 황소를 타고 돌아오는데 신비한 일이 일어났다. 찰박거릴 정도로 물이 빠졌던 바닷길이 황소가 지나자마자 물이 차는 것이었다.

새댁은 돌섬에서 뜯은 나물을 무치고, 지지고, 볶고, 국까지 끓여서 아침상을 차렸다. 기력을 잃은 시어머니는 달라진 밥상에 궁금증도 보이지 않았다.

며칠이 지나자 시어머니는 조금씩 좋아지기 시작했다. 새댁은 희망이 생겼다. 스무날이 지나자 거동도 못하던 시어머니는 마실까지 다닐 정도가 되었다.

"며느리의 정성이 하늘에 닿았구만."

"서방 자식복은 없어도 며느리복은 타고났구만."

마을사람들의 말이 달라지기 시작했다. 서방 잡아먹은 여자라며 손가락질하던 사람들이 하늘이 내린 효부라며 말을 바꾼 것이다.

한 달이 끝나는 날이었다. 기력을 완전히 회복한 시어머니가 그날따라 새벽마다 집을 나가는 며느리의 행동을 기이하게 여긴 것이다. 새댁은 사실대로 알렸다.

"꿈에 본 노인이 네 시아버님이 아니더냐?"

시어머니가 시아버지의 용모를 찬찬히 설명했다. 과연 그랬다.

"아이구~ 이 양반이 하나 남은 며느리까지 수장을 시킬 작정인가 보네. 안 된다. 이제 다 나았으니 가지 마라."

"아니에요, 어머니. 오늘이 한 달째예요. 오늘만 지나면 안 갈게요."

"안 된다. 세상에…, 그 깊은 물길이 네 앞에서 열린다는 게 말이나 되느냐? 얼마나 죽을 고비를 넘겼을꼬?"

시어머니는 새댁의 옷깃을 붙잡았다. 물이 가득 들어찬 낮에만 바다를 보았던 시어머니가 새벽이면 썰물이 되는 걸 알 리가 없었다.

실랑이를 하는 사이 두 번째 닭이 울기 시작했다.

"어머니, 늦어지면 안 돼요. 다녀올게요. 오늘 하루 더 나물을 드셔야 한댔어요."

새댁은 매달리는 시어머니를 뿌리쳤다. 하루 정성이 모자라서 시어머니가 완쾌되지 않는다는 건 생각하기도 싫었다.

새댁의 마음을 아는지 황소도 서둘렀다. 마음이 급해진 새댁의 손길은 더욱 바빠졌다. 허둥지둥 나물을 뜯고 황소의 등에 올랐다. 물이 어느 새 많이 차오르고 있었다.

"빨리 가자."

새댁이 재촉을 했지만 황소의 걸음은 물길을 이기지 못했다. 점점 차오르는 물 때문에 걸음은 더욱 느려졌다. 바닷가에 거의 다다랐을 때였다. 물길이 갑자기 황소를 덮쳤다. 새댁과 황소는 그대로 바다로 쓸려가고 말았다.

"아이구~ 아가~"

며느리가 걱정되어 나왔던 시어머니는 눈앞의 참사에 넋을 놓았다. 시어머니의 발 앞에는 새댁이 뜯은 나물바구니만 둥둥 떠다녔다.

새댁과 황소의 시신은 찾을 길이 없었다. 새댁과 황소가 물길에 떠밀려 사라진 후 이곳을 지나는 배들이 좌초되는 일이 더욱 잦아졌다. 사람들은 새댁의 혼이 한을 품었기 때문이라고 했다. 사람들은 돌섬도 황소가 누운 것으로 여기게 되었다.

세월이 지나면서 사람들은 나름대로 안전대책을 세우기 시작했다. 부표를 만들어서 경계를 했지만 태풍이 불면 소용이 없었다. 어두운 밤에는 눈에 잘 띄지도 않았다.

"황소를 달랠 만한 기둥을 세우는 것이 좋겠다."

사람들은 황소와 새댁의 넋을 위로하는 제를 지냈다. 그런 다음 그 자리에 등대를 세운 것이다. 등대를 세운 뒤부터 모든 배들은 안전운행을 하게 되었다. 무엇보다도 이덕등대 주변은 각종 희귀어종의 서식지로 널리 알려져 있다. 특히 남쪽은 질 좋은 미역바위로 어촌계에서 공동 관리를 하고 있다.

등대는 바다의 가로등이다. 항해하는 선박들이 안전운행을 할 수 있도록 하기 위한 시설이다. 이덕등대는 일반적인 등대의 역할과 조금은 다르다. 가까이 오면 위험하다는 걸 알리기 위한 시설물이기 때문이다. 어쨌거나 밤길을 밝혀 주면서 마을사람들에게 큰 이득을 주고 있는 이덕등대. 그래서일까, 여간 푸근하지 않은 이름이다.

뭍과 물의 수호신

주전마을 제당

외로운 마을 겨우 몇 집뿐인데

바닷길 따라 어부들만 산다네

나무로 지은 작은집에는

울타리마다 생선을 걸어 비린내 진동하네

궁벽한 곳에서 모질게 사는 것은

흉년에 맞은 세금피하기 위해서라네

집 앞의 밭이랑 갈지도 못하고

백성들 함께 모여 오두막집에 산다네

홍세태의 시 「해촌海村」이다. 바닷가 마을의 풍경을 노래했지만 조금도 서정적이지 않다. 그보다는 가난하기 이를 데 없는 백성들이 모여든 곳이 바닷가 마을의 절박함을 읊었다. 그렇지만 아주 막막하지는 않음을 알 수 있다. 세금을 피하고, 부역을 피해서 모여드는 바다. 부지런히 움직이면 웬만하면 먹을 것은 생기는 곳이 바다다. 다시마나 미역 같은 해초에서부터 조개류, 생선류에 이르기까지 자신이 길러낸 모든 것은 아낌없이 주는 곳이 바다다.

그렇다고 마냥 넉넉하지만은 않은 곳도 바다다. 때로는 거친 물결로 위협을 하기도 하고, 수산자원의 씨를 말리는 사람들에게 슬픈 낯빛으로 호소하기도 한다. 이런 바다를 달래면서 사는 것은 바닷가 사람들의 몫이다. 주전마을 사람들은 바다는 물론 바다와 인접한 뭍도 달래기 위해서 골매기신을 모셨다. 할매신과 할배신이 그것인데 이들을 모시는 제당이 모두 열 개나 있었다. 할매신만 모신 제당은 한 곳이었고, 할매신과 할배신을 공동으로 모신 제당은 두 곳이었다. 나머지 일곱 개의 제당에는 할배신만 모셨는데 모두가 마을의 평안과 풍어를 비는 제당이었다. 처음에는 마을마다 경쟁적으로 관리하던 제당들이 산업화와 맞물리면서 점점 그 의미를 잃어갔다. 애지중지 모시던 골매기 신들이 차츰 애물단지로 전락하게 된 것이다.

제당은 반농반어인 주전마을 사람들에게 중요한 의미였다. 어업의 풍어는 물론 농업 역시 풍년을 기원하는 기원굿이나 제사를 지내던 곳이었다.

일반적인 어촌은 해변을 중심으로 하나의 마을로 이루어진다. 이와 달리 주전은 열 개의 제당이 있을 정도로 마을마다 독특한 이름의 마을로 나뉘어졌다. 이런 모습은 다른 어촌에서는 유래를 찾아보기 힘든 특징 중 하나다.

두 번째 특징으로는 그런 작은 마을마다 제당이 하나씩 있었다는 것이다. 이는 이웃마을의 기운으로 산다는 의존적 관계에서 벗어나려는 독립적 정신력의 표징이랄 수 있다. 이런 염원으로 지어진 제당은 2005년까지 각 마을에 있었다.

그러나 마을마다 있는 제당을 관리하는 일은 쉬운 일이 아니었다. 동제를 지내는 데 드는 비용도 만만치 않았다. 그 비용들은 고스란히 주민들의 부담으로 돌아오면서 제당의 철거설도 불거지기 시작했다. 이런 뒷면에는 세월이 흐르면서 반농반어를 기반으로 하던 생존수단이 달라진 이유도 작용했다.

그렇다고 제당을 함부로 허물 수도 없었다. 오랫동안 마을을 지키던 골매기신이 노할 것도 걱정이었다. 게다가 일부 마을에서는 제당 철거를 반대하기도 해서 철거 결정 또한 쉽지 않았다. 그러다가 2005년 경로당을 신축하면서 뜻밖에도 의견이 쉽게 모아졌다. 주전마을에 산재해 있던 열 개 제당의 위패를 함께 신축경로당 2층에 모시기로 결정을 한 것이다.

이 결정과 함께 마을에서는 큰 굿을 열었다. 동해안 별신굿으로 쓴 돈은 1,200만 원이다. 마을의 발전기금 5천만 원에서 충당했다. 당시 굿을 보았던 마을 사람들에게 동해안 별신굿은 아직도 짠한 그리움으로 남아 있다. 주전과 일산, 방어진 순으로 동해안 별신굿을 해마다 했으면 하는 바람도 있다. 여섯 개의 제당이 있었던 기장군 어촌계에서 일 년에 한 번씩 돌아가면서 별신굿을 하는 것처럼.

보밑마을 제당

할매신은 바다의 상징이다. 이런 할매신이 이 마을에서 주로 잡히던 멸치의 풍어를 돕는다고 믿었다. 그랬기에 할매신을 모셨던 보밑마을 제당은 멸치를 다듬고 삶아내던 후리막을 지켜 주던 제당이다.

보밑마을은 외짓거리로도 불린다. 봉수대 아래 외딴집이 있어서 붙여진 이름이다. 참 외로운 이름의 마을에 지금은 횟집이 즐비하다. 도심에

보밑마을(주포) 제당

서는 바람 한 점 없는 날인데도 보밑마을의 바람은 쌀쌀하다. 때론 거칠
기까지 한 바람을 잠재우기 위해 생긴 것이 제당이었다.

현재는 마을 앞으로 진입도로도 생겼다. 방파제도 만들어져서 바람이
불어도 피해가 크지는 않다. 그렇지만 마을이 형성되고 횟집이 생기기
전까지는 말이 아니었다. 바람이 조금만 불어도 마을이 바닷물을 뒤집
어쓰는 일은 예사였다. 농사도 물질도 쉽지 않았을 테니 제당이 만들어
지는 것은 당연하다.

건너각단 제당

할매와 할배신을 동시에 모셨던 제당이다. 두 신을 동시에 모신 제당
은 흔치 않다. 바다와 육지의 신을 동시에 모신 것은 이 마을의 배경을

잘 알게 한다. 반농반어의 성격이 그만큼 강한 동네였다는 것이다.

현재 제당이 있던 자리에는 당목만 남아 있다. 당목은 논과 밭으로 둘러싸인 들판에서 바다를 내려다보고 있다. 한때 같은 집에서 기거했던 할매와 할배신이 서로를 그리워하는 듯하다.

'각단'이라는 말은 주로 자연마을에 붙는다. 각단은 각각 나뉘어져 있다는 뜻으로 보통 마을 이름에 붙여 썼는데 전국 곳곳의 자연부락의 이름에 붙어 있다. 건너각단은 상마을의 건너편이다. 건너각단이라는 지명은 울산에만 해도 여러 곳에 있다. 아마도 그 역시 대표되는 지명의 건너편에 있는 각단이었을 것이다.

상마을 제당

주전고개를 넘어서자마자 보이는 마을이 있다. 상마을이다. 톳재이산

중마을 제당

밑에 있는 마을로 주전에서는 가장 높은 곳에 자리한 마을이다. 이곳 톳재이산의 구릉에 자리한 제당인만큼 상마을 제당은 주전에서는 가장 높은 곳에 세워진 제당이다. 지금은 제당이 있던 구릉에 도로가 만들어 져 제당의 흔적이라곤 터조차 찾을 길이 없다. 제당의 주신은 산신의 성격이 강했고, 주로 농작물의 풍요를 빌어 준다고 믿었다.

중마을 제당

주전초등학교 주변의 마을로 위치상 가운데 자리한 마을이다. 이곳 역시 위치를 보면 들과 바다가 인접해 있음을 알 수 있다. 주민들의 절반은 농업에 절반은 어업에 종사한 마을이다.

제당에는 금실 좋은 할매와 할배신을 함께 모셨다. 농사가 잘 되면 할배신이 숭앙을 받아 넉넉한 제상을 받고, 고기잡이가 잘 되면 할매신이 푸짐한 제상을 받게 마련이다. 그러니 금실 좋은 부부는 서로의 안녕을 빌었을 것이다. 이에 마을도 함께 풍요로워졌으면 하는 바람으로 지어졌던 제당이었지만 이곳에도 역시 당목만 남아 들과 바다를 두르고 있다. 마치 한 몸이 된 할매와 할배신이 자신들이 보살피던 곳을 함께 돌보고 있는 느낌이다.

아랫마을 제당

바닷가에 자리한 마을이다. 위치상 가장 아래 있는 마을로 옛날에는 어촌이었다. 바다를 삶의 터전으로 삼았던 사람들이 일터와 가까운 곳에 정착하면서 형성된 마을이다. 할배신을 모신 제당에서는 삼월삼진날 의식을 거행했다.

비록 할배신만 모셨지만 아랫마을 제당은 주전마을에서 가장 영험하

아랫마을 제당

학교 밑 제당

고 신성시하던 제당이었다. 성지방돌이라고 불리는 이곳에는 현재 주전 마을 제당들의 역사와 성격들을 설명한 기념비를 만들어 놓았다. 광장에는 고운 색을 입힌 전복 모양의 앉은뱅이 의자도 만들어놓아 관광객들의 지친 발걸음을 쉬게 한다.

학교 밑 제당

주전초등학교 아래에 자리한 마을이다. 학교 밑 제당 역시 할배신을 모셨다. 큰불마을이나 아랫마을처럼 바다로 튀어나간 바위가 있다. 할배신이 할매신의 노기를 달래려고 바다로 뛰어들었으니 제당을 짓고 할배신에게 감사하는 제사를 지냈다.

번덕마을 제당

번덕은 '버덩'의 방언이다. 좀 높고 평평한데 나무는 없이 풀만 우거진 거친 들을 일컫는 경상도 방언이다. 번덕마을의 위치를 보면 그 이름이 붙은 연유가 이해된다. 황량한 벌판에 부는 바닷바람이 얼마나 거셌을까, 마을의 위치만 감안해도 제당이 있어야 할 것은 짐작이 된다.

번덕마을은 사을들을 낀 마을이다. 농사를 짓는 사람들이 많이 살았음을 알 수 있는 자연환경이다. 농사를 관장하는 할배신을 모신 제당을 짓고 해마다 제사를 지냈다. 지금은 번덕마을에 노거수만 자리한 채 제당 터였음을 묵묵히 전하고 있다.

이 마을에는 대장간도 있었는데, 그곳을 '대장국'이라 불렀다. 지금 주전자연학습원 일대가 이곳이다.

큰불마을 제당

큰불마을의 신은 할배신이다. 이 지방에서는 거친 바다를 할매신으로 불렀다. 할매신인 거친 바다의 노기가 얼마나 센지 달랠 길이 없었다. 누구도 바다에 접근조차 할 수 없었다. 바다를 터전으로 사는 사람들에게 노기를 띤 바다는 두려움의 대상이었다. 그렇다고 망연자실 성난 할매를 보고 있을 수만은 없었다. 할매의 노기를 잠재우기 전에는 조업에 나선 어부들의 생사조차 알 길이 없었다.

사람들은 바다 쪽으로 불쑥 튀어나간 바위 위에서 발만 동동 굴렀다. 이를 보다 못한 할배신이 나섰다. 마을사람들 사이에 우뚝 선 할배신을 본 바다는 더욱 거칠게 울부짖었다. 할배신은 바다를 달래기라도 하듯 낮게 주문을 외더니 그대로 거친 물결 위로 뛰어들었다. 사납게 울부짖던 바다는 거짓말처럼 조용해졌다.

큰불마을 제당

사람들은 이곳에 제당을 지었다. 마을을 살리기 위해 바다로 뛰어든 할배신을 기리는 제당이다. 마침 그곳에 자생한 소나무 세 그루를 당목으로 삼았다. 제사는 매년 정월대보름에 지냈다.

새마을 제당

주전동에서 가장 늦게 형성된 마을이라서 '새마을'이라 부른다. 그렇지만 주전의 새마을을 새로 형성된 마을로 아는 것은 오류다. 그보다는 마을의 동쪽에 붙은 마을이라 하여 붙여진 이름이라 보는 것이 옳다. 주전의 옛 사람들은 남쪽을 '마쪽', 동쪽을 '새쪽'이라 불렀다. 남풍이 마파람, 동풍이 샛바람인 것도 같은 맥락인 걸 감안하면 쉽게 이해할 수 있다. 더구나 제당이 있는 새(新)마을은 조금도 걸맞지 않다.

새마을 제당의 신은 할매신이다. 할매신은 바다신이지만 산신을 달래

는 영험함을 가진 신인 까닭이다. 새마을은 바다와 붙어 있는 산마을이다. 산골짜기를 따라 마을이 형성되었던 만큼 산사태나 홍수 피해가 잦았다. 그런 재앙을 이겨내기 위해 숲속에 제당을 짓고 할매신을 모신 것이다.

현재 이곳은 바닷가에 펼쳐진 검은 모래와 자갈이 깨끗하여 많은 피서객과 행락객들이 찾는 곳이다.

동사당 洞祠堂

동사당은 점점이 흩어져 있는 주전마을의 신들을 대표하는 신을 모신 제당이다. 제당은 가장 늦게 만들어졌지만 대표 신의 격에 맞게 제당도 가장 높게 지은 것이 특징이다. 주전초등학교 북쪽 뒤에 지어져 마을의 곳곳을 지키는 신을 모셨다. 한때는 어촌계에서 관리했다.

동사당 터

열 개나 되던 제당은 현재 모두 사라졌다. 있을 때 잘 하라는 말은 결코 대중가요의 가사로만 여길 일이 아닌 모양이다. 주전마을 제당이 그렇다. 동제를 지내는 일에 부담을 느껴 제당을 허물고 나니 그 중요성이 새록새록 살아나고 있는 것이다. 이미 사라진 제당을 다시 짓지는 않더라도 제당 터라도 살리자는 의견이 분분하다. 어찌 보면 한낱 미신으로 치부할 수도 있지만 제당 터에는 주전마을 사람들의 염원과 역사가 담겨 있기 때문이다.

뭍과 바다를 아우르는 마을 주전. 성지방돌에는 마을을 지키던 골매기신들을 기념하고자 만들어진 표지석과 조형물도 만들었다.

성지방돌은 육지에서 바다 쪽으로 튀어나온 지형을 하고 있다. 아랫마을 제당(성지방돌 제당)이 있었으나 지금은 사라지고 터만 남은 곳으로 주전마을 10개 제당 가운데 가장 영험한 곳으로 여겨졌다.

동구는 2012년 7월부터 공사에 들어가 성지방돌에 150제곱미터 넓이의 상징 광장을 조성했다. 이곳에 4미터 높이의 기념비와 주전마을 특산품인 전복 모양 앉은뱅이 벤치 여섯 개를 설치했다. 기념비에는 주전마을 제당에 관한 내용들이 잘 설명되어 있다. 전복 모양의 의자도 예쁘게 꾸며놓아 관광객들의 눈길을 끈다.

성지방돌 기념비는 4개의 탑이 하나로 구성돼 있다. 또 어느 방향에서 보든지 옛 제당 터임을 알 수 있도록 기와지붕의 외곽선 모습을 하고 있다. 뿐만이 아니다. 주전마을의 옛 제당을 둘러볼 수 있는 주전마을 제당 터 둘레길 코스를 개발하여 이에 대한 설명을 첨부한 위치도도 부착했다. 이곳을 방문하는 사람들에게 주전만의 특이한 제당문화를 소개하기 위함이다.

성지방돌은 주전마을의 특색을 가장 잘 간직한 곳이다. 실제로 제당

주전 하리제당

이 있던 곳이기도 하다. 어촌마을에서는 출어를 하기 전이면 늘 제사를 지냈다. 풍어와 안전을 바라는 기원제였다. 그런 곳이니만큼 성지방돌에 열 개 마을의 골매기신의 역사를 알 수 있는 장치를 한 것은 의미 있는 일이라 할 수 있겠다.

{ 물새도 기웃대는 미니학교 }

주전초등학교

주전초등학교 운동장에 서면 가슴이 탁 트인다. 푸른 물결이 일렁이는 주전 바다가 한눈에 들어오는 '바다가 보이는 풍경'이 희망으로 안겨온다. 끼룩끼룩 우짖으며 날갯짓을 하는 물새들도 주전초등학교를 기웃거릴 것 같다. 아담한 건물이지만 설립 당시의 목적을 알고 싶어 할 것이기 때문이다.

학교는 배움의 장이다. 설립 과정은 조금씩 다르지만 설립 목적은 하나인 것이다. 배움을 위한 장이지만 주전초등학교는 특별하다. 일제강점기 때 민족혼을 깨우치기 위한 목적으로 설립된 것이다. '배영학습원'이 그 전신이다. 3·1운동 직후 민족정신을 자각시키기 위한 운동이 곳곳에서 일어나기 시작했다. 일제에 직접 항거하기도 했고, 우회적으로 민족혼을 기르려는 운동들도 고개를 들기 시작했다. 배영학습원은 후자다.

"몸에 힘을 기르는 것도 중요하지만 그보다는 영혼의 힘을 길러야 합니다."

"맞습니다. 글을 알고 지식을 쌓는 것은 나라의 독립을 앞당기는 길이

주전초등학교

될 것입니다."

황성옥의 말에 의식 있는 청년들이 뭉치기 시작했다. 일본의 지배를 받는 것은 여간 수치스러운 일이 아니었다. 그것은 국력이 약했던 이유도 있었지만 그보다는 민족혼이 약해서 흔들린 까닭이었다. 소수에 불과한 양반들만이 학문을 익혔지만 그들만으로는 일제에 항거하기가 쉽지 않았다. 그보다는 일반 백성들의 문맹퇴치가 급선무였다.

주변의 뜻을 얻은 황성옥은 1923년 8월, 주전에 '주전야학회'를 설립했다. 계몽의 씨앗을 심은 셈이었다. 주전은 비교적 외돌아진 지역이어서 일제의 감시를 벗어나기도 쉬웠다. 바다를 푸른 운동장 삼아 조국해방의 염원을 키우기에는 안성맞춤이었다. 정식 학교로 인가는 나지 않았고, 주로 밤이 되어서야 공부를 할 수 있었지만 배움은 즐거웠다. 하나씩 알아가는 재미는 쏠쏠했다.

무엇이든 시작하는 사람의 됨됨이는 중요하다. 황성옥은 홀어머니를 극진히 모시고 살던 효자였다. 그의 효성은 나라에까지 알려졌다. 부모에게 효도를 하는 것은 당연한 일이다. 그럼에도 나라에서까지 효성을 인정한다는 것은 쉬운 일은 아니라는 의미다. 예나 지금이나 극진한 효도를 한다는 것은 흔하지 않은 일인 것도 분명한 모양이다. 황성옥은 효성 덕분에 고종 때 중추원中樞院 의관議官 벼슬을 받게 된다. 그것이 알려지면서 후에 사람들은 '황의관'을 '황지관'으로, 별호처럼 부르게 된 것이다.

황성옥이 설립한 '배영학습원'에는 주전과는 무관한 지명이 담겨 있다. 굳이 '주전리 배영학습원'이라는 이름을 붙인 것은 황성옥이 병영 사람인 까닭이다. 병영 사람이 세운 학습원이라는 뜻이다. 마을 노인들이 '병영'을 '비영'으로 발음해서 '비영학교'라는 방언으로 부르다가 '배영학습원'이 된 것이다.

당시에는 1면에 1학교만 설립이 가능했다. 일산진의 보성학교가 '보성학원'으로 등록한 것도 같은 맥락이다. 이미 동면에는 동면보통교(남목초등학교)가 설립된 상태여서 정식 학교로 인가가 나지 않은 것이다. 배영학습원 역시 마찬가지다. 학교의 기능은 하면서도 학교라는 이름을 갖지 못했다. 이는 그 당시 우리나라의 현실이었다. 내 나라라는 의식은 있었지만, 어느 누구도 함부로 조국의 이름을 자랑스럽게 발설하지 못했던 시기였지 않았던가? 지금은 대한민국이 세계 경제에 꽤 많은 영향력을 미치는 나라로 성장한 것이 감개무량하듯 '배영학습원'도 그 자부심이 다르지 않았을 것 같다.

'주전리 배영학습원'으로 당국의 인가를 얻은 것은 1933년 5월 5일이다. 비록 보통학교의 분교(4년제) 기능을 할 뿐이었지만 공식적인 배움의

주전초등학교 이사장 리중근비

터전으로 자리를 잡게 된 것이다. 그러다가 '주전공립국민학교'로 승인을 받는다. 해방되던 다음해인 1946년이다. 시작은 아주 작고 보잘것없었지만 단단한 뿌리가 규모 있는 성장에 힘을 보탠 덕분이다.

사철 푸른바다를 보면서 어린 꿈나무들은 무슨 생각을 했을까? 어떤 탄압에도 굴하지 않겠다는 푸른 기상을 더욱 키웠을 것이다. 아득한 수평선을 볼 때면 바다 끝까지 나가 보겠다는 진취적인 의식도 꿈틀거렸을 것은 지금 운동장에 서 봐도 짐작이 가능하다. 물새들의 힘찬 날갯짓은 언제든 더 높이 날 수 있다는 희망을 갖게 한다. 세찬 바람에도 꺾이지 않으려고 안으로 힘을 기르며 마디게 자라는 곰솔은 조국해방을 꿈꾸는 어린 꿈나무들의 의지였음을 알리려는 것일까? 교목이 되어 운동장에 서 있는 곰솔은 든든한 학교지킴이 같다.

주전초등학교는 작다. 현재 유치원생을 포함한 전교생이 40여 명이지
만 그 정신만은 400여 명의 것과 다르지 않음을 운동장에 서서 바다를
내려다보면 알게 된다.

사을들과 홈골못

주전고개에 올라서 바다를 내려다보며登朱田嶺俯海

열 번이나 주전고개 올랐는데
이번에는 그리 힘들지가 않았네
안장에 기대어 늙음을 탄식하지만
말을 몰아 보니 아직은 호쾌하네
넓은 바다는 끝없이 펼쳐 있는데
옹기종기 먼 산이 솟아있네
지난날 내 경험으로 보아하니
올 팔월에는 다시 또 태풍이겠네

— 홍세태 시, 이정한 역

고개를 넘어서면 주전해안도로변에 자리한 들이 사을들이다. 땅 이름에
는 재미있는 유래들이 전한다. 가슴 아픈 전설이 담겨 있기도 하고, 재

미있는 설화가 섞여 있기도 하다. 사을들은 아픈 이름이다. 가난한 바닷가 마을에 꽤 너른 들판이 있다는 것은 조화롭다. 때로는 잔잔하게, 때로는 격렬하게, 수시로 변하는 바다의 모습과 달리 들판은 늘 평화롭다. 넉넉하고 안온하다. 그럼에도 사을들은 이런 들판이 주는 느낌보다 아픔을 전하는 이름이다.

사을들과 홈골천은 떼려야 뗄 수 없는 관계에 있다. 사을들은 번덕마을과 홈골천 사이에 있는 들이다. 옛날에는 이 너른 들판이 모두 천수답이었다. 천수답이 넓다는 것은 마냥 평화롭고 넉넉할 수만은 없다. 하늘만 쳐다보면서 그 논에 물을 대는 것은 때때로 몹시 가혹한 일이다. 사

사을들

을들은 흠골천에서 내려오는 물에 의지해서 농사를 지어야 했다. 흠골천의 물이 마르면 농민들의 가슴은 논바닥보다 더 바짝바짝 탈 수밖에 없는 일이었다.

게다가 흠골천에서 물이 내려오는 길은 하나뿐이다. 그 물길 끝에 펼쳐진 들은 넓으니 늘 목이 마를 수밖에 없다. 아무리 비가 많이 내려도 툭하면 물꼬싸움이 생기곤 했다. 농토에 물보다 귀한 것이 또 있을까. 모내기 시절에는 더욱 심했다. 밤이면 서로 물꼬를 지키려고 식구들이 돌아가며 불침번을 서는 일도 예사였다.

이런 실정이다 보니 들의 아래쪽에 있는 논들은 메마른 날이 많았다. 위의 논에서 물꼬를 터주지 않으면 물을 댈 길이 없었다.

"같이 좀 살자!"

"우리도 겨우 물을 댔구만!"

아래 위의 논 주인들의 다툼은 사흘씩 가기가 예사였다.

이렇게 물 때문에 사흘쯤 싸우다 보면 비가 내리곤 했다. 그렇지만 메마른 논에 물이 그득할 수는 없는 법이었다. 그렇게 내린 비가 사흘만 지나면 온데간데없어져 들이 말라버리는 곳이 사을들이다. 이래저래 사을들은 천수답의 슬픈 이름일 수밖에 없다. 비가 내리든 그치든 사흘과 관련이 깊은 참 아픈 이름이다.

이 마을 사람들이 불렀던 가가호호의 이름도 재미있다. 택호 대신 부르는 이름에서 빈부의 정도가 고스란히 드러난다. 대문집이라고 부르는 집은 어렵게 사는 사람들이 넉넉하게 사는 사람들을 부르는 이름이었다. 대문도 없이 사는 자신들과 달리 대문을 버젓이 달고 사는 사람들을 상대적으로 부른 이름이다. 기와집도 마찬가지다. 초가에 돌을 매달아 지붕을 단단하게 고정시킨 대부분의 집들과 달리 기와를 얹은 집은 바람 걱정이 없었다. 짓는 데 많이 드는 비용이 부담스럽지 않은 집을 일컫는 이름이다.

살림이 꽤 가멸은 집이라고 해서 물꼬싸움에서 자유로울 수는 없었다. 그들이 넉넉하게 사는 것은 농토와도 무관하지 않았다. 천수답이기는 하나 꽤 너른 전답을 가진 사람들은 기와집이나 대문집을 지니고 살았다. 농민들에게는 식솔도 재산이었다. 물꼬싸움에는 머릿수가 많아야 했다. 머릿수가 많으면 이기는 것이 물꼬싸움이기 때문이다.

본격적인 모내기철에 봄 가뭄이라도 겹치면 마을사람들의 가슴은 논바닥보다 더 바짝바짝 탔다. 타는 가슴은 물꼬싸움으로 번져서 아래윗집, 앞뒷집 할 것 없이 으르렁거려야 하는 상황이 여간한 고역이 아니었다. 천수답의 운명은 하늘에 달렸지만 하늘과 싸울 수는 없는 일이 아닌가.

물은 위에서 아래로 흐른다. 어쩌다 비가 오기라도 하면 홈골천에서 흐르는 물을 위에서부터 대게 마련이다. 그러다보면 비가 적게 올 경우

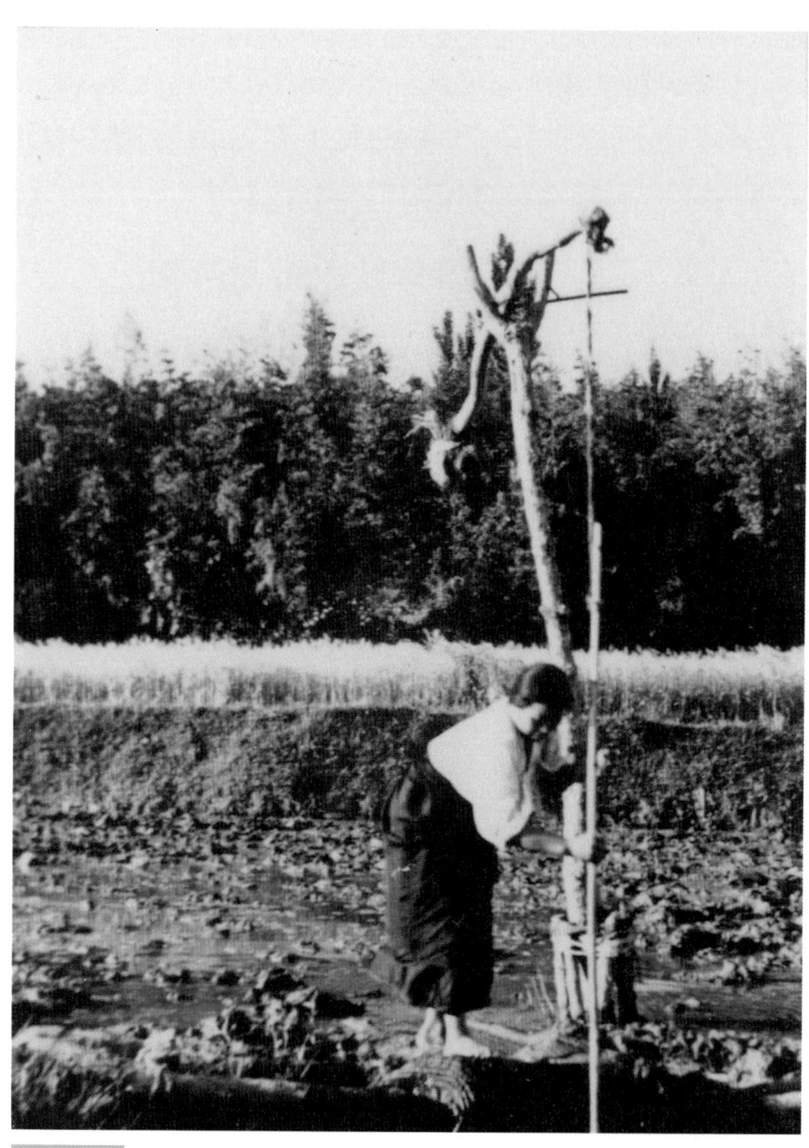

용두레질(사을들)

는 아래쪽 논까지 물을 채우기 어렵다. 특히 모내기철이면 마을사람들은 신경이 곤두서곤 했다. 홈골천과 맞닿은 논은 물을 대서 모를 다 심을 수 있었지만 그렇지 않은 경우는 다르다. 물이 없어 써레질도 못한 채 하늘을 원망하고, 위에서 물을 가둔 이웃과 시비가 붙는 일이 비일비재했다.

"우리가 언제까지나 물꼬싸움으로 얼굴을 붉힐 수는 없어요."

마을사람들은 하늘이 하는 일을 가지고 다툴 일이 아님을 깨달았다.

하늘만 원망하고 살 수도 없었다. 마을회관에서는 여러 날 회의가 이어졌다.

회의 결과 홈골에 저수지를 만들기로 했다. 저수지 축조 공사는 곧 시작되었다. 온 마을이 의기투합한 결과였다. 모든 일은 자율적으로 이루어졌다. 공사에도 자발적으로 참여키로 했다. 일을 하는 데는 장정들의 힘이 필요했다. 비록 마을 전체를 위한 공사였고 자발적으로 나서기로 한 일이지만 약간씩의 노임을 받고 일을 했다.

"저수지를 만드는 일은 무엇보다도 시급한 문제입니다. 그렇지만 정부의 지원만 믿고 기다릴 수는 없어요. 그래서 시작한 일이니 부역을 하는 데 남자는 밀가루 두 포, 여자는 밀가루 한 포씩을 노임으로 정합시다."

당시는 밀가루도 귀하던 때였다. 어촌사람들은 곤피나 진저리 따위의 해초들을 뜯어다가 죽을 끓여먹는 일이 예사였다. 그런 시절에 밀가루를 노임으로 준다는 말은 상당한 매력을 지닌 제안이었다.

너도 나도 부역을 하겠다고 나섰다. 물을 가두기 위한 땅을 파내는 일은 예삿일이 아니었다. 그렇게 파낸 흙으로는 둑을 쌓았다. 이런 일들은 모두가 상당한 노역이었다. 대부분의 일들이 남자들의 힘을 요구하는 일이었다.

흠골못

    부역에는 남자들이 많이 동원되었다. 아들 많은 집에 밀가루가 쌓이는 것은 당연한 일이었다. 부역 노임으로 받아오는 밀가루는 그 맛이 환상적이었다. 껍질을 제대로 도정도 하지 않은 채 먹던 시커먼 밀가루에 비하면 부드럽고 뽀얀 밀가루는 입안에서 살살 녹았다. 여자들만 사는 집에서는 남자가 있는 집을 이때만큼 부러워한 적도 없었다. 일을 하는 시간은 똑같았지만 일의 성과가 달랐으므로 불평을 할 수도 없는 일이었다.

    밀가루라고 해서 그것만 먹기에는 아까웠다. 너도나도 늘려먹는 방법을 모색했다. 평소에 많이 먹던 곤피와 진저리를 갈아 넣어 수제비와 국수를 만들어 먹었다. 그 전에는 쌀 20퍼센트 정도에 해초를 80퍼센트씩 섞던 것을 밀가루를 받고부터는 반반씩 섞었다. 그 맛은 쌀을 섞은 맛과 별반 다르지 않았다. 이런 까닭에 일을 하는 동안은 흠골산이 까맸다.

사람들이 일을 하다가 눈 대변에 소화가 되지 않은 곤피가 그대로 섞여
나와서 산을 뒤덮은 것이다.

지금은 곤피나 진저리 같은 해초가 건강식으로 각광받는다. 실제로 이
런 해초들을 넣어서 만든 국수가 건강식으로 인기를 끌고 있다. 그렇지
만 이 마을 사람들에게는 썩 내키는 식품이 아니다. 가장 어렵던 시절에
밥 대신 먹었던 식품이었던 까닭이다. 내륙사람들이 구황작물이었던 감
자나 고구마를 대하는 것과 같은 맥락이다.

공사는 꼬박 일 년이 걸렸다. 공사를 하면서 가장 힘들었던 기간은 여
름이었다. 무엇보다도 힘들었던 것은 모기떼와의 싸움이었다. 그야말로
눈곱보다도 작은 모기가 떼를 지어 앵앵거리면 성가신 것은 물론 온 몸
이 성한 데가 없었다. 모기한테 물린 발긋발긋한 자국들이 흡사 홍역
끝의 열꽃 같았다. 가려움은 참기 힘든 고통이었지만 주민들은 모깃불
을 피우며 모든 과정을 즐겁게 감내했다.

"내년부터는 물 걱정 없이도 농사를 지을 수 있으니 이 정도쯤 참아야
제."

"하모! 그나저나 땀은 또 와 이리 많이 흐르노? 이 땀만 해도 다랑논
한 배미 농사는 거뜬히 짓겠구만."

빗물처럼 흐르는 땀을 훔쳐내면서도 즐거웠다.

모내기철에는 그리도 야박하던 비도 잦았다. 사흘이 멀다 하고 비가
내렸다. 그 많은 빗물이 그냥 흘러버리는 것이 아까워서도 주민들은 일
손을 재게 놀렸다.

"아이구, 아까운 빗물 다 흘러버리네."

"걱정마라. 내년부터는 저 물도 여기다 다 가둘 수 있을 끼다."

걱정과 격려와 위로로 일은 착착 진행되었다.

1968년에 축조를 시작한 홈골못은 일 년 뒤에 완성되었다. 일이 얼마나 힘들었던지 부역에 참가했던 주민들의 몸에는 온통 어혈이 뭉쳤을 정도였다.

"밀가루는 간 데 없고, 어혈만 남았구나."

이런 탄식들을 했지만 홈골못은 주전의 농민들을 먹여 살리는 사을들의 젖줄이 되었다. 덕분에 사을들의 슬픈 이름은 어떤 가뭄에도 이름값을 하지 못하게 되었다. 갓골과 홈골 양쪽에서 흘러드는 자연수 덕분에 홈골못의 물이 넘쳐났던 것이다. 그랬던 홈골못은 지금껏 아무리 심한 가뭄에도 마르는 법이 없다. 농토가 줄어든 것도 이유겠지만 그때 당시 몸을 아끼지 않았던 주전 사람들의 간절함이 스민 덕분일 것이다.

사을들은 더 이상 슬픈 이름이 아니다. 주전마을 사람들의 마음을 하나로 모아 홈골못을 만들어낸 정다운 들판이다. 지금은 들판으로 흘러드는 물 덕분에 단단하게 영그는 알곡들만 부역 당시 사람들의 땀방울을 기억하고 있겠지만.

자연의 소리, 자연의 빛

주전 몽돌해변

주전 몽돌해변

돌은 단단하다. 거칠고 모나다. 딱딱하고 둔중하다. 단순하고 무식한 느낌을 주기도 한다. 머리가 나쁜 사람을 일컫는 속어에도 머리 앞에 돌을 붙여서 부르고, 먹을 수 없는 과일의 이름 앞에도 곧잘 돌을 붙여서 부른다. 무거우면서도 무게감이 주는 격조나 운치도 없다. 그런 운치를 주는 것은 이미 돌이란 이름을 버리고 바위로 거듭난 것들뿐이다. 기껏 습지에서 이끼나 키워낼 뿐 돌은 그 어떤 것도 풍경이 되기에는 너무 단순하다.

이런 돌이 풍경이 되는 곳이 주전 몽돌해변이다. 주전이라는 이름 끝에 자연스럽게 따라 붙는 몽돌해변은 어느새 전국적인 명소가 되었다. 울산 12경 중의 하나인 주전해안은 1.5킬로미터 구간에 몽돌이 깔려 있어 독특한 풍경을 연출한다. 직경 3~6센티미터의 새알 모양의 까만 자갈(몽돌)이 길게 늘어져 절경을 이루고 있다. 물결이 훑고 간 뒤에 햇살이 비치면 그 반짝임에 탄성이 절로 난다. 주변에는 노랑바위, 샛돌바위

등의 미역돌들도 몽돌의 풍경에 운치를 더한다.

　주전해안은 2006년에는 '살기 좋은 지역자원'의 '아름다운 해안선 100선'에 선정되기도 했다. 그만큼 해안선이 아름다운 곳이다. 느리게 경사진 해안도로는 드라이브 코스로 각광을 받고 있다. 몽돌해변은 주전이 가지고 있는 또 하나의 귀중한 자연 자원임이 분명하다.

　서로 부대끼면서 자신의 모난 구석을 마모시켜 새로이 태어난 돌. 바닷물이 쓸고 갈 때마다 자갈자갈 부딪치면서 보는 이들에게 사는 법을 가르친다. 어울려 사는 모습이란 이런 것이다. 서로 부딪치면서도 상처 주지 않는 것. 함께 빛나고, 함께 자라고, 함께 칭찬 받는 법을 서로가 닳으면서 가르친다. 몽돌을 밟는 느낌은 모래를 밟는 그것과는 사뭇 다르다. 맨발로 몽돌을 밟으면서 걸으면 지압효과도 확실하다. 실제로 심

바닷물이 쓸고 갈 때마다 자갈자갈 몸을 뒤채는 주전몽돌. 서로 부딪치면서도 상처 주지 않는 것. 함께 빛
나고, 함께 자라고, 함께 칭찬 받는 것이 어울려 사는 법이란 것을 몸소 보여 준다.

신의 피로가 풀리는 느낌을 받기 때문이다. 거기에다 청정바다를 바라보노라면 답답했던 가슴까지 확 뚫리는 걸 느낄 수 있다.

닳은 것은 낡은 것을 연상케 한다. 무릎이 해지거나 바짓가랑이가 너덜너덜 해진 옷, 귀퉁이가 닳아 못쓰게 된 숟가락, 뒤축이 닳아 수선을 요하는 구두, 닳고 닳아 얇아진 자동차 바퀴 등 사람이 필요에 의해서 만든 것은 닳으면 못 쓰게 된다. 이런 것들 때문에 닳았다는 것은 하나같이 쓸모없게 된 것들을 떠올리게 한다.

주전해안의 몽돌은 다르다. 사람이 필요에 의해서 깎은 것이 아니다. 바람이 불러들인 물결에 부대끼면서 스스로 모난 부분들을 깎아낸 돌들이다. 단단한 돌들이 그렇듯 깎이기까지 얼마나 많은 세월을 견뎠으며, 다른 돌들과의 부딪침은 또 얼마나 많았을까? 그런 세월을 견디고 태어난 몽돌은 하나같이 동글동글하다.

그렇다고 개성 없는 모양새가 아니다. 검거나 희거나 줄무늬가 있는 돌, 같은 크기라도 무게가 다르고, 빛깔이 다르다. 개성은 살아 있고, 성깔은 곰삭은 모습이다. 어떤 돌도 주전에서는 성깔이 곰삭을 수밖에 없을 듯하다. 거친 파도도 청정바다에서는 시원함으로 안겨온다. 까만 몽돌과 하얀 포말은 가장 대조적인 자연의 색채다. 파도 끝에 이어지는 몽돌의 뒤척임은 그야말로 가장 맑은 자연의 소리가 아닐 수 없다. 그 소리가 사람을 뉘우치게 만든다. 이기적인 마음은 없었을까, 남을 아프게 하지는 않았을까, 생각을 하다 보면, 부딪히면서 닳고 닳아 반들반들 빛나는 주전몽돌은 닳을수록 빛나는 오랜 인연처럼 소중하게 느껴진다.

주전 일출

변함없이 매일 뜨고 지는 게 태양이지만 의식하지 못 하면서 지내게

마련이다. 그러다가 일 년에 한 번 찾게 되는 것이 신년 해맞이 행사다.

　주전해안은 해맞이명소로 널리 알려진 곳이다. 어디에서 해가 가장 먼저 뜨느냐를 따지기보다, 어디에서 뜨는 해가 가장 희망차고 아름다운가를 따진다면 주전해안의 일출을 감상할 일이다. 굳이 새해 첫날이 아니더라도 주전의 일출 모습은 하루를 희망으로 채울 만하다.

　힘들고 지칠 때, 새로운 힘을 얻고 싶다면 해가 뜨기 전에 주전으로 가보자. 넓게 트인 새벽바다의 검푸른 얼굴을 마주하고 있노라면 먼 바다부터 물빛이 달라진다. 신년 해맞이 때면 주전해안의 몽돌은 얼음장같이 차다. 굳이 맨발로 딛지 않아도 온몸으로 전해지는 냉기가 덜 깬

잠으로 몽롱한 상태를 일시에 정리해 준다.

몽돌해변에서 바라보는 일출은 특별하다. 도심의 동쪽 산정으로 오르는 해맞이와는 기분부터 다르다. 잠시라도 일상을 벗어났다는 자각만으로도 자연의 신비를 느끼게 된다. 몽돌을 뒤척이게 하는 잔잔한 파도소리와 소리 없이 솟아오르는 태양의 묘한 조화에 경외심마저 생긴다. 자연의 신비로운 배려에 저절로 감탄하게 된다.

그러나 아쉬움도 있다. 연말연시만 되면 문제가 되는 바가지 상혼 때문이다. 평상시에는 순박한 어촌일 뿐이다. 돌미역이며 전복을 채취해서 팔기는 하지만 비싼 가격을 요구하지 않는다. 그런데 특별한 시기만 되면 달라진다. 숙박업소를 찾는 관광객들의 문전성시에 편승해 대목을 누리려는 욕심이 바가지 상혼으로 변질되는 것이다.

해는 어디서나 똑같은 얼굴이다. 어떤 지역이나 골고루 비춘다. 그렇지만 주전의 해는 특별하다, 주전의 일출을 보려는 사람들은 이런 생각을 갖고 오는 사람들이다. 그들에게 실망감을 주지 않아야 아름다운 어촌의 이미지를 심어 주게 된다. 그것이 주전을 오래 기억하고, 다시 찾게 하는 힘이 된다. 또한 주전의 일출을 전국에서 가장 멋진 풍경으로 알리는 버팀목으로 자리매김할 것이다.